964

Über das Buch:
Die Abgeordnete Angelika Schöllkopf stirbt vor laufenden Kameras am Rednerpult des Bundestages. Doch ihre Großmutter glaubt nicht an einen natürlichen Tod. Sie beauftragt Georg Dengler mit den Ermittlungen. Und plötzlich befindet sich der Privatdetektiv inmitten des globalen Kampfes um das wichtigste Lebensmittel: Wasser.

Über den Autor:
Wolfgang Schorlau lebt und arbeitet als freier Autor in Stuttgart. 2006 wurde er mit dem Deutschen Krimipreis ausgezeichnet.

Weitere Titel:
»Die blaue Liste. Denglers erster Fall«, 2003, KiWi 870, 2005.
»Sommer am Bosporus. Ein Istanbul-Roman«, KiWi 844, 2005.
»Das dunkle Schweigen. Denglers zweiter Fall«, KiWi 918, 2005.

Wolfgang Schorlau

FREMDE WASSER

Denglers dritter Fall

Kiepenheuer & Witsch

Informationen zu diesem Buch:
www.schorlau.com

Verlag Kiepenheuer & Witsch, FSC®-N001512

15. Auflage 2012

© 2006 by Verlag Kiepenheuer & Witsch, Köln
Alle Rechte vorbehalten. Kein Teil des Werkes darf in irgendeiner
Form (durch Fotografie, Mikrofilm oder ein anderes Verfahren)
ohne schriftliche Genehmigung des Verlages reproduziert oder
unter Verwendung elektronischer Systeme verarbeitet, vervielfältigt
oder verbreitet werden.
Umschlaggestaltung: Barbara Thoben, Köln,
nach einer Idee von Philipp Starke, Hamburg
Umschlagmotiv: © getty images/Jeff Rottmann
Gesetzt aus der Dante Regular und der Formata
Satz: Pinkuin Satz und Datentechnik, Berlin
Druck und Bindearbeiten: CPI – Clausen & Bosse, Leck
ISBN 978-3-462-03748-7

*Meinen Freiburger Freunden:
Murmel, Löpf, Otel, Detsch und allen anderen*

Höchste Güte ist wie das Wasser.
Des Wassers Güte ist es,
allen Wesen zu nützen ohne Streit.

LAOTSE

Prolog: Berlin, Reichstag, März 2006   15

Erster Teil
Ein neuer Auftrag   23
Videosequenz bellgard1.mpg   28
Hauptversammlung   30
Antonius   34
Stefan C. Crommschröder   40
G-G'   47
Bausachen   54
Videosequenz bellgard2.mpg   57
Schlechte Laune   60
Noch einige Informationen   63
Heidelberg   66
15 Prozent   69
Paradiesvogel   75
Nachrufe   79
Videosequenz bellgard3.mpg   82
Olgas Blässe   83
Blues   89
Kalter Wind   92
Bruder und Schwester   96
Londoner Wasser   100
Kieler Wasser   105
Gerne mit Damen   109
Legenden   113
Durchbruch in einem minder schweren Fall   116
Auf der Fahrt   118

Zweiter Teil
Berlin, Charité   121
Hamburger Wasser   125
Der Witwer   129

Videosequenz bellgard4.mpg 135
Auf dem Flur 138
Münsteraner Wasser 141
Es ist die Wahrheit 144
Routineermittlungen 147
Wasserschlacht 151
Noch einmal Berlin 156
Kälte 159
Spurensuche 162
Anruf vom BKA 166
Videosequenz bellgard5.mpg 168
Angriff 169
Unruhige Nacht 175
Berliner Wasser 181

Dritter Teil

Nummern 189
Verbindungen 192
Es ist nicht belanglos 198
Der IMSI-Catcher 202
Schlechte Nachrichten 206
Abgefangen 208
Die Suche geht weiter 214
Irene 217
Verdammt müde 223
Das 20-Milliarden-Euro-Spiel 225
Schlagzeilen 233
Panik 235
Nachfassen 237
Telefonate 242
Im Präsidium 247
Videosequenz Bellgard6.mpg 250
Olga stellt etwas an 251
Vernehmung 254
Risotto 257

Verlorene Schlacht   **261**
Gescheitert   **264**
Videosequenz 7   **265**

Epilog   **267**

Anhang   **268**

Finden und erfinden – ein Nachwort   **269**

Prolog: Berlin, Reichstag, März 2006

In diesem Jahr wollte es nicht Frühling werden.
Angelika Schöllkopf, Bundestagsabgeordnete der konservativen Regierungspartei, saß missmutig an ihrem Schreibtisch und sah dem Regen zu, der gegen das Fenster trommelte. Draußen rüttelte der Wind an den Verstrebungen der Jalousien, als wolle er das Parlament stürmen.
Ihr ging es nicht gut.
Seit dem Aufstehen quälte sie ein schmerzhafter Druck im Brustkorb. Ein Gefühl der Enge machte ihr Angst. Sie schob beides auf die Rede, die sie in einer halben Stunde im Plenum halten würde. Es war nicht ihre erste Bundestagsrede, aber ihre wichtigste. Sie war beunruhigt. Ihr Blick suchte den Bildschirm, der oben auf dem Bücherregal aus dunklem Kirschholz stand. Das Parlamentsfernsehen übertrug die laufende Debatte. Den Ton hatte sie abgedreht, und das Bild zeigte einen liberalen Kollegen, der wie ein fetter Barsch stumm den Mund öffnete und wieder schloss. Dann streifte die Kamera durch die leeren Reihen. Viel Publikum würde sie nicht haben. Sie sah den Fraktionsvorsitzenden, der mit sturem Blick in Akten blätterte und so tat, als höre er der Rede des Abgeordneten der Opposition nicht zu.
Rituale, dachte sie. Sie geben Sicherheit.
Der Druck in ihrer Brust wurde heftiger. Ihr war, als läge im Inneren ihres Bustkorbes ein Gummireifen, der langsam aufgeblasen wurde und nach außen drängte. Eine Panikattacke erfasste sie, doch sie zwang sich zur Ruhe. Sie atmete heftig, aber das Gefühl, jemand drehe ihr langsam, aber systematisch die Luft ab, steigerte sich.
Das Telefon klingelte. Sie wollte nicht abnehmen, dachte dann aber, es könne der Fraktionsgeschäftsführer sein, der sie zu ihrem Auftritt im Plenum rief.
Sie nahm den Hörer ab.

»Schöllkopf.«

Am anderen Ende der Leitung meldete sich niemand. Sie hörte Straßengeräusche.

»Hallo?«

»Spreche ich mit Angelika Schöllkopf, der Abgeordneten?«, fragte eine Männerstimme.

»Ja.«

Die Verbindung brach ab.

Sicher ein Journalist, dachte sie. Ein ausgedehnter Schmerz bohrte sich in ihre Schulterblätter.

Mit der Rechten musste sie sich aufstützen, als sie aufstand, um zu dem Waschbecken am anderen Ende ihres Büros zu gehen. Sie betrachtete ihr Gesicht im Spiegel. Blass und fahl. Sie griff zu ihrer Schminktasche. Legte Concealer, Puder und Rouge auf. Es strengte sie an. Aber nun sah sie besser aus. Das Telefon klingelte erneut.

Sie nahm ab.

»Ich komme«, sagte sie.

Noch ein Blick zum Fernseher. Eine Abgeordnete der Grünen sprach schnell und hob nun die Hände mit einer pathetischen Geste, als stände sie vor Tausenden auf dem Marktplatz und nicht vor einem fast leeren Plenarsaal. Die übliche Methode, interessante Fernsehbilder zu erzeugen, die es dann bis in die Tagesschau schaffen.

Niemand erwartete etwas Besonderes. Heute war Freitag, die Sitzungswoche ging zu Ende, und viele Abgeordnete waren schon abgereist. Über alle Gesetze, die heute verabschiedet wurden, war bereits in den Ausschüssen abgestimmt worden. Parlamentarische Alltagsarbeit. Nichts Aufregendes. Auf der Regierungsbank saß nur der Akten lesende Innenminister und in den hinteren Bänken drei oder vier Staatssekretäre.

Sie verzog ihr Gesicht zu einem Lächeln, aber es wirkte gequält. Der Reifen in ihrer Brust dehnte sich weiter.

Langsam einatmen. Tief durch die Nase einatmen.

Ihr Bauch hob sich. Sie machte alles genau so, wie der Yogalehrer es ihr beigebracht hatte.
Ausatmen. Langsam ausatmen. Durch den Mund. Augen schließen.
Noch ehe ihre Lungen die verbrauchte Luft ausgestoßen hatten, wusste sie, dass ihr das bewusste Atmen nicht helfen würde. Sie konnte sich nicht konzentrieren. Das Herz. Es schlug mit wuchtigem Trommeln gegen die Brust. Sie hatte Angst.
Gottserbärmliche Angst.
Es wird Zeit.
Ob das Make-up halten wird?
Sie straffte sich, nahm die beiden Blätter, auf denen sie ihre Rede notiert hatte, und verließ das Büro.
Mit dem Aufzug fuhr die Abgeordnete Angelika Schöllkopf in die Halle des Paul-Löbe-Hauses. Heute hatte sie kein Auge für die Schönheit der Halle, die Eleganz des Gebäudes, die jeden Besucher die Größe des umbauten Raumes vergessen ließ. Vor einem der zylinderförmigen Ausschussräume ließ sie sich in einen der schwarzen Ledersessel sinken und ruhte sich für einen kurzen Moment aus. Der Kollege Keetenheuve von der anderen Partei kam ihr entgegen, ins Gespräch vertieft mit Korodin vom eigenen Lager. Keetenheuve winkte ihr zu. Sie verzog das Gesicht. Es sollte freundlich wirken, aber sie wusste nicht, ob ihr das gelang. Sie mochte Keetenheuve.
Auch so ein aussterbender Dinosaurier, schade, dass wir nicht mehr von seiner Sorte haben.
Die rote Lampe an der Deckenuhr leuchtete jäh auf. Die Abgeordneten wurden zur Abstimmung gerufen. Mühsam stützte sie sich ab und stand wieder auf. Sie ging durch den Tunnel hinüber ins Herz des Bundestages. Sie beachtete nicht die sorgfältig freigelegten und restaurierten Inschriften der russischen Rotarmisten, mit denen sie sich an den Wänden des Reichstages verewigt hatten, als sie das Gebäude im Mai

1945 gestürmt hatten. Auf der Plenarsaalebene blieb sie noch einmal stehen. Sie hob die Hand zu einer Geste, als könne sie den Gummireifen in ihrer Brust abstreifen. Mit einem Mal wusste sie nicht mehr, ob ihre Kräfte reichen würden.

In ihrem Innern war nun ein Dröhnen, das alle äußeren Geräusche übertönte: das Gespräch zweier Parlamentsmitarbeiter, die Stimme des Präsidenten, die aus dem Plenarsaal drang und mit der er nun den nächsten Tagesordnungspunkt aufrief, die soundsovielte Änderung des Gesetzes zur Beschränkung des Wettbewerbs, und die erregte Diskussion zweier Journalisten, die sich in den schwarzen Ledercouchs der Lobby fläzten.

Sie betrat den Plenarsaal durch den Osteingang. Vorbei an den fünf weißen Stehkabinen, die bei Wahlen aufgestellt werden und die sie immer an Beichtstühle erinnerten.

»Geht es Ihnen nicht gut, Frau Schöllkopf?«, fragte Korf, der alte Saaldiener, der so verknittert aussah, als habe er schon Adenauer die Türen aufgehalten.

Mir geht es beschissen.

Einen Augenblick nur blieb sie stehen, berührte kurz den Arm des alten Mannes im schwarzen Frack.

»Geht schon, Korf, geht schon. Muss ja.«

»Ich rufe den Tagesordnungspunkt 16 auf. Neuregelung des Paragraphen 103 a, alte Fassung des Gesetzes zur Beschränkung des Wettbewerbs. Das Wort erteile ich der Kollegin Schöllkopf«, sagte der Präsident.

Einige der Abgeordneten drehten sich um. Sie sah die gerunzelte Stirn des Fraktionsvorsitzenden. Seine Missbilligung schlug ihr entgegen. Er mochte sie nicht.

Gleich wirst du mich noch weniger mögen.

Sie ging nun zwischen den leeren Stühlen der Abgeordneten hinunter.

Kopf hoch.

Nur in den ersten drei Reihen des Plenums saßen Abgeordnete. Sie sah mäßig neugierige Blicke.

»Wie siehst du denn wieder aus?«, zischte ihr ein Kollege aus der eigenen Fraktion zu.

Der Reifen ist voll aufgeblasen. Er drückt von innen gegen ihren Brustkorb, und sie muss um jeden Atemzug kämpfen. Eine eiserne Faust presst sich in ihr Kreuz, eine eiserne Faust mit Nägeln gespickt, ein Morgenstern. Der Druck erfüllt nun ihren ganzen Oberkörper und die Arme. Noch nie in ihrem Leben hat sie eine solche Angst gehabt.

Ihr Herz schlägt, als wolle es durch Brust und Hals ins Freie.

Jetzt hat sie die Fläche vor dem Rednerpult erreicht. Sie sieht das Gesicht des Bundestagspräsidenten, und es kommt ihr vor, als habe er es zu einer höhnischen Fratze verzogen.

Sie geht noch drei Schritte, dann lässt sie die beiden Blätter ihrer Rede fallen.

»Frau Kollegin, ist Ihnen nicht gut?« Sie hört die Stimme des Präsidenten wie aus weiter Ferne.

Der Saal ist so groß.

Verwundert dreht sie sich um. Das weiße Licht, das durch die Kuppel fällt, erschien ihr noch nie so hell. Und die Paukenschläge! Merkwürdig. Noch nie hat sie diese wuchtigen Paukenschläge im Plenarsaal gehört.

Im gleichen Rhythmus wie mein Herzschlag.

Sie merkt nicht, wie sie langsam zusammensinkt. Sie hört nicht, wie der Präsident nach einem Arzt ruft. Sie hört nicht den gehässigen Kommentar eines Kollegen, da habe wieder mal jemand zu viel gesoffen.

»Die Sitzung ist unterbrochen«, ist der letzte Satz, den sie hört. Sie denkt noch: Es stimmt nicht, es gibt keinen rückwärtslaufenden Lebensfilm. Die Enttäuschung darüber ist die letzte ihres Lebens.

Dann ist es vorbei.

Erster Teil

Ein neuer Auftrag

Das Foto zeigte seine Frau auf dem Rücken liegend, die Augen geschlossen und den Mund geöffnet. Ihre Beine hatte sie gespreizt, sodass der Kerl im Anzug gerade dazwischenpasste, Hose und Unterhose nur so weit heruntergezogen, wie es notwendig war. Die Frau trug eine sommerliche Bluse. Der Rock war hochgerutscht, er lag wie ein Gürtel um ihre Taille. Man sah einen weißen Strumpfhalter auf der Haut ihres Oberschenkels.

Körner stieß ein Knurren aus, wie Georg Dengler es aus keiner menschlichen Kehle je gehört hatte und das eher zu einem angeschossenen Bären gepasst hätte als zu seinem Klienten.

Auf dem zweiten Foto, nur Sekunden nach dem ersten geschossen, streckte die Frau beide Beine in die Luft. Mit ihrem rechten Arm hielt sie den Mann im Anzug umschlungen, drückte ihn zu sich heran, ihre linke Hand ruhte auf seiner Schulter. Der Mann trug noch immer seinen Hut und weiße Boxershorts mit braunen Streifen.

Der Ton, den Körner nun ausstieß, klang nicht mehr nach einem Bären, sondern glich dem Fiepen eines zu Tode erschrockenen Welpen.

Auf dem dritten Bild saß das Paar auf der Wiese in einer kleinen Waldlichtung. Der Mann hatte ein Glas Rotwein in der Hand. Körners Frau stützte sich mit der rechten Hand auf dem Boden ab und sah ihn verträumt an.

Wieder fiepte Körner auf diese unmenschliche Art. Er steckte das Bild unter den Stapel mit den Fotografien, die er in der Hand hielt, und betrachtete die nächste Aufnahme.

Die Gesichtszüge des Mannes waren gut zu erkennen. Er trug noch immer seinen Hut, hatte jedoch den Krawattenknoten gelockert. Er kniete hinter Körners Frau und nahm sie von hinten. Sie sah genau in die Kamera, und ihr Gesicht vermittelte hoch konzentrierte Aufmerksamkeit, so als lausche sie einer Symphonie von Mahler.

Von Körner kam nun kein Geräusch mehr. Er betrachtete das Bild. Ließ es zu Boden fallen. Betrachtete das nächste. Dann das nächste. Und noch eins. Immer schneller arbeitete er sich durch den Stapel von Fotos, den Georg Dengler ihm gegeben hatte. Dann warf er sie in die Luft und drehte sich um. Er ging zum Fenster und starrte hinunter auf die Wagnerstraße. Zweimal schlug er mit der Faust gegen die Wand und griff in die Holzjalousie, die Georg Dengler erst am Mittwoch hatte anbringen lassen, zog daran und stieß erneut dieses Fiepen aus.

»Lassen Sie es gut sein, Körner«, sagte Dengler, »lassen Sie Ihre Wut nicht an meiner Jalousie aus.«

Er erhob sich von seinem Schreibtischstuhl und öffnete den Schrank hinter sich. Hier verwahrte er immer eine Flasche guten Cognacs – für Fälle wie diese. Mit zwei Gläsern in der Hand ging er zu Körner hinüber, dessen rechte Hand sich noch immer in der Jalousie vergraben hatte. Dengler stellte ein Glas ab und löste vorsichtig Körners Finger aus den Holzlamellen.

»Gran Canaria? Auf Gran Canaria war sie?«, fragte Körner, und Dengler nickte. Seine Frau hatte ihm gesagt, sie fahre für einige Tage zu ihrer Schwester nach Bochum. Körner atmete schwer. Dann tranken die beiden Männer.

***

Eine halbe Stunde später stieß Georg Dengler die Tür zum *Basta* auf. Er ging an der Bar vorbei und setzte sich an den Tisch am Fenster, an dem bereits sein Freund und Nachbar Martin Klein saß, der sich über einige bedruckte Blätter beugte und mit einem Kugelschreiber hin und wieder einzelne Textpassagen korrigierte.

»Na, wie hat dein Klient auf die amourösen Fotos seiner

Frau reagiert?«, fragte Klein und sah Dengler über seine Brille hinweg an, die ihm auf der Nase ziemlich weit nach unten gerutscht war. Mit einer schnellen Bewegung schob er sie zurück.
»Er warf sie im Büro umher, schlug gegen die Wand und verkrallte sich dann in meine neuen Jalousien.«
»Hmm. Wie in einem Film ...«
Klein runzelte die Stirn und schien nachzudenken.
Der kahlköpfige Kellner brachte Georg Dengler einen doppelten Espresso und stellte ein Glas mit warmer Milch daneben. Dengler dankte ihm mit einem Kopfnicken. Langsam schüttete er einen Schluck Milch in den Espresso und rührte um. Er überdachte noch einmal diesen Fall.
Sein Auftrag war erledigt. Punktgenau erledigt. Körner hatte seiner Frau nicht vertraut und wollte wissen, ob sie einen Liebhaber hatte. Nun wusste er es. Sie hatte ihrem Mann die Lügengeschichte des Besuchs bei der Schwester in Bochum erzählt, tatsächlich war sie aber auf Gran Canaria gewesen. Bereits auf dem Hinflug hatte neben ihr der Kerl gesessen, der beim Sex nicht einmal den Hut abnahm. Dengler hatte dieselbe Maschine genommen. Später waren die beiden so miteinander beschäftigt, dass sie Dengler nicht bemerkten, der aus 20 Meter Entfernung fotografierte. Er hatte seinen Job gut gemacht. Genau das in Erfahrung gebracht, was sein Klient wissen wollte. Mit Fotos dokumentiert. Er hätte mit sich zufrieden sein können. Doch stattdessen fühlte er sich leer.
Er trank einen Schluck Espresso. Der heiße Kaffee tat ihm gut. Doch die Niedergeschlagenheit verflog nicht. Er sah zu Klein hinüber, in der Hoffnung, der könne seine Trübsal verjagen. Doch Martin Klein beugte sich bereits wieder über seinen Text, überflog die Zeilen, und Dengler konnte sehen, wie die Augen seines Freundes an manchen Stellen verweilten. Der Kugelschreiber näherte sich dem Blatt Papier und strich hier ein Wort durch, fügte dort eine Ergänzung ein

oder vermerkte am Rand geheimnisvolle Zeichen, die Dengler wie Hieroglyphen erschienen.

Plötzlich überkam Dengler eine Woge hässlichen Neids auf seinen Freund. Auch er würde gerne so selbstvergessen und konzentriert arbeiten, ohne die Selbstzweifel, die ihn immer öfter quälten.

Missmutig schaute er auf die Uhr.

Gleich kommt die nächste Klientin. Wieder Fotos, wieder zerbrechende Illusionen?

Er trank den Kaffee aus, stand auf, ließ den erstaunt aufblickenden Martin Klein ohne Gruß zurück, zahlte an der Bar und ging wieder in sein Büro im ersten Stock.

***

»Plong.«

Die alte Dame stieß den Stock auf den Boden.

»Bitte setzen Sie sich doch«, sagte Georg Dengler.

Sie sah ihn missbilligend an.

»Unterbrechen Sie mich nicht, junger Mann.«

Sie beäugte misstrauisch den Stuhl vor Denglers Schreibtisch, als prüfe sie, ob sie sich diesem alten Holzding anvertrauen könne.

Dengler wiederholte die Einladung mit einer Armbewegung.

Sie trug schwarze Handschuhe, sehr dünn und sehr vornehm. Vorsichtig fuhr sie mit dem Zeigefinger die Lehne entlang und hob dann die Fingerspitze gegen das Licht, das durch das Fenster in Denglers Büro fiel.

Jetzt bläst sie den Staub von ihrem Finger.

Sie tat es nicht. Der Stuhl schien den Test bestanden zu haben. Dengler seufzte. Sie setzte sich. Den dunkelbraunen, fast schwarz polierten und mit einer eisernen Spitze versehenen Gehstock stellte sie mit einer bedächtigen Bewegung zwischen ihre Beine und stützte sich mit beiden Händen darauf. Den Kopf hielt sie aufrecht. Zwei braune Augen musterten

Georg Dengler, und darin stand etwas Nachsichtiges, gerade so, als hätte sie eben einem Lakaien Weisungen erteilt und sei sich nun nicht sicher, ob dieser ihre Wünsche auch vollständig begriffen habe.
»Bitte erzählen Sie mir Ihre Geschichte noch einmal der Reihe nach«, sagte Dengler und zog sein schwarzes Notizbuch aus der Innentasche seines Jacketts.
Die alte Frau holte tief Luft.
»Sie hatte kein schwaches Herz«, sagte sie schließlich, »niemand in unserer Familie hatte je ein schwaches Herz. Und Angelika auch nicht.«
Sie machte eine Pause und starrte ihn unverwandt an.
Dengler wartete. Die Spitze seines Füllers ruhte erwartungsvoll über dem Papier. Er wusste nicht, was er schreiben sollte. Da die Frau jedoch weiter schwieg, schrieb er: *Kein schwaches Herz*.
»Erzählen Sie der Reihe nach«, sagte er ruhig, und dann sah er, wie sich ihre Augen mit Tränen füllten.

Videosequenz bellgard1.mpg

»... weiß nicht, woher der Kunde meine Telefonnummer hat, aber er hat sie, und er drohte mir, mich auffliegen zu lassen. Zum ersten Mal, seit ich diesen Job mache, werde ich bedroht. Wahrscheinlich ist Schumacher vom Verband die undichte Stelle. Den werde ich mir noch zur Brust nehmen. Diese Aufnahmen hier sind meine Lebensversicherung. Ich werde sie versteckt ins Netz stellen. Sollte ich das Verzeichnis, in dem diese Videodateien gelagert sind, eine gewisse Zeit nicht aufrufen, wird der automatische Schutz aufgelöst, und die Videosequenzen werden öffentlich im Netz stehen, frei zugänglich für jedermann. Und da werden einige staunen, was aus dem Dr. Norbert Bellgard geworden ist, auf dem sie alle herumgehackt haben.
Also, ich heiße Dr. Norbert Bellgard, bin ehemaliger Kardiologe, bekannt durch den Herzklappenskandal, den die Spürhunde von der AOK angezettelt hatten und wegen dem ich meine Zulassung verlor. Ich erinnere mich noch gut, wie die Polizisten mich morgens um fünf aus dem Bett klingelten. So etwas vergisst man nicht so leicht. Ich hatte mir nichts vorzuwerfen. Ich habe mir bis heute nichts vorzuwerfen. Ich glaubte, die Herzklappen aus China seien genauso gut wie die deutschen. Ich dachte das wirklich. Reinen Herzens.
Wenn die Krankenkasse in aller Ruhe auf mich zugekommen wäre und gesagt hätte: Dr. Bellgard, wir wissen, Sie verwenden die billigeren chinesischen Herzklappen. Sie vertreiben sie auch an andere Kollegen. Es gibt da gewisse Probleme, es gab drei Todesfälle, dann hätte ich doch mit mir reden lassen, ich wollte doch niemandem etwas zuleide tun. Dann hätte man das ausbügeln können, aber so ... Gleich mit der Polizei eine Hausdurchsuchung, wie bei einem Terroristen? Das war damals eine schwere Zeit für mich. Die Presse, An-

nette, die mich verließ, dazu das Gefühl, das Oberschwein der Nation zu sein, dabei, und das sag ich hier noch einmal, ahnte ich nicht, dass die chinesischen Dinger nicht so sauber arbeiten, ich meine, die kopieren doch sonst alles so sauber, die Chinesen, wieso dann nicht auch Herzklappen.
Hätte man damals mit mir geredet, in aller Ruhe, wäre alles wieder gut geworden, und eine Menge Leute würden heute noch leben.«

Hauptversammlung

Stefan C. Crommschröder kneift die Augen zusammen. Er wundert sich, dann steigt Ärger in ihm auf und schließlich – wieder einmal – Bewunderung. Woher nimmt sie den Mut, hier zu erscheinen? Und woher den Stolz, so aufrecht dazustehen?
Er hat sie lange nicht mehr gesehen. Ein Jahr? Zwei Jahre? Keine Ahnung. Zum Schluss einer der üblichen Kräche. Dann Funkstille. Er merkt nicht, dass er lächelt. Für einen Augenblick vergisst er die Kamera, die die Mitglieder des Vorstandes überlebensgroß auf die Leinwand hinter ihm zeichnet.
Dr. Landmann, der Aufsichtsratsvorsitzende, im ganzen Konzern gefürchtet wegen seines entsetzlichen Mundgeruchs, gibt ihr Mikro frei. Die Kameras fangen ihr Bild ein. Sie sieht gut aus.
»Meine Frage geht an Dr. Stefan Crommschröder«, sagt sie.
Natürlich. Das war zu erwarten.
Immerhin nennt sie ihn nicht Steff.
Alle Augen am Vorstandstisch richten sich auf ihn. Auch der Aufsichtsratsvorsitzende schaut zu ihm. Crommschröder atmet langsam aus und blickt wieder auf das andere Ende der Halle. Er unterdrückt den Impuls, sich die Augen zu reiben. Aber es gibt keinen Zweifel. Die Frau, die dort vor dem Mikrophon steht, ist Karin. Seine Schwester.
»Herr Dr. Crommschröder«, sagt sie nun, und ihre Stimme klingt völlig ruhig und trotz der zahlreichen Lautsprecher nahezu vertraut. »Sagen Sie mir: Was ist das für ein Gefühl? Überall, wo Ihr Unternehmen tätig wird, sind die Menschen beunruhigt, sie schließen sich zu Bürgerinitiativen zusammen, es gibt Demonstrationen, und sie wehren sich gegen Ihre Firmenpolitik. Überall auf der Welt. Wie geht es Ihnen dabei?«

Crommschröder hasst sie im gleichen Augenblick. Er hasst dieses Argument. Es markiert ihn wie ein Brandzeichen. Joseph Waldner, der einzige Österreicher im Vorstand, bringt es bei jeder denkbaren Gelegenheit vor: Dr. Crommschröder ist sehr erfolgreich, aber er bringt die halbe Welt gegen uns auf. Unser Image leidet unter seinen Methoden.

Karin tritt nicht ab, wie die Fragesteller vor ihr, sondern sie bleibt vor dem Mikrophon stehen. Crommschröder kneift erneut die Augen zusammen, um sie auf der gegenüberliegenden Seite der Kongresshalle besser zu sehen.

Dr. Landmann schlägt mit der linken Hand auf den weißen Knopf, der ihr Saalmikrophon abschaltet. Crommschröder sieht, dass er wütend ist. Landmann nestelt an seinem Mikro. Er verabscheut die kritischen Kleinaktionäre, die auf Hauptversammlungen unbequeme Fragen stellen.

»Liebe Frau ... Sie haben sich leider nicht vorgestellt«, sagt er, »unsere Geschäftsordnung sieht Fragen nach der Befindlichkeit der Vorstandsmitglieder nicht vor. Wir befinden uns hier auf einer Hauptversammlung und nicht in einer therapeutischen Veranstaltung. Die Herren sollen lediglich unseren Wohlstand mehren. Wenn sie sich dabei gut fühlen – umso besser.«

Crommschröder weiß nicht, was ihn reitet. Er steht auf und gibt Landmann ein Handzeichen. Er will reden. Vielleicht weiß er, dass sie sich von Landmann nicht so leicht abfertigen lassen wird. Mit einigen schnellen Schritten steht er am Rednerpult. Er wartet. Aus den Augenwinkeln erkennt er, dass die Kamera seine Gestalt eingefangen hat und auf die Leinwand hinter ihm projiziert. Er wartet noch einige Sekunden. Bis es still ist in der Halle. Er ist Profi. Er weiß, wie man sich ein Auditorium unterwirft. Er genießt es, dass auch seine Kollegen vom Vorstandstisch zu ihm herüberschauen. Dr. Kieslow, der Vorstandssprecher, sieht ihn nachdenklich an. Joseph Waldner, sein Konkurrent, der den Geschäftsbereich Energiewirtschaft führt, spielt mit einem Kugelschreiber.

Soll er ruhig nervös werden, dieser Österreicher mit seinem Wiener Schmäh.

Nun herrscht gespannte Ruhe in der Halle. 3000 Aktionäre sehen aufmerksam zu ihm auf. Erst dann redet er.

»Liebe Aktionärin«, sagt Crommschröder, »meine sehr verehrten Damen und Herren, in der Frage der verehrten Fragestellerin wurde eine Feststellung transportiert, der ich widersprechen muss. Die Geschäftstätigkeit des Geschäftsbereichs Wasser ist sehr erfolgreich. Obwohl wir das jüngste Kind in der Reihe der Geschäftsbereiche des VED-Konzerns sind. Gleichwohl gebe ich zu, dass es hin und wieder Missverständnisse und Sorgen in einigen Regionen gibt, in denen die Bevölkerung von den lokalen Behörden nicht ausreichend über die Verbesserungen der Wasserversorgung unterrichtet wird, die nach der Übernahme der Geschäfte durch die VED regelmäßig erfolgen. Wir haben deshalb eigens eine Task Force ins Leben gerufen, deren Aufgabe in nichts anderem besteht, als unsere Neukunden zu informieren. Vertrauensverhältnisse herzustellen. Eine sehr erfolgreiche Truppe, die …«

Er sieht, wie sich am anderen Ende der Halle ihr Arm hebt.

»Ja, bitte«, sagt er und kassiert den wütenden Blick von Landmann. Der gibt mit einer unwilligen Bewegung das Saalmikrophon frei.

»Gilt das auch für Cochabamba?«, fragt sie. Und jeder in der Halle kann es hören.

Crommschröder wird blass. Für eine Sekunde, nein, nur für den Bruchteil einer Sekunde verliert er die Fassung. Woher weiß sie von Cochabamba? Das Projekt hat die höchste Geheimhaltungsstufe im Konzern. Er sieht, dass Kieslow mit offenem Mund in die Kameras starrt, als habe er soeben einen debilen Anfall erlitten. Waldner lächelt still vor sich hin und spielt weiter mit seinem Kugelschreiber.

Das zahl ich dir heim, Schwesterherz, das zahle ich dir heim, denkt Crommschröder und gewinnt seine Fassung zurück.

»Das gilt selbstverständlich für den gesamten Geschäftsbe-

reich Wasserwirtschaft«, sagt er und verlässt das Rednerpult. Beifall brandet auf.
»Die nächste Frage bitte«, hört er Dr. Landmann sagen, als er sich wieder setzt.
Er muss mit ihr reden.

Antonius

»Die alte Dame ist der festen Überzeugung, dass der Tod ihrer Enkelin keine natürliche Ursache hat«, sagte Georg Dengler.
Am frühen Nachmittag saßen Georg und Olga im Basta. Er hatte sich einen doppelten Espresso bestellt, sie nippte an ihrem schwarzen Tee und hörte ihm aufmerksam zu.
»Sie hat keinerlei Hinweise, die diese Überzeugung stützen – es ist nur eine Vermutung. Ihre Vermutung.«
Der Tod der Bundestagsabgeordneten Angelika Schöllkopf im Plenum des Bundestags hatte für einen Tag die Schlagzeilen beherrscht. Der *Spiegel* veröffentlichte eine zweiteilige Artikelserie über die Arbeitsbelastung von Abgeordneten, eine Idee, die der *Stern* dann aufgriff. Einige Fernsehmagazine folgten mit Sendungen über den Herzinfarkt, von dem immer mehr Menschen betroffen seien. Das war's dann. Nun war der Tod von Angelika Schöllkopf kein Medienthema mehr.
Olga runzelte die Stirn: »Eine Vermutung?«
»Bestenfalls.«
»Wo wohnt sie?«
»In Berlin.«
»Berlin? Wie kommt sie dann auf dich?«
»Ich sei ihr empfohlen worden, hat sie gesagt. Sie hat hier in Stuttgart ein Zimmer genommen. Im Hotel *Sauer*.«
»Georg, endlich hast du mal einen spannenden Fall«, sagte Martin Klein, der sich zu ihnen gesetzt hatte.
»Vielleicht was für deinen Kriminalroman?«, fragte Olga etwas spöttisch.
»Jedenfalls spannender als all der Erbschaftskram, als untreue Ehefrauen und diese langweiligen Mietsachen.«
Georg Dengler betrachtete seinen Freund. Die weiß ge-

wordenen Schnurrbarthaare standen ab und schienen zu vibrieren. Klein wirkte angespannt und nervös. Seine Finger bewegten sich an der Tischkante entlang, als spielten sie auf einem unsichtbaren Flügel eine komplizierte Sonate.
»Ich weiß noch nicht, ob ich den Fall annehmen werde«, sagte Dengler schließlich.
Klein verdrehte die Augen.
»Jetzt hast du mal einen interessanten Fall, und dann zögerst du?«
Er schüttelte den Kopf.
Martin Klein, sein Freund und Nachbar, mit dem er Tür an Tür wohnte, schrieb Horoskope für Tageszeitungen und für Frauenzeitschriften. Aufmunternde, kleine Horoskope für die Tageszeitungen, die meist wöchentlich erscheinenden Frauenzeitschriften räumten ihm ein paar Zeilen mehr ein.
Seltsam, dachte Dengler, ich habe Martin nie gefragt, ob er an Astrologie glaubt. Ohne dass die beiden Freunde je darüber gesprochen hatten, ging Dengler stillschweigend davon aus, dass Martin Klein nichts von Horoskopen und Astrologie hielt. Es passte einfach nicht zu ihm. Er wirkte aufgeklärt und vernünftig, eher der Wissenschaft zugeneigt als der Esoterik. Aber sicher bin ich nicht, dachte Dengler. Obwohl ich Martin täglich sehe, weiß ich doch wenig über ihn.
Vor einigen Jahren, als er seinen ersten Fall bearbeitete, war Denglers Büro und Wohnung heimlich durchsucht worden. Damals verdächtigte er Martin zu Unrecht, der unbekannte Schnüffler gewesen zu sein. Das tut mir heute noch leid, dachte er. Er hatte Klein seinerzeit überprüft und herausgefunden, dass dieser zwei Kriminalromane veröffentlicht hatte. Leider machte der Verlag bald nach Erscheinen des zweiten Krimis Pleite, und beide Bücher waren nicht mehr lieferbar. Später, als sie Freunde wurden, erzählte ihm Klein, dass er fast alle seine Ersparnisse in diese beiden Romane gesteckt habe. Vier Jahre habe er an ihnen gearbeitet. Und da sei er froh gewesen, den Job mit den Horoskopen zu bekommen.

Doch Kleins heimliche Leidenschaft galt immer noch den Kriminalromanen. Einen Kriminalroman zu schreiben, sagte Klein einmal zu Dengler und Olga, sei das größte Glück auf Erden. Sich ein Verbrechen auszudenken, eine Geschichte zu konstruieren, Figuren zu erfinden … Dann das Schreiben selbst. Wenn man eine gute Szene geschrieben habe, sei dies das beste Gefühl, das er kenne. Nur mit Sex vergleichbar, fügte er schmunzelnd hinzu, aber daran könne er sich in seinem Alter nur noch unklar erinnern.

Hin und wieder zog Klein seinen Freund Georg damit auf, dass dessen Fälle für einen guten Krimi einfach nicht taugten. Und machte dabei immer die gleiche wegwerfende Handbewegung. Aber insgeheim, da war sich Dengler sicher, wartete Klein noch immer auf den ganz besonderen Fall, den er zu einem Kriminalroman verarbeiten konnte.

»Warum willst du den Fall nicht annehmen?«, fragte Olga.

Georg Dengler blickte zu Olga, die ihn anlächelte.

Diese Frau ist das Beste, was mir in meinem Leben passiert ist.

Seit seinem letzten größeren Fall waren sie ein Paar. Trotzdem gab es Themen, über die er nichts wusste und über die sie nicht sprach. Sie schwieg, sooft er sie auch fragte. Ihre Kindheit in Rumänien – er wusste, dass sie sehr arm und nicht bei ihren Eltern aufgewachsen war. Als Kind war ihr der Zeigefinger der rechten Hand gedehnt und gezogen worden, bis er genauso lang wie ihr Mittelfinger war. Gleich große Zeige- und Mittelfinger sind ein strategischer Vorteil, wenn man in die Jackett- und Hosentaschen anderer Leute greift.

Olga hat mir nie erzählt, wie lange sie in ihrer Kindheit als Diebin arbeiten musste. Sie hat mir auch nie, außer einer kurzen Bemerkung, von der Ehe erzählt, zu der sie als Mädchen gezwungen worden war.

Und doch hatte Olga diese schwierigen Jahre offenbar ohne Schäden hinter sich gebracht. Nur manchmal wälzte sie sich schwer im Schlaf. Dann legte Georg ihr eine Hand auf die

Stirn, und sofort atmete sie wieder ruhig und gleichmäßig. Olga lebte, so schien es Dengler, frei und unbeschwert. Sie kannte keine Finanzprobleme. Wenn ihr Geld knapp wurde, spazierte sie ein- oder zweimal durch die Lobby eines großen Hotels – und schon reichte es wieder für die nächsten Monate. Jetzt arbeitete sie nur auf eigene Rechnung. Den Leuten, denen ich Geld stehle, tut das nicht weh, sagte sie zu Georg. Mache dir keine Sorgen! Sie erzählte Dengler nie, wann sie loszog, manchmal verschwand sie für zwei oder drei Tage. Und nie wurde sie geschnappt.
Während Klein sich über den Einzug eines privaten Ermittlers in das Haus gefreut hatte, hatte Georgs Erscheinen die schöne Olga beunruhigt. Es dauerte lange, bis sie mit ihm überhaupt ein Wort sprach. Doch als sie merkte, dass er, der Expolizist, sie in Ruhe ließ, half sie ihm sogar. Seinen ersten Fall hätte er ohne sie nicht lösen können. Und bei seinem zweiten großen Fall war sie ständig an seiner Seite.
All das bedachte Dengler in Sekundenbruchteilen, bevor er ihr antwortete: »Es ist in diesem Fall äußerst schwierig, an die nötigen Informationen zu kommen, außerdem habe ich im Augenblick einiges zu tun.«
Das stimmte. Nach der harten Zeit, in der Dengler jeden Fall annehmen musste, um sich über Wasser zu halten, hatte sich die Auftragslage gebessert. Mittlerweile war sein Minus auf dem Konto geschmolzen, und nun hegte er die kühne Hoffnung, es könne sich in einigen Monaten sogar in ein Plus verwandeln.
»Wie würdest du denn vorgehen? Ich meine – nur mal angenommen, du nimmst den Auftrag an?«, fragte Klein.
»Die klassische Methode – Motiv, Tatwaffe, Tatort. An diesen drei Tatmerkmalen würde ich ansetzen, aber das ist in diesem Fall besonders schwierig.«
»Warum?«
»Es gibt keine Tatwaffe, keine erkennbare zumindest. Die Frau geht zum Rednerpult und will eine Rede halten. Dann

erleidet sie eine Herzattacke und stirbt. Wenn man den Medien glauben darf: an Erschöpfung oder Überlastung. Also keine Tatwaffe, die mich zu einem Täter führen könnte. Keine sichtbare, jedenfalls. Auch die Leiche hilft mir nicht weiter.«

Er sah das fragende Gesicht Kleins.

»Sie ist schon beerdigt. Und den Tatort? Den dürfte ich nicht einmal betreten.«

»Warum nicht?«

»Den Plenarsaal des Bundestages dürfen nur Abgeordnete oder Saaldiener betreten, nicht einmal Angestellte des Bundestages dürfen hinein.«

»Woher weißt du das alles?«, fragte Olga.

»Wahrscheinlich hat er in Gemeinschaftskunde aufgepasst«, sagte Klein.

»Falsch«, sagte Dengler, »ich hab im Bundestag angerufen und mich erkundigt. Bevor ich einen Auftrag annehme oder ablehne, will ich die äußeren Umstände kennen. Mittlerweile dürften jedoch am Tatort, wenn man ihn denn überhaupt so nennen kann, keine Spuren mehr zu sehen sein. Das ist alles schon zwei Wochen her.«

Martin Klein machte sich hastig einige Notizen.

»Bleibt die Frage nach dem Motiv«, sagte er dann und zog mit dem Kugelschreiber eine Linie unter das bisher Geschriebene.

»Konnte die Großmutter einen Anhaltspunkt für ein Motiv liefern?«, fragte Olga.

»Nein. Konnte sie nicht. Ihr einziges Argument ist ein medizinisches: In ihrer Familie hatte noch nie jemand ein schwaches Herz. Ich habe ihr gesagt, dass in ihrer Familie wahrscheinlich auch noch niemand den Belastungen eines Abgeordnetenberufs ausgesetzt war.«

»Und?«

»Was und?«

»Was hat sie daraufhin gesagt?«

»Sie habe den Heiligen Antonius gebeten, dass er ihr helfe. Ich solle in seinem Namen der Sache nachgehen.«
»Den Heiligen Antonius?«
Martin Klein blickte perplex von seinen Aufzeichnungen auf.
»Ja, sie sprach vom Heiligen Antonius und dass sie zuvor eigens an einer Kirche vorbeigefahren sei, Geld gespendet und ihn um Unterstützung gebeten habe: Er solle den Privatermittler dazu bringen, den Tod ihrer Enkelin aufzuklären.«
»Sie lieferte also kein überzeugendes Mordmotiv?«
»Nein.«
»Ich möchte diese Frau kennenlernen«, sagte Olga plötzlich.
Dengler und Klein sahen sie erstaunt an.
Olga wandte den Blick zu Boden, so als schämte sie sich, und Dengler schien es, als errötete sie.
Dann sagte sie leise: »Der Heilige Antonius hat bei mir noch etwas gut – ich bin ihm noch etwas schuldig.«
Sie blickte auf und sah in die fragenden Gesichter der beiden Männer.
»In der schwierigsten Phase meines Lebens hat mich der Heilige Antonius begleitet und letztlich auch gerettet. Ohne ihn wäre ich tot. Ich möchte diese Frau kennenlernen, bitte!«
Sie sah Dengler offen und ernst an.
»Sicher. Ich rufe sie an«, sagte er.
Dann trank er seinen Espresso aus.
»Ich muss noch arbeiten«, sagte er und ging.
Auf dem Weg zur Treppe stellte er fest, dass seine schlechte Laune verflogen war.

Stefan C. Crommschröder

Stefan C. Crommschröder wird am 18. März 1960 in Stuttgart geboren, nur anderthalb Jahre nach seiner Schwester Karin. In dieser Stadt ist es für das weitere Fortkommen von Vorteil, an einem der Hänge zur Welt gekommen zu sein, und zumindest in dieser Hinsicht hat er Glück. Das Haus seiner Eltern steht in der Nähe des Bismarckturms, oben am Killesberg, in jener eleganten und mit einem Anflug von falscher Bescheidenheit als »Halbhöhe« benannten Wohngegend, dem Dach der Stadt, wie ein Liedermacher diese Gegend einmal genannt hat.

Die Ehe seiner Eltern ist, aus seiner heutigen Sicht, kaum mehr als die Vereinigung sechs großer Mietshäuser unten im Stuttgarter Kessel, deren Mieter bereits zum Zeitpunkt von Crommschröders Geburt dafür gesorgt hatten, dass die Familie ein beachtliches Vermögen auf der Bank hat. Zweimal im Jahr zieht seine Mutter den immer gleichen alten braunen Rock und eine unförmige Joppe aus derbem Stoff an, dazu bindet sie ein Kopftuch um. Dann inspiziert sie den familiären Immobilienbesitz im Westen. Das sind die einzigen Anlässe, bei denen sie nicht ihren Daimler aus der Garage holt, sondern mit der Straßenbahn in die Stadt fährt.

Jedes Mal kommt sie kopfschüttelnd zurück, klagt über die verantwortungslosen Mieter, die sie durch ihre Unachtsamkeit in den Ruin treiben und die die Gutmütigkeit der Familie schamlos ausnutzen würden. So prägt sich dem kleinen Stefan schon früh die Überzeugung ein, dass Mieter eine geheimnisvoll minderwertige und rücksichtslose Spezies von Menschen seien; Menschen, die seine Mutter abwechselnd »Zigeuner« oder »Gauner« nennt.

Bevor die Mutter jedoch zu ihrer Inspektionsreise ins unbekannte Mieterland aufbricht, schließt sie sich im zweiten Stock in dem kleinen Büro ein, in dem ein Schreibtisch aus Holz mit einer knatternden elektrischen Rechenmaschine steht. Dort erstellt sie auf dünnen Bögen mit Durchschlagpapier handschriftliche Listen für die Mieter, auf die sie mit klarer und großer Schrift »Nebenkosten« schreibt und auf denen sie mit einem hölzernen Lineal Tabellen zeichnet, in deren Spalten sie die Forderungen für Wasser-, Elektrizität-, Heizung-, Müll- und Verwaltungskosten einträgt.

In diesen Tagen bekommt das Gesicht seiner Mutter einen sonderbar spitzen Ausdruck, etwas Mausartiges und Verhuschtes, etwas, vor dem sich Stefan und Karin schon als Kinder fürchten. Sie dürfen die Mutter in diesen Tagen nicht stören, sie hören durch die verschlossene Tür das Rattern der Rechenmaschine und das pausenlose Schimpfen der Mutter über die Mieter, die ihr diese Arbeit nicht im Geringsten danken würden.

Erst nach ihrem Tode, als Crommschröder ihre Unterlagen sichtet und überprüft, stellt er fest, dass diese Abrechnungen fast nie stimmten, manchmal betrog sie die Mieter nur um einige Mark, oft waren die Abrechnungen jedoch doppelt so hoch wie die tatsächlichen Kosten. Auf diese Weise hatte seine Mutter beträchtliche Rücklagen gebildet.

Crommschröders Vater ist Beamter. Er arbeitet im Kultusministerium unten im Kessel, wird dann, als Stefan schon zwölf Jahre alt ist, ins Staatsministerium befördert. Über die konkrete Tätigkeit des Vaters können sich weder der Junge noch seine Schwester ein genaues Bild machen. Auch heute, nachdem sein Vater nun schon viele Jahre tot ist, weiß Crommschröder nichts über dessen genauen Aufgabenbereich.

Die Geburt der Tochter ist für den Vater eine große Enttäuschung. Umso größer sind die Erwartungen, die er in den nachgeborenen Sohn setzt.

Von den Erziehungsmaximen seines Vaters bleibt Cromm-

schröder die wichtigste unvergessen: Immer besser sein als die anderen.
Wenn du immer besser bist als die anderen, kann dir im Leben nichts passieren.
In den unterschiedlichsten Variationen erfolgt diese Mahnung: *In der Klasse muss für alle klar sein, dass du besser bist als dein Banknachbar.*
Der Vater hat ein System von Belohnung und Bestrafung entwickelt, das nicht einfach gute Noten belohnt, wie das andere Väter tun. Belohnt wird Stefan nur, wenn seine Arbeiten besser sind als der Klassendurchschnitt. In den ersten beiden Jahren am Eberhard-Ludwigs-Gymnasium ruft der Vater nach einer Klassenarbeit regelmäßig die Lehrer an, um die Durchschnittsnote zu erfahren. Stefan ist das peinlich, den Lehrern lästig. Sie schreiben schon bald in Stefans Heft nicht nur seine individuelle Note, sondern, um den väterlichen Anrufen zu entgehen, auch die Durchschnittsnote in Klammern dazu. Das ist sein Maß.
Hin und wieder erscheinen Freunde aus Vaters rotarischem Club zum Essen, ein Ereignis, das bei Mutter und Kindern gleichermaßen gefürchtet ist. An diesen Abenden muss alles besser sein, als es die Gäste erwarten: das Essen ausgefallener, der Wein edler, die Kerzen zahlreicher, die Tochter braver, der Sohn sauberer, die Mutter charmanter, aufmerksamer und liebevoller, die Wohnung exklusiver, die Zigarren teurer, die Musik gedämpfter.
Am Tag danach führt der Hausherr die nicht minder gefürchtete »Manöverkritik« mit der Familie durch. Es hagelt Beurteilungen für Betragen von Frau und Kindern, Küche und Weinkeller (für den allein er zuständig ist und der daher immer erstklassig benotet wird).
Alles soziale Lernen vollzieht sich bei Stefan C. Crommschröder unter dem Druck der Konkurrenz. Das »Du musst besser sein als andere« ist die Erziehungsmaxime seiner Kindheit. Ohne Chance auf freie Wahl hat er schon mit zehn

Jahren dieses Prinzip völlig verinnerlicht. Wo immer er in Zukunft auftreten wird, schaut er sich nach jemandem um, dem er beweisen muss, dass er der Bessere ist.

Gleichzeitig hat seine frühe Kindheit auch etwas Behütetes. Als Kind kann er sich nicht vorstellen, dass es Familien gibt, die keine zwei Daimler in der Garage stehen haben, oder dass es Mütter gibt, die dienstags nicht nach München fahren, um auf dem Viktualienmarkt einzukaufen. Dort oben auf der Halbhöhe, dem Killesberg, kennt man es nicht anders.

Karin, seine ältere Schwester, wird vom Vater allein deshalb weitgehend missachtet, weil sie ein Mädchen ist. Vom Verhalten der Tochter hat der Vater keine genaue Vorstellung. Das Weibliche irritiert ihn ohnehin mehr, als dass es ihn erfreut, und so genügt es, wenn Karin fröhlich, sauber und zurückhaltend erscheint – äußere Attitüden, die sie sich antrainiert, um dann von allen unbemerkt ihr eigenes Innenleben zu entdecken und zu formen und die Welt auch außerhalb der Halbhöhe zu erkunden.

Die Schwester, auf der die geballte Aufmerksamkeit des Vaters nicht lastet, wird für den jüngeren Bruder zum Fenster in die Welt. Sie wiederum erkundet an ihm die Eigentümlichkeiten des männlichen, wenn auch noch kindlichen Körpers und zeigt dem Jüngeren, was bei ihr alles anders ist, nun knospt und erwacht. Das Verbotene daran reizt sie mehr als alles andere. Sie entdeckt als Erste die kleinen Pillen im Alibertschrank im Bad, ohne die die Mutter nicht mehr leben kann. Und sie findet auch die passende Musik. »Mother's Little Helper« von den Stones ist für einige Monate ihre geheime Erkennungsmelodie.

Karin ermöglicht ihrem Bruder kleine Fluchten. Als der SDR die Sendung »Jugendliche fragen – Prominente antworten« überträgt, ist sie im Team der Jugendlichen dabei. Zum ersten Mal erlebt sie bei ihrem Vater so etwas wie erstaunten Stolz, gerade so, als würde er jetzt erst feststellen, dass er noch ein zweites Kind hat. Aber da ist es ihr bereits egal. Sie setzt durch – zu Hause und beim Sender –, dass auch der kleinere Bruder mitmachen darf. Damit öffnet sie ihm eine neue Sphäre – außerhalb des väterlichen Einflusses. Die Jugendlichen, die er im Sender kennenlernt, sind auf eine diffuse Art links. Es ist die Zeit der Nachrüstungsbeschlüsse einer SPD/FDP-Koalition und der Proteste dagegen. Karin fährt mit zu den Demonstrationen und verdeckt ihre Aktionen zu Hause kaum.

Zu den Sendungen des SDR erscheint Wolf Biermann, dessen hemmungslose Eitelkeit für die Jugendlichen eine rabiate Enttäuschung ist. Linke hat man sich anders vorgestellt. Luise Rinser beeindruckt sie alle. Später wird Stefan in einem ihrer Bücher einige Zeilen über diese Begegnung finden. Die Schriftstellerin schreibt über die »Stuttgarter Bürgerkinder«, die ständig von sozialer Gerechtigkeit geredet, davon aber keine blasse Ahnung gehabt hätten.

Die Mutter braucht immer mehr Pillen, um es in dem lieblosen Haushalt auszuhalten. Sie wird vergesslich. Sie trinkt zu viel. Bald liegt ihr Tagespensum bei drei Flaschen Weißwein. Karin hilft ihr bei den Mietsachen. Die Eltern haben zwei Häuser in Kaltental gekauft. Arbeiterwohnungen, die sehr günstig zu bekommen waren. Karin begleitet ihre Mutter schließlich auch auf den zweimal im Jahr unternommenen Inspektionsreisen.

Thorsten Hecht, der mit seiner Mutter in einer dieser Zweizimmerwohnungen wohnt, wird ihr erster Freund. Er steht kurz vor der Gesellenprüfung. Drei Jahre lang hat er Schriftsetzer gelernt. Als er die Lehre begann, galt der Beruf als die Krone aller Lehrberufe, nun dämmert ihm, dass er damit keine Zukunft haben wird. Und er weiß noch nicht, wie er das seiner Mutter klarmachen soll.

Auch Stefan verliebt sich zum ersten Mal. In Magda, eine Schönheit, die vom Karlsgymnasium in seine Klasse gewechselt hat. Sie ist blond und unfassbar erhaben. Wie eine

Herrscherin nimmt sie die Huldigungen der Jungs und die Freundschaftsangebote der Mädchen an oder verwirft sie, nach Regeln und Launen, die Stefan völlig willkürlich und undurchschaubar erscheinen. Sie konkurriert nicht mit den anderen Mädchen, so wenig wie eine Königin mit Zofen konkurriert. Stefan leidet ein Jahr lang an ihrer Nichtbeachtung, und manchmal glaubt er, dass er daran sterben wird.
In seine Klasse geht auch Hansl, der Pfarrerssohn. Hansl hat acht Geschwister. Seine Eltern haben wenig Geld, und in der Klasse gibt es bereits strenge Dresscodes. Lacoste ist angesagt. Benetton, na ja, das geht gerade noch so. Hansl muss jedoch meistens die Hosen und Pullis seiner älteren Geschwister auftragen. Eines Tages erscheint er in einem Benetton-Pullover mit V-Ausschnitt. Stolz trägt er ihn. Jeder weiß, dass er monatelang dafür gespart haben muss.
Aber in was für einer Farbe! Pink!
Völlig daneben! Naserümpfen, hochgezogene Augenbrauen und herablassendes Lachen allenthalben.
Magda organisiert die Aktion. Am nächsten Tag erscheinen alle Mädchen der Klasse in pinkfarbenen Benetton-Pullovern mit V-Ausschnitt. Sie haben einen Heidenspaß. Hansl weigert sich danach eine Woche lang, zur Schule zu gehen. Seit jenem Tag ist Stefan von Magda kuriert.

***

Als er bereits in die 13. Klasse geht, nimmt seine Mutter einige Pillen zu viel. Achtundzwanzig, um genau zu sein. Der Vater ist wütend. Er sieht es als ihren persönlichen Racheakt gegen ihn an, und vielleicht hat er damit sogar recht. Karin weint tagelang. Stefan ist merkwürdig unberührt.

***

Im gleichen Jahr fährt er mit Karin und Thorsten in dessen altem VW-Variant nach Italien. Sie wollen die Kommunistische Partei Italiens kennenlernen. Direkt hinter Como fährt Thorsten von der Autobahn. Sie kommen in ein Dorf, dessen Namen Crommschröder schon lange vergessen hat. Keiner von den Dreien spricht Italienisch, aber Karin und Stefan radebrechen mit Hilfe ihrer Lateinkenntnisse. Sie fragen sich zum Ortsbüro der KPI an der Piazza Antonio Gramsci durch, finden sie und verwickeln einen Arbeiter, den sie dort antreffen, in eine Diskussion über revolutionäre Strategien. Der Genosse, dick und rund, kratzt sich am Kopf und stellt erst mal Brot, Oliven und eine Flasche Rotwein auf den Tisch. Das Gespräch verläuft jedoch merkwürdig unbefriedigend für die drei, und sie wissen, dass es nicht allein an ihren fehlenden Italienischkenntnissen liegt.

Die wahre Hochburg der Kommunisten sei die Toskana, sagt Karin. Hier, in der Nähe der Schweiz, sei das revolutionäre Bewusstsein vielleicht doch nicht so entwickelt, wie sie sich das vorgestellt haben.

Sie fahren weiter. Suchen KPI-Büros auf. Überall werden sie freundlich empfangen. Überall gibt es Wein, Oliven, Brot und freundliches Unverständnis. Aber die Lektion dieser Reise ist nicht eine in revolutionärer Strategie, sondern eine in Gastfreundschaft. Sie erfahren eine Freundlichkeit, die sie weder auf der Halbhöhe noch unten in Kaltental je erlebt haben.

In konspirativem Ton erzählt Thorsten auf dieser Reise zum ersten Mal von dem alten Stuttgarter Kommunisten Eugen Seitzle. Ein Schriftsetzer sei er, und nach dem letzten Streik habe er seine Arbeit verloren. Seitdem unterrichte er in seiner Wohnung Schüler und Lehrlinge in den Marx'schen Schriften. Nicht jeder dürfe an diesen Sitzungen teilnehmen. Es sei schwer vorherzusehen, wen er dort aufnehme und wen nicht. Ihn, Thorsten, habe er abgelehnt. Karin habe er angenommen.

Mehr muss Stefan C. Crommschröder nicht wissen. Der Stachel der Konkurrenz bohrt sich sofort in sein Fleisch. Er liegt seiner Schwester so lange in den Ohren, bis sie verspricht, ihm Eugen Seitzle vorzustellen.

G-G'

Stefan C. Crommschröder lernt Eugen Seitzle drei Monate später kennen. Seitzle bewohnt eine Zweizimmerwohnung im Erdgeschoss eines Mietshauses in Stuttgart-Kaltental. Seit seine Frau vor mehr als zehn Jahren gestorben ist, verwandelt er nach und nach das Wohnzimmer in eine Bibliothek und das Schlaf- in ein Studierzimmer. Dem dauernd anwachsenden Strom von Büchern, Zeitschriften, Zeitungen, Flugblättern, Ausschnitten, Kunst- und Fotobänden sucht Seitzle Raum zu schaffen, indem er die Betthälfte seiner Frau auf den Sperrmüll schafft und die ihm verbliebene Hälfte zum Hochbett umbaut. An allen Wänden, auch im Flur und sogar in der Toilette im Treppenhaus, stehen vollgestopfte Holzregale, deren Böden teilweise bedenklich durchhängen. Die Küche ist Bibliothek und Sitzungszimmer zugleich, in minimaler Grundausstattung dient sie zudem den Seitzle'schen Grundbedürfnissen an Hygiene und Nahrungsaufnahme.
Eine vergleichbare Wohnung hat Stefan Crommschröder noch nie gesehen. Als er zum ersten Mal in der legendären Seitzle'schen Küche steht, wagt er es nicht, sich zu setzen. Ihn überkommt eine ehrfurchtsvolle Stimmung, so, als habe er einen revolutionären Tempel betreten, einen mystischen Ort des Geistes und der Erkenntnis, die Stätte seiner zukünftigen kommunistischen Weihen.
Seitzle ist Arbeiter, und in diesen Jahren hat dieses Wort noch einen geheimnisvollen Klang, so als gehöre er einer besonderen Welt an, die den Bürgerkindern der Halbhöhe aufgrund des Makels ihrer Herkunft verwehrt ist. Genauer gesagt, Seitzle war Schriftsetzer bei einer der beiden großen Stuttgarter Tageszeitungen und verlor seinen Job nach der Niederlage im großen Streik von 1976. Er ist ein Mann un-

definierbaren Alters, vielleicht sechzig. Schütteres blondes Haar, eine Brille mit stabilem Metallgestell, dahinter überraschend dunkelbraune Augen, wach und freundlich.

Seitzle examiniert ihn bei der ersten Begegnung nur kurz: Was er von Marx gelesen hat? Das Manifest, aha. Lohnarbeit und Kapital? Oder Lohn, Preis und Profit? Nein? Hegel? Auch nicht. Mmh.

Er betrachtet den jungen Crommschröder nachdenklich und entscheidet, die neue Mittwochsgruppe sei richtig für ihn. Er soll in dem Buchladen am Wilhelmsplatz den Band 23 der Marx-Engels-Ausgabe kaufen und sich am Mittwoch um 19 Uhr hier einfinden. Dann gibt er ihm die Hand, eine erstaunlich weiche Hand, wie Crommschröder findet, der sich eine Arbeiterfaust anders, schwieliger vorgestellt hat, und verabschiedet ihn. Bis Mittwoch. Es werden noch einige andere Schüler dabei sein.

Den Kauf des Buches empfindet Stefan wie einen verschwörerischen Akt. Er stellt sich nur kurz vor, wie unvorstellbar es für seinen Vater wäre, den DKP-Buchladen zu betreten. Doch er geht hinein, nachdem er dreimal an der Eingangstür vorbei- und wieder zurückgelaufen und sich sicher ist, dass ihn niemand beobachtet. Der Verkäufer mustert ihn, nickt unmerklich, als Stefan seinen Wunsch mit leiser Stimme vorgetragen hat, geht zu einem Bücherregal, entnimmt, ohne den Blick von Stefan zu wenden, ein dickes, blau gebundenes Buch, hält den Band kurz hoch, dann packt er ihn am Ladentisch in eine Tüte und kassiert.

Sofort, noch auf der Straße, nimmt Stefan das Buch aus der Tüte. Fester Einband. Blauer Karton. Auf der Vorderseite steht in goldenen Lettern: Marx Engels Werke, dann die Nummer des Bandes: 23.

Noch nie hat ihn der Besitz eines Buchs so stolz gemacht. Schnellen Schrittes geht er ins nahe gelegene *Café Nast* und setzt sich an einen Tisch, schlägt das Buch auf: Karl Marx, Das Kapital, Kritik der politischen Ökonomie, Erster Band,

Der Produktionsprozess des Kapitals. Er liest den ersten Absatz des ersten Kapitels, aber er ist viel zu aufgeregt, um auch nur einen Satz zu verstehen. Er klappt das Buch wieder zu.
Am Mittwoch steht er eine halbe Stunde zu früh vor dem unscheinbaren Haus in Kaltental. Er will sich keine Blöße geben und streicht 25 Minuten durch die benachbarten Straßen. Fünf Minuten vor sieben klingelt er. Eugen Seitzle öffnet, führt ihn in die Küche. Zwei Jungs aus dem Hölderlin-Gymnasium sitzen schon da, kurz danach schrillt die Türklingel, und ein Schüler, den Crommschröder aus dem Karlsgymnasium kennt, kommt herein. Er bringt ein Mädchen mit, offensichtlich seine Freundin.
»Hallo, ich bin die Heike«, sagt sie und setzt sich unbekümmert. Dann nennen auch die anderen ihre Namen. Sie warten stumm. Das blaue Buch vor sich.
Eugen Seitzle nimmt am Kopfende Platz. Auch er legt ein blaues Buch vor sich. Doch seines hat er in eine durchsichtige selbstklebende Folie eingebunden. Aus dem Buch ragen zahllose Zettel, auf denen Seitzle in winziger, aber gestochen scharfer Druckschrift seine Anmerkungen notiert hat.
Der Schriftsetzer erklärt das Vorgehen: Abwechselnd wird vorgelesen. Nach jedem Kapitel Diskussion. Wer eine Frage hat, soll sie sofort stellen.
»Wer liest zuerst?«
Der Junge aus dem Karlsgymnasium hebt die Hand.
»Gut, Jürgen, fang du an.«
Der Reichtum der Gesellschaften, in welchen kapitalistische Produktionsweise herrscht, erscheint als eine »ungeheure Warenansammlung«, die einzelne Ware als seine Elementarform. Unsere Untersuchung beginnt daher mit der Analyse der Ware.
Er sieht zu Heike. Sie hat Jürgen, dem Jungen aus dem Karlsgymnasium, eine Hand auf den Oberschenkel gelegt.
Er wendet den Blick ab, versucht, sich auf die Lektüre zu konzentrieren.
Jede Ware hat einen Doppelcharakter. Aha.

Einmal ist das der Gebrauchswert. Das sei die Nützlichkeit der Ware, die, so heißt es weiter, *durch ihre Eigenschaften menschliche Bedürfnisse irgendeiner Art befriedigt.*
Und dann gibt es den Tauschwert.
Crommschröder fällt es nicht leicht, den eigentümlich schweren Sätzen zu folgen.
Der Tauschwert erscheint zunächst als das quantitative Verhältnis, die Proportion, worin sich Gebrauchswerte einer Art gegen Gebrauchswerte anderer Art austauschen, ein Verhältnis, das beständig mit Zeit und Ort wechselt.
Ihm ist, als greife eine knöcherne Hand nach seinem Hirn und knete es. Was ist mit solchen Sätzen gemeint? Seine Finger wandern die Zeile entlang, als könne er so besser begreifen. Sein Blick schweift zu den Jungs vom Hölderlin. Denen scheint dieser Satz keine Schwierigkeiten zu machen. Sofort erwacht sein antrainierter Sinn für Konkurrenz. Er lässt sich nicht abhängen. Plötzlich ist er hellwach. Noch einmal: Der Tauschwert gibt also ein Verhältnis an, ein Austauschverhältnis zwischen verschiedenen Waren.
Seitzle erklärt. Geduldig. Gründlich. Wie von innen erleuchtet. Dieser alte Mann hat eine Mission. Er, Crommschröder, wird bald sein bester Schüler sein. Vielleicht nicht in der ersten Stunde, aber abgerechnet wird zum Schluss.
Also: Dem Tauschwert muss etwas Drittes innewohnen, etwas, das allen Waren gleich ist und sie dadurch erst vergleichbar und austauschbar macht.
Was das sein könnte, fragt Seitzle, ob sich einer was vorstellen könnte.
Crommschröder hat keine Ahnung.
Arbeit, sagt Jürgen cool. Crommschröder hasst ihn. Heike sieht ihn bewundernd an. Aber dass ihr nächster Blick ihm gilt, entgeht ihm nicht.
Auf dem Heimweg ärgert sich Stefan. Er hat sich die Kapitalschulung anders vorgestellt. Leichter. Irgendwie politischer. Nun gut. Er wird sich vorbereiten.

Immer ein bisschen besser sein als die anderen.

Am nächsten Mittwoch begreift er mehr. Der Tauschwert oder der Wert der Produkte wird bestimmt durch die in ihnen steckende Arbeit.

Nun beschäftigen sie sich mit der Arbeit, der »wertbildenden Substanz«, wie Seitzle es nennt. Je weiter die Schulung vorankommt, desto mehr verfällt der Schriftsetzer in den Marx'schen Jargon. Und die Schüler tun es ihm gleich.

Sie wühlen sich in die Urgründe der bürgerlichen Gesellschaft, ihrer Produktionsweise. Sie fühlen sich wie Entdeckungsreisende. Wie Wissenschaftler, die der großen Weltformel auf der Spur sind.

Sie berauschen sich an den großartigen Formulierungen. Heute liest Crommschröder vor, und immer wieder sieht er auf, will, dass die Worte Seitzle und Heike so beeindrucken, als wären sie seine eigenen.

Es steht daher dem Wert nicht auf die Stirn geschrieben, was er ist. Der Wert verwandelt vielmehr jedes Arbeitsprodukt in eine gesellschaftliche Hieroglyphe. Später suchen die Menschen den Sinn der Hieroglyphe zu entziffern, hinter das Geheimnis ihres eigenen gesellschaftlichen Produkts zu kommen.

Crommschröder beobachtet Heike, die mit einem Lineal und schwarzem Kugelschreiber sorgsam den letzten Satz unterstreicht. Ihr Freund lehnt sich in seinem Stuhl zurück. Als Heike den Kugelschreiber beiseite legt, sieht sie plötzlich auf und erwischt Crommschröder dabei, wie er sie anstarrt. Streift sich mit einer Hand eine Haarsträhne aus dem Gesicht. Und lächelt. Nur kurz, aber immerhin. Jürgen bemerkt es und legt eine Hand auf ihre Schulter. Meins, sagt diese Geste.

In diesem Augenblick verliebt sich Stefan Crommschröder in Heike.

***

Mittwoch für Mittwoch arbeiten sie sich durch das Kapitel des Austauschprozesses, und Heike, so erscheint es Stefan, sieht immer öfter zu ihm hin, nachdenklich meist, sinnierend, nur noch einmal lächelt sie. Ihm entgeht nichts, keine ihrer Bewegungen, auch nicht, als sie Jürgens Hand von ihrem Oberschenkel wegschiebt. Und auch alles, was in dem blauen Buch steht, saugt er auf.

Seitzle jagt sie durch die Geldtheorie. Die Zirkulation der Waren: Ware wird zu Geld, das Geld wieder zu neuen Waren. Ware-Geld-Ware. Entsprechend die Zirkulation des Geldes: Geld-Ware-Geld. G-W-G. Durch die Arbeit wird in diesem Prozess der Ware weiterer Wert zugefügt. Aus Geld wird Geld'. Der kleine Strich steht für diesen Zuwachs an Wert, den Karl Marx den Mehrwert nennt. Der wirkliche Kreislauf des Geldes sei daher Geld-Ware-Geld' oder abkürzt Geld-Geld', abgekürzt: G-G'.

Alles sei auf diesen Zweck ausgerichtet, aus Geld mehr Geld zu machen: das Erziehungssystem, Gesundheitswesen, die Produktion. Die Verzinsung des Kapitals sei das allgemeine Gesetz der bürgerlichen Gesellschaft. Nichts anderes treibt sie an. G-G'.

Oder wie Seitzle ihnen erklärt: Der Teufel scheißt immer auf den größten Haufen.

An diesem Abend reden sie sich die Köpfe heiß. Nicht nur die Produktion funktioniert nach diesem Prinzip. Jeder, der in diesem System keinen Platz mehr hat, wird aussortiert, sagt Seitzle bitter. Die Schüler schweigen ernst, sie alle wissen, dass Seitzle seine Arbeit verloren hat. Einer der Jungs vom Hölderlin erzählt von dem Krankhaus, in dem seine Mutter arbeitet. Auch dort ginge es in erster Linie um Geld, nicht um die Gesundheit der Patienten. Das Bildungswesen, sagt Heike ernst: Es dient nur dazu, uns zu Kapitalfunktionären auszubilden, die für andere aus G G' machen sollen.

Sie haben die Weltformel entdeckt. Jetzt können sie alle anderen Erscheinungen verstehen. Ein nie gekanntes Glücksgefühl überwältigt sie.

»Diese Weltformel ist nicht nur unmenschlich«, sagt Cromm-schröder und lehnt sich in seinem Stuhl zurück, »sie ist auch zutiefst langweilig.«
Er sieht Heike an.
Sie blickt zurück. Ernst. Interessiert und ohne jede Scheu.
Jürgen geht an diesem Abend wütend allein nach Hause.
Crommschröder bringt Heike bis zu ihrer Tür, legt den Arm um ihre Hüfte. Zum zweiten Mal an diesem Tag schießt überschäumend Adrenalin in seine Blutbahnen.
Meins, denkt er.

Bausachen

Einer der Fälle, die Dengler zurzeit bearbeitete, gehörte zur Kategorie »wieder so eine langweilige Bausache«, wie Martin Klein zu spotten pflegte. Denglers Auftraggeberin war eine Stuttgarter Witwe in den Sechzigern, die in einer Villa an der Hasenbergsteige wohnte. Sie hatte viele Jahre in Frieden mit ihren Nachbarn gelebt. Ihr verstorbener Mann und der Nachbar waren Mitglieder im gleichen Golf-Club gewesen. Man traf sich hin und wieder, die beiden Ehefrauen organisierten eine Spendensammlung für die Heusteigschule und kauften beim selben Galeristen ein. Die Kinder gingen zeitweise in dieselbe Klasse des Karlsgymnasiums. Die Nachbarin war vor elf Jahren bei einem Verkehrsunfall umgekommen. Die Polizei schloss Selbstmord nicht aus. Und vor fünf Wochen war auch der Mann gestorben. Die Villa war nun verwaist.
Denglers Klientin verdächtigte nun die Kinder des Verstorbenen, das Grundstück der Villa bebauen zu wollen. Sie rechnete sogar damit, dass die Erbengemeinschaft die alte Villa niederreißen würde, um ein mehrstöckiges Wohnhaus zu errichten. Dagegen wolle sie vorgehen, erklärte sie Dengler. Er solle herausfinden, was diese Erbengemeinschaft plane.
Dengler fragte die alte Dame nicht, warum sie nicht mit den Erben selbst sprach, schließlich kannte sie die Leute von Kindesbeinen an. Er kassierte einen hohen Vorschuss und machte sich an die Arbeit.
Georg Dengler setzte sich hinter seinen Schreibtisch und fuhr seinen Rechner hoch. Die Software, die nun startete, hatte er vor einigen Wochen beschafft, und sie hatte die Hälfte des Vorschusses verschlungen. Er setzte die Kopfhörer auf und stöpselte sie in den Rechner. Mit diesem neuen Überwachungsprogramm konnte er Telefone aus der Ferne in Mikrophone verwandeln. Voraussetzung war jedoch, dass

es sich um digitale Apparate handelte und dass sie über eine Freisprechfunktion verfügten, die auch bei aufgelegtem Hörer eine Verbindung ermöglichte. Der Empfang war zwar häufig gedämpft und undeutlich, aber Dengler speicherte die Aufnahmen auf seinem Rechner, und mit einem weiteren Programm konnte er die Audiodateien so bearbeiten, dass sie letztlich gut verständlich waren.

In diesem Fall wurde sein Vorgehen dadurch erschwert, dass die Villa mehrere Nebenanschlüsse besaß. Er musste verschiedene interne Nummern anwählen, aber nach einer Stunde hatte er die richtige Verbindung. Auch schien das Telefon in der Nähe der Sprechenden zu stehen, vielleicht auf einem Schreibtisch oder einem Besprechungstisch, jedenfalls konnte er den Verhandlungen ohne Mühe folgen.

Die Erbengemeinschaft bestand aus drei erwachsenen Kindern, zwei Männern und einer Frau, die alle ihre Anwälte mitgebracht hatten. Ehe- oder sonstige Lebenspartner schienen nicht dabei zu sein, oder sie hielten den Mund.

Der älteste Sohn, ebenfalls ein Anwalt, erklärte sich bereit, die Villa der Eltern zu übernehmen. Schließlich sei er der Einzige, der noch in Stuttgart lebe. Seine beiden Geschwister wolle er auszahlen. Diese schienen nicht abgeneigt, aber nun konfrontierten sich die drei gegenseitig mit Erwartungen, Zahlen und Summen, die Dengler erschreckten. Mehrere Stunden verhandelten sie, es ging laut zu, die Frau weinte einmal laut, aber nach vier Stunden hatten sie sich auf einen Betrag geeinigt, der Dengler astronomisch hoch vorkam. Wie wollte der älteste Sohn diesen Betrag aufbringen? Dazu erfuhr er nichts.

Mittlerweile war es Nacht geworden. Dengler sah auf seine Uhr. Halb elf. Er war müde. Ob Olga noch unten im *Basta* saß? Da fiel ihm ein, dass er ihr versprochen hatte, sie mit der Großmutter der toten Abgeordneten bekannt zu machen. Ob er sie um diese Zeit noch anrufen konnte? Er nahm den Kopfhörer ab, legte ihn auf das Gehäuse des Computers und

kramte auf dem Schreibtisch herum. Irgendwo musste der Zettel doch sein, auf dem er sich die Telefonnummer des Hotelzimmers der Frau aufgeschrieben hatte. Er fand ihn unter seinem schwarzen Notizbuch. Er zögerte nur kurz, dann wählte er.
»Hallo?« Die alte Dame nahm nach dem ersten Klingeln ab.
»Ich bin's. Georg Dengler. Entschuldigen Sie die späte Störung. Ich habe noch einige Fragen. Können wir uns morgen noch einmal sehen?«
Die alte Frau schien zu zögern.
»Ich habe auf Ihren Anruf gewartet. Immerhin habe ich dem Heiligen Antonius heute noch einmal 10 Euro gebracht. Wahrscheinlich war er überrascht, dass es das Doppelte von dem war, was er sonst bekommt. Nicht dass er bestechlich wäre. Aber der Heilige Antonius hört besser auf die Gebete, wenn man ihm etwas bringt. Verstehen Sie? Um was geht es?«
»Nicht am Telefon. Können wir uns morgen sehen? Ich hole Sie mit meiner Assistentin um zehn Uhr im Hotel ab. Ist das in Ordnung?«
»Gut«, sagte sie und legte auf.
Er schüttelte den Kopf. Mehr denn je schien ihm dies ein Fall, von dem er besser die Finger lassen sollte. Eine abergläubische Klientin – das war das Letzte, was ihm jetzt noch fehlte. Sein Blick fiel auf die Madonnenstatue auf dem Wandpodest. Vielleicht sind alle Menschen ein wenig abergläubisch. Sofort dachte er an seine Mutter. Er griff zum Telefonhörer, wählte ihre Nummer, legte dann aber den Hörer wieder auf. Ihm war nicht nach Vorwürfen. Er hatte sie schon seit zwei Monaten nicht mehr besucht, und genau das würde sie ihm vorwerfen.
Er schrieb auf ein großes Blatt: »Morgen früh gehen wir zur Freundin des Heiligen Antonius. Frühstücken wir vorher zusammen um 9 Uhr in Brenners Bistro?« Er legte das Blatt vor Olgas Tür. Gähnend ging er zurück in sein Zimmer. Eine halbe Stunde später schlief er fest.

Videosequenz bellgard2.mpg

»... nicht mehr über die Sache mit den chinesischen Herzklappen reden. Es war ein Irrtum. Gut, ich dachte, ich würde ein Geschäft machen. Ein richtig gutes, dickes Geschäft. Und das war es ja auch. Am Anfang. Alle verdienten. Und dann sollten die Dinger nicht sauber abschließen. Ich glaube das bis heute noch nicht. Ich glaube eher, dass den deutschen Lieferanten dadurch ein Geschäft entgangen ist, eben auch ein gutes, dickes Geschäft. Ich könnte Namen nennen. Aber das ist Schnee von gestern. Damals war ich am Ende. Ich war kein Arzt mehr. Zwölf Jahre Barras und das Studium an der Hochschule der Bundeswehr! Meine Promotion! Alles weg! Die Hetze in der Bild-Zeitung: Der Doktor, der über Leichen geht. Schadensersatzforderungen und ein Prozess, nach dessen Ende ich für einige Jahre ins Gefängnis marschieren konnte. Das waren meine Aussichten. Annette verließ mich und nutzte die Gelegenheit – sie räumte die komplette Wohnung aus. Ich war am Ende. Mehr als das: Ich war fertig. So fertig, wie ein Mann nur sein kann. Zum ersten Mal seit Kindheitstagen ging ich wieder in die Kirche und betete. Inbrünstig wie als Neunjähriger. Ich beichtete. Ich versprach Gott alles, alles, wenn er mir nur einen Strohhalm hinhalten würde. Nur einen gottverdammten einzigen Strohhalm.
Und es klappte. Dann kam dieses Angebot. Nicht nur ein Strohhalm. Sie reichten mir einen ganzen Heuhaufen. Ich sollte den Prozess durchstehen. Mir keine Sorgen machen. Für mich würde gesorgt. Man sei an meiner kombinierten militärisch-medizinischen Ausbildung, an meinen kardiologischen Kenntnissen interessiert. Das klang gut. In den Ohren von einem, der keine Perspektive mehr hatte außer dem Sturz in den Abgrund. Als habe der Himmel eine Kompanie Schutzengel geschickt. Weil meine Probleme einer al-

lein nicht schaffen konnte. Und dieser Engelschor sang: kein Gefängnis, keine Schulden, ein neues Leben mit Geld und allem, was dazugehört. Ich griff danach und zog mich aus dem Schlamassel raus. Das kann man verstehen, glaube ich. Am Anfang schien der Preis ja auch nicht hoch zu sein. Ausbildung. Lehrgänge in Toxikologie, Pharmazie, das Neueste auf dem Gebiet militärisch nutzbarer Medizin. Ein halbes Jahr in der Wüste Nevada.
Und die Aufträge zwischendurch waren harmlos: eine Zahnpasta präparieren zum Beispiel. Ich musste sie noch nicht einmal hinbringen oder wieder abholen, nachdem sie benutzt worden war. Aus dieser Zeit stammt meine Bekanntschaft mit Ben. Ben ist der Türöffner. Im wahrsten Sinn des Wortes. Ben macht mir die Tür auf, und ich erledige meinen Job. Manchmal denke ich darüber nach, was in ihm wohl vorgeht. Er öffnet die Tür, und kurz danach stirbt der Bewohner dieser Wohnung. Immer eines natürlichen Todes. Wir reden nie über unsere Einsätze. Natürlich ist es wichtig, dass wir schweigen können. Ich verpfeife ihn ja auch nicht. Auch nicht auf diesen Videofilmen, die übrig bleiben werden, wenn mir einmal etwas zustößt.
Dann kamen die ernsten Einsätze. Der Auftrag lautet immer gleich: Leg diese oder jene Person um, ohne dass es wie Mord aussieht. Das kann ich mittlerweile. Perfekt. Manchmal sage ich zu mir selbst: Du bist ein Killer. Ein Auftragskiller. Wie sich das anhört! Aber es gibt keine Resonanz auf diesen Satz. Aus meinem Innern, meine ich. Keine Empörung. Ich fühle mich gar nicht angesprochen, wenn ich das sage. Vielmehr ist da ein ungläubiges Staunen. Aber wenn ich zu mir selbst sage, du bist ein Dienstleister. Ein Ein-Mann-Serviceunternehmen. Dann regt sich etwas in meinem Inneren. Eine Wärme steigt dann in mir auf. Ich bin ein Dienstleister. Das gefällt mir. Auf meinem Gebiet bin ich perfekt. Ich töte auf Bestellung und immer, wirklich immer, hat es so ausgesehen, als wären die Opfer eines natürlichen Todes gestorben.

Ich bin ein Spezialist.
Ein Profi.
Aber ich lasse mich nicht erpressen. Ich entscheide, welche Aufträge ich annehme.
Auch ich habe ein Ethos.
Ich habe mir alle Filme mit Killern angesehen. Ich las alle Romane, in denen welche vorkommen. Der Tokio-Killer gefiel mir, ein Typ mit Grundsätzen. Keine Frauen und keine Kinder. Ich wollte, ich könnte das so auch machen. Keine Frauen? Mich haben sie immer noch am Wickel. Ich kann jederzeit wieder eingelocht werden. Aber einen Grundsatz werde ich nicht aufgeben: Nie würde ich ein Kind töten. Da bin ich altmodisch.
Und natürlich lege ich großen Wert auf Diskretion. Ich will nicht wissen, wer den Auftrag gibt. Ich will auch nicht, dass der Auftraggeber weiß, wer ich bin. Diskretion gehört zum Geschäft. Auf beiden Seiten.
Aber diesmal ist etwas schiefgelaufen …«

Schlechte Laune

Georg Dengler erwachte, und das Erste, was er bemerkte, war seine schlechte Laune.
Er dachte darüber nach. Noch hatte sein Wecker nicht geklingelt. Er war wach, aber hielt seine Augen geschlossen, als wollte er sich und die Welt vor seiner Stimmung bewahren. Ein Gefühl tiefer Sinnlosigkeit überfiel ihn; dies befremdete und ängstigte ihn zugleich.
Ich habe keinen Grund, schlecht gelaunt zu sein, dachte er.
Die harten Zeiten ohne Geld und Aufträge liegen hinter mir. Langsam arbeite ich mich nach vorne. Ich habe eine wunderschöne Freundin.
Er dachte an Olga. Die schlechte Laune zog sich in sein Inneres zurück, ohne wirklich zu verfliegen. Nicht mehr als ein taktischer Rückzug. Vielleicht sollte er sich einen Ratgeber über positives Denken zulegen. Aber diesen Gedanken verwarf er sogleich wieder, er ärgerte sich sogar darüber, dass ihm so etwas überhaupt in den Sinn gekommen war. Und die schlechte Laune besetzte sofort wieder das eben erst aufgegebene Terrain.
Widerwillig zwang er sich, die Augen zu öffnen. Er schaute zum Fenster. Draußen schneite es. Im März! Es war grau und kalt.
Steifbeinig stapfte er ins Bad und beschloss, die allmorgendlichen Liegestützen ausfallen zu lassen. Bei schlechter Laune keine Liegestützen mehr. Und keine Musik. Kein Blues würde ihn heute Morgen aufheitern. Den Blues hatte er selbst.
Auch die heiße Dusche verbesserte seine Stimmung nicht. Er trocknete sich ab, beschloss, sich heute nicht zu rasieren, fuhr sich mit den Händen durchs Haar, zog die Jeans vom Vortag an, ein neues T-Shirt und darüber einen dicken schwarzen Pullover und zwängte sich in sein blaues Jackett.

Kurze Zeit später bestellte er bei *Brenners Bistro* seinen ersten doppelten Espresso.

Seine Laune verschlechterte sich noch mehr, als er bemerkte, dass sowohl die *Süddeutsche* als auch die beiden Stuttgarter Zeitungen von anderen Gästen gelesen wurden. Auf den *Spiegel* hatte er keine Lust, nicht so früh am Morgen und nicht auf nüchternen Magen. Er beobachtete die Gäste, hoffte, dass einer die Lektüre beenden würde, aber keiner legte eine der Zeitungen zur Seite.

Er sah auf die Uhr. Acht. Noch eine Stunde, bis Olga kam! Noch eine Stunde sich selbst aushalten. Ohne Zeitungen. Ohne irgendeine Ablenkung. Er überlegte, was er heute zu tun hatte. Mit Olga die alte Frau besuchen. Ihr klarmachen, dass er den Auftrag nicht annehmen würde. Dann die Überwachung der Erbengemeinschaft fortsetzen. Im Grunde, überlegte er, würde es ausreichen, wenn er den Anschluss des ältesten Bruders abhörte, der das Anwesen des Vaters übernehmen wollte. Er dachte an die riesige Summe, mit der dieser seine Geschwister auszahlen wollte. Wo bekam er so viel Geld her? Von der Bank? Verdiente er als Anwalt so viel? Denglers Laune sank weiter.

Martin Klein hat es gut, dachte er. Er schreibt jeden Tag seine Horoskope, und wenn ihm nichts mehr einfällt, blättert er in den Prophezeiungen, die er vor drei Jahren verfasst hat und die damals schon zeitlos gültig waren, kopiert, ändert hier und da ein wenig, und fertig ist das neue Horoskop. Klein war der felsenfesten Überzeugung, dass er mit einem positiven Horoskop Tausenden von Frauen den Tagesbeginn versüßen würde. Für ihn war das Schreiben von positiven Horoskopen eine gute Tat, sein Beitrag zu einer positiv gesinnten Menschheit.

Vielleicht sollte ich morgens einfach seine Horoskope lesen.
Das Einzige, was ich kann, ist, Personen zu jagen.
Seine schlechte Laune drohte sich in eine tiefe Depression zu verwandeln.

Seltsam, dass er nie darüber nachgedacht hatte. Alles, was er wirklich beherrschte, war Menschenjagd.

Als er noch Zielfahnder beim Bundeskriminalamt in Wiesbaden gewesen war, hatte er sich an dieser Einseitigkeit nie gestört. Warum jetzt?

»Wie siehst du denn aus?«, fragte Olga und küsste ihn sanft auf die Wange.

Er hatte nicht bemerkt, dass sie eingetreten war. Sie setzte sich ihm gegenüber und strahlte ihn an.

»Another day in paradise«, summte sie vor sich hin.

»Nicht Phil Collins. Und schon gar nicht am frühen Morgen«, knurrte er, und sie lachte.

Der Mann am Nachbartisch sah auf, klappte die Zeitung zu und bot ihr mit einer Geste das Blatt an. Sie nahm es dankend und reichte es Dengler über den Tisch.

»Mir reicht der Wirtschaftsteil«, sagte sie, »ich muss wissen, welche Messe zurzeit in der Stadt ist.«

»Mir ist der Sinn meiner Arbeit abhandengekommen«, sagte Dengler düster.

»Na, so was«, sagte sie, »hast du eine überflüssige Illusion verloren?«

Sie winkte der Bedienung.

»Zwei Gläser Schampus«, rief sie laut durch das *Brenners*, »wir haben etwas zu feiern!«

Dengler sah sie verwirrt an. Aber als er in ihre strahlenden Augen sah, liebte er sie mehr denn je.

Noch einige Informationen

Sie luden die alte Dame ins *Café Planie* ein. Während es draußen schneite und eiskalter Wind die Erwartungen der Menschen auf den Frühling verspottete, saßen sie an einem Tisch beim Fenster und sahen schweigend ins Schneetreiben.
»Erzählen Sie uns von Ihrer Enkelin«, sagte Dengler schließlich.
Die alte Frau knallte die Spitze ihres schwarzen Stockes auf den Boden und fixierte Dengler, als sei seine Aufforderung eine Zumutung.
»Sie war ein gutes Mädchen. Und sie hatte ein starkes Herz. In unserer Familie ...«
»Verheiratet?«
»Natürlich.«
Empört betrachtete sie Georg Dengler.
»Mit wem?«
»Andreas Schöllkopf heißt ihr Mann, er ist Wissenschaftler und arbeitet an der Technischen Universität.«
»In Berlin?«
»Ja, natürlich in Berlin«, sagte sie ungnädig.
»Dort hatte Ihre Enkelin auch ihren Wahlkreis?«
»Ja. Berlin II.«
»Für die Konservativen?«
»Für wen sonst, was glauben Sie denn?«, fauchte sie.
»Sie war 42?«
»Ja.«
»Kinder?«
»Eins.«
Ein kaum merkliches Zögern lag in ihrer Antwort.
»Was ist mit dem Kind?«, fragte Olga leise.
»Was soll mit dem Kind sein ... – na ja, es ist nicht ihres.«

»Der Mann hat es mit in die Ehe gebracht?«
»Nein.«
Mit einem Ruck fuhr sie auf und starrte Olga empört an.
»Die beiden kennen sich seit Kindheitstagen. Sie haben jung geheiratet. Das ist heute außer Mode gekommen. Die Leute wollen ja keine Kinder mehr.«
»Von wem ist das Kind also?«, fragte Dengler.
»Sie haben es adoptiert. Ein süßes Mädchen. Maria. Er konnte keine Kinder … Sie wissen schon … An Angelika lag es jedenfalls nicht. In unserer Familie konnten alle Frauen …«
»Hatte Ihre Enkelin Feinde?«, fragte Dengler.
Sie starrte ihn mit großen Augen an.
»Um Himmels willen: nein! Nicht dass ich wüsste.«
So kommen wir nicht weiter.
Dengler sagte: »Wenn ich Sie richtig verstehe, glauben Sie nicht, dass Ihre Enkelin eines natürlichen Todes gestorben ist. Also glauben Sie, dass sie ermordet wurde. Wer hatte ein Interesse an ihrem Tod?«
Die alte Dame sah ihn erschrocken an, als würde ihr erst jetzt die Tragweite ihres Auftrags bewusst werden.
»Ich weiß nur, dass sie ein starkes Herz hatte«, sagte sie kleinlaut. Tränen traten in ihre Augen.
»Gibt es jemanden, der von ihrem Tod Vorteile hat?«, fragte Georg Dengler vorsichtig, »zum Beispiel in der Partei. Gab es Leute, die ihr das Mandat neideten?«
»Ha«, erneut stieß sie den Stock auf den Boden, »was glauben Sie, wie es da zugeht! Sie war ständig auf der Hut. Immer gab es welche, die selbst Abgeordnete werden wollten. Aber Angelika kannte sich aus in diesem …«
Sie zögerte und blickte zu Boden.
»… Gestrüpp«, sagte sie schließlich.
»Ihr Mandat war nicht gefährdet?«
»Soweit ich weiß – nicht.«
»Haben Sie sonst irgendwelche Hinweise, dass der Tod Ihrer Enkelin keine natürliche Ursache hatte?«

Ich verfalle in den Bullenjargon, dachte Dengler und blickte zu Olga, die die alte Dame nachdenklich betrachtete.
»Ich weiß nicht ...«
»Georg erzählte mir, dass der Heilige Antonius Ihr Schutzpatron ist«, sagte Olga vorsichtig. Sie griff nach der Hand der alten Dame. Georg Dengler bemerkte erst jetzt, dass sie zitterte.
»Mir hat der Heilige Antonius auch einmal geholfen«, sagte Olga. »Ich war in einer ausweglosen Situation und betete zu ihm, und wie durch ein Wunder wurde ich befreit.«
»Befreit?«, fragte Georg Dengler verwundert.
»Von meinen Sorgen befreit«, sagte sie schnell. »Ich schulde dem Heiligen Antonius einiges.«
»Ich bringe ihm, sobald ich etwas verlegt habe oder seine Hilfe brauche, fünf Euro. Probieren Sie das mal. Es hilft eigentlich immer.« Die alte Dame kicherte leise. »Ich könnte Ihnen Geschichten erzählen ... Aber ...«
Sie sah Dengler direkt in die Augen.
»Werden Sie für mich herausfinden, was mit Angelika geschehen ist?«
Dengler sah zu Olga hinüber, die ihm stumm zunickte.
»Ich brauche noch einige Informationen«, sagte er und zog sein Notizbuch aus der Tasche.

★★★

Als sie zurück ins Bohnenviertel gingen, hakte sich Olga bei ihm unter.
»Ich bin froh, dass du diesen Auftrag angenommen hast«, sagte sie.
»Und keinen Vorschuss verlangt habe?«
»Auch das.«
»Nun erzähl mir, aus welcher Situation du befreit wurdest und wer außer dem Heiligen Antonius noch dabei war.«
»Später«, sagte sie, »wenn wir einmal ein bisschen Ruhe haben.«

Heidelberg

Stefan C. Crommschröder studiert nach dem Abitur Volkswirtschaft am Alfred-Weber-Institut in Heidelberg. Im Nebenfach belegt er Soziologie. Er will ein großer Nationalökonom in der Marx'schen Tradition werden, doch als er das Studium beginnt, wird Marx schon lange behandelt wie ein toter Hund. Er überlegt, an die FU nach Berlin zu Elmar Altvater zu wechseln, aber Heike, die ihm zuliebe in Heidelberg Germanistik und Kunstgeschichte studiert, weigert sich, Baden-Württemberg zu verlassen. Sie hätte am liebsten in Tübingen studiert. Heidelberg reicht, sagt sie. Und so bleiben sie.

Mit großer Begeisterung liest er Max Weber, erkennt die gleiche umfassende Belesenheit wie bei Marx. Und doch, bei Weber ist das unerreichte Ziel, Marx zu widerlegen, aus jeder Fußnote zu spüren. Für Crommschröder bleibt er bestenfalls die Nummer zwei.

In Volkswirtschaft hält Crommschröder zwei große Referate über Schumpeter: eines über dessen Theorie der schöpferischen Zerstörung und eines über die Idee, dass in einer stationären Volkswirtschaft der Zins gleich null sein müsse. Dann entdeckt er Keynes und stürzt sich mit ebenso großem Enthusiasmus auf dessen Schriften zur Steuermacht der Binnenkonjunktur.

Im gleichen Semester gibt es einen brillanten Studenten, von dem alle munkeln, er sei ein Enkel oder ein Urenkel des berühmten Volkswirtschaftlers Ludwig von Mises. Dieser Kommilitone formuliert wie gedruckt aus dem Stegreif, ist der Liebling der Professoren und mit Abstand der Student mit den besten Zensuren. Crommschröder dagegen wirkt mit seinen Vorlieben immer wie ein bisschen zu spät gekommen. Die Professoren haben sich längst dem Neoliberalismus zugewandt und predigen Hayek, Euken und Röpke. Milton Friedman wird das Idol der Zunft. Mit einer gut benoteten Kritik an Friedman schreibt Crommschröder seine Diplomarbeit. Aber als Anwärter auf einen der knappen Lehrstühle sieht ihn niemand. Seine Felle schwimmen davon.

Heike wird schwanger, und sie heiraten. Sie drängt ihn, eine Stelle anzunehmen. Aber dann wäre es aus mit dem großen Marx'schen Theoretiker. Typen wie der Mises-Enkel promovieren selbstverständlich. Als Stefans Vater stirbt und ihm die Häuser in Stuttgart hinterlässt, entschließt er sich ebenfalls zur Promotion.

Seine Doktorarbeit soll von den Kondratjew-Zyklen handeln. Wenn es ihm gelänge, die »langen Wellen der Konjunktur« auch in der deutschen und den westeuropäischen Volkswirtschaften nachzuweisen, wäre er der Star des Faches, denkt er. Die Doktorarbeit ist seine letzte Chance auf einen Lehrstuhl.

Karin und Stefan teilen das väterliche Erbe in erstaunlicher Harmonie. Er verkauft zwei Häuser. Die privaten Finanzen sind also geregelt. Aber immer wieder stößt er bei seiner Arbeit auf neue Hindernisse, und manchmal überfallen ihn Zweifel, ob es die Kondratjew-Zyklen wirklich gibt.

In dieser Zeit hält Dr. Kieslow, der Vorstandssprecher des Energiekonzerns Vereinigte Elektrizitätsversorgung Deutschland VED, am Institut einen Vortrag vor den Doktoranden und Diplomanden. Vom ersten Satz an ist Crommschröder fasziniert. Dieser Mann predigt den Tauschwert. Ihm scheint es völlig egal, was der Konzern produziert oder vertreibt. Diesem Menschen kommt es nur auf G' an. Klar und unmissverständlich. Crommschröder erinnerte sich an Seitzle, der voller Abscheu von den »Agenten des Tauschwertes« gesprochen hatte. Hier sieht er zum ersten Mal einen.

Nach dem Vortrag spricht Kieslow mit einigen Professoren. Auch der Mises-Enkel lauert in der Nähe. Crommschröder passt einen freien Moment ab und spricht Kieslow an.

»Ich möchte für Sie arbeiten.«
Zwei graue Augen mustern ihn kühl abwägend.
»Sprechen Sie Englisch?«
»Muttersprachlich«, lügt Crommschröder.
Kieslow gibt ihm seine Karte.
»Melden Sie sich bei mir. In zwei Tagen.«
Vier Wochen später ist er Vorstandsassistent bei der VED in Berlin. Kieslow bereitet den ersten Coup im Wassergeschäft vor. Er will für die VED die Wasserversorgung von London übernehmen. Crommschröder wird dabei sein engster Helfer. Nachts paukt er Englisch.

15 Prozent

Stefan C. Crommschröder verdient 1,17 Millionen Euro im Jahr als Fixum. Dieser Betrag wird sich um 50 Prozent erhöhen, wenn der Geschäftsbereich Wasserwirtschaft das Investment für die London Waters und die Berliner Wassergesellschaft wieder hereingewirtschaftet hat. Das wird aber nicht vor 2008 der Fall sein. Außerdem kann er eine Prämie in der gleichen Höhe einfahren, wenn er die Ziele erreicht, die er mit Kieslow und Landmann vereinbart hat. Diese Ziele bilden zugleich die Eckpfeiler der VED-Strategie im Wassergeschäft.
Über eine Million Euro Gehalt – das hört sich verdammt viel an. Crommschröder erinnert sich genau an den Tag, als er den Vertrag unterschrieb. Vorausgegangen waren lange Verhandlungen zwischen den Anwälten des Konzerns und Crommschröders Anwalt Kempf. Dann folgte die feierliche Unterzeichnung in Landmanns Büro in Frankfurt. Er war an diesem Tag euphorisch. Er hatte einen Höhenrausch. Und einen Abgang. Anders konnte man das nicht bezeichnen. Orgasmus ohne äußere Einwirkung. Genau in dem Augenblick, als er unterschrieb. Er war selbst so überrascht, dass er mitten in der Unterschrift den Füller absetzte und erstaunt Kieslow und Landmann ansah, die ihm gegenübersaßen. Weiß der Teufel, was die beiden in diesem Augenblick gedacht haben. Landmann lächelte ihm freundlich zu, und der Gestank seiner Mundfäulnis wehte durch das Büro wie mittelalterliche Pestilenz. Vielleicht ist er es gewohnt, dass es seinen Managern kommt, wenn sie Millionenverträge unterschreiben, dachte er. Später untersuchte Crommschröder mit einer schnellen Handbewegung seine Hose, aber es war nichts nach außen gedrungen. Giorgio Armani sei Dank.

Trotzdem: Crommschröder verdient im VED-Vorstand am wenigsten. Er weiß es. Die traditionellen Geschäftszweige Strom und Gas tragen nicht so große Lasten im Investment wie das Wassergeschäft. Wenn er Kieslows Nachfolger werden will, muss er auch in dieser Hinsicht einiges ändern. Er muss die Ziele erfüllen.

Diese Ziele waren Teil seines Vertrages. Sie umfassten kaum mehr als eine halbe DIN-A-4-Seite, und sie waren zu schaffen.

Über allem aber steht:

15 % Kapitalrendite

»Das ist jetzt Ihr Alpha und Ihr Omega«, sagt Landmann, und ein neuer Hauch fauliger Pestilenz trifft Stefan wie ein Keulenschlag, zwingt ihn, durch den Mund zu atmen.

Um die 15 % Kapitalrendite zu realisieren, sind folgende Einzelziele zu verwirklichen:

Ziel 1
Die VED stellt ihre Fähigkeit als international operierendes Unternehmen der Wasserbranche unter Beweis, indem sie ein oder mehrere Wasserwerke in der Dritten Welt erwirbt und profitabel betreibt.

Crommschröder steht kurz vor der Übernahme der Wasserwerke von Cochabamba, der zweitgrößten Stadt Boliviens. Unter größter Geheimhaltung treibt er dieses Projekt voran. Ihn beunruhigt die Frage, auf welchen Wegen seine Schwester davon erfahren hat. Und ihn beunruhigt, dass sie das Thema auf der Hauptversammlung publik gemacht hat.

Ziel 2
Die VED wird Marktführer in Deutschland. Dazu erwirbt sie die Wasserwerke zweier Millionenstädte.

Diesem Ziel ist Crommschröder sehr nahe. Mit dem Kauf der Berliner Wasserwerke ist ihm bereits der große Coup gelungen. Nun muss er noch in Besitz der Hamburger Wasserwerke kommen. Wie eine himmlische Fügung erschien es ihm da, als nach den Senatswahlen in Hamburg die konservative Partei die absolute Mehrheit errang. Es kostete ihn drei Abendessen, und der neue Senat setzte die Hamburger Wasserwerke auf die Liste der zu verkaufenden Objekte. In dieser Sache ist er auf einem guten Weg.

Ziel 3
Ausarbeitung und Implementierung einer Strategie, die die lokalen, kommunalen Wasserwerke dem Wettbewerb durch die VED aussetzt mit dem Ziel ihrer weitgehenden Übernahme durch die VED.

Das ist der schwierigste Punkt auf der Liste. Er kostete Crommschröder schon viel Mühe, Geld und Kraft. In Deutschland gibt es 8000 kommunale Wasserwerke, und die meisten arbeiten gut und liefern bestes Trinkwasser, in der Regel zu Preisen, die deutlich unter denen der privatisierten Unternehmen liegen. Es würde schwierig werden, die Öffentlichkeit zu einer Duldung der Verkäufe dieser kommunalen Unternehmen zu bewegen. Doch mittlerweile hat er auch hier das weitere Vorgehen theoretisch ausgearbeitet. Er will den gleichen Weg gehen, der auf dem Strommarkt bereits funktioniert hat. Dort hatte die VED zusammen mit ihren Konkurrenten unter dem Vorwand der Kostenreduzierung vom Staat eine Öffnung der Stromnetze erzwungen. Jeder Anbieter konnte nun seinen Strom einspeisen, und vor allem konnten nun Kunden aus allen Regionen Deutschlands gewonnen werden. Was als Kampagne für mehr Wettbewerb geführt worden war, endete innerhalb von drei Jahren mit dem Monopol der großen fünf: ENBW im Süden, Vattenfall im Norden, E.ON, RWE und VED.

Auf diese Art wollte er auch das Wassergeschäft verändern. Sicher, ein paar Gesetze mussten dafür geändert werden. Nichts Besonderes. Es würde leise über die Bühne gehen. Crommschröder würde seine Ziele erreichen.

***

Es gibt noch ein Ereignis in jenen Tagen, das er nie vergessen wird, einen Auftritt besonderer Art. Kurz nachdem Crommschröder sein neues Büro in der Vorstandsetage bezogen hat, besucht ihn Horst Grossert, der das Referat Öffentliche Kommunikation leitet. Obwohl dieses Ressort nur eine Stabsstelle ist, die direkt an Dr. Kieslow berichtet, ist Grossert im Haus eine berüchtigte graue Eminenz. Er gilt als einer der wichtigsten und einflussreichsten Männer im Konzern. Sein Spitzname, von dem Crommschröder nicht weiß, ob Grossert ihn selbst kennt, lautet: der Puderer. Über ihn laufen alle Verbindungen zu politischen Parteien, werden die Verbandskontakte gebündelt, und seine Abteilung pflegt Beziehungen zu den unterschiedlichsten Regierungsstellen.

Grossert hat sich drei Stunden für seinen Antrittsbesuch bei Crommschröder reserviert. Das hat Crommschröder anfänglich amüsiert, da er sich nicht vorstellen kann, was er und der Puderer so lange zu reden haben. Als der Puderer erscheint, wundert er sich, wie freundlich dieser Mann aus der Nähe wirkt. Er stammt aus der Dortmunder Gegend und beendet seine Sätze hin und wieder mit einem aufmunternden »woll«. Er ist klein, Crommschröder schätzt ihn auf kaum mehr als 1,65 Meter, kugelrund, aber trotzdem wach und flink.

In den drei Stunden referiert der Puderer die Arbeit seiner Stabsstelle. Crommschröder kommt sich vor wie ein frisch gesalbter König, der in die geheimsten Staatsgeheimnisse eingeweiht wird, oder wie ein neu vereidigter amerikanischer Präsident, der nun erfährt, wie das Rote Telefon funktioniert. Der Puderer rattert die Namen von bekannten Politikern,

Beamten und Professoren herunter, versieht die Namen mit jenen Summen, die für die Zahlungen des Konzerns, ob direkt oder über Spenden, Drittmittel oder Beratungsverträge stehen. Auch wenn der kleine, dicke Mann gut gelaunt und aufgeräumt wirkt, die Fakten und Daten, die er auswendig referiert, sind knallhart, bestens strukturiert und bis auf die Kommastellen genau.

Crommschröder erläutert dem Puderer seine Pläne. Um Einleitungsrechte für Wasser in alle bestehenden Leitungssysteme zu erreichen, müsse man sicher auf seine Dienste zurückgreifen. Der Puderer hört aufmerksam zu und notiert sich hin und wieder ein Stichwort.

Zum Abschluss zögert er einen Augenblick, sagt dann, wenn Crommschröder Hilfe brauche, könne er sich jederzeit an ihn wenden, und verschwindet, noch einmal leutselig winkend.

Die Zusammenarbeit mit dem Puderer funktioniert in den folgenden Jahren ausgezeichnet. Crommschröder bewundert, wie der Puderer und sein Stab Feuerwehr spielen für den Konzern in den verfahrensten Situationen – lautlos, aber höchst effizient arbeitet das perfekt gewebte Netz ihrer Verbindungen.

Doch dann gibt es einen Zwischenfall, der ihre Beziehung vorübergehend trübt. Crommschröder erfährt, dass *Stechwasser*, einer der Konkurrenten der VED im Wassergeschäft, Gudrun Dresdner engagiert hat. Die ehemalige Bundesvorsitzende der Grünen soll für *Stechwasser* die Wasserprivatisierung im Osten Deutschlands vorantreiben. Außer sich vor Wut eilt Crommschröder zum Puderer und stellt ihn zur Rede: Warum er ihn, Crommschröder, nicht unterrichtet hat, dass die Frau zu haben sei. Das wäre doch ein Coup! Eine Bundesvorsitzende der Grünen als Aushängeschild.

Zum ersten und einzigen Mal erlebt Crommschröder Puderer ratlos. Nie und nimmer, beteuert der Puderer, habe er damit gerechnet, dass diese Frau zu kaufen sei. Er entschuldigt sich wortreich, doch Crommschröder lässt ihn stehen und verzichtet für einige Zeit darauf, die Dienste des Puderers in Anspruch zu nehmen. Doch schon bald arbeiten die beiden wieder zusammen; der Puderer gibt sich jovial wie eh und je, als habe es nie eine Verstimmung gegeben.

Paradiesvogel

Stefan C. Crommschröder ist sich im Klaren darüber, dass er im VED-Konzern als Paradiesvogel gilt, wenn man es positiv ausdrücken will (so tut er es), ein Fremdkörper, wenn man es negativ formuliert (so wie Waldner es tut, wie ihm hinterbracht wurde).
Von vornherein verweigert er sich den traditionellen Konzernritualen. Das übliche »Fick du meine Sekretärin, ich ficke deine« macht er nicht mit. Er behandelt die Frauen in seinem Vorzimmer mit Respekt, bringt ihnen hin und wieder Blumen und im Sommer Eis mit, und zweimal im Jahr lädt er sie zu einem Essen in ein außergewöhnliches Restaurant ein. Er ist sich sicher, dass keine Angestellte in seinem Büro so wegwerfend über ihn spricht wie Waldners Assistentinnen, die ihren Chef verachten und daraus auch keinen Hehl machen. Kein negatives Gerücht wird von seinem Vorzimmer aus die Runde durch den Konzern machen.
Er kleidet sich bewusst anders als Waldner und Konsorten. Sie tragen ihre Brioni-Anzüge wie eine Uniform. Blau und teuer, und wenn sie modisch sein wollen, kombinieren sie dazu rosa Hemden, manchmal auch hellblaue mit weißen Kragen.
Crommschröder trägt meist Armani. Eher schwarz als blau. Er wirkt eleganter als die anderen Herren aus der Vorstandsetage. Giorgio Armanis Anzüge betonen seine schlanke Figur und grenzen ihn ab von den Bäuchen und Specknacken seiner Kollegen.
Auch bei den Sitzungen, bei den gemeinsamen Pils- und Kornabenden an der Bar bleibt Crommschröder Außenseiter. Er kann keine alten Vertriebskamellen erzählen: von Aufträgen prahlen, die in einem Petersburger Puff auf den weißen Manschetten ihrer Hemden unterschrieben wurden,

von durchgesoffenen Nächten auf einer finnischen Hütte oder von Massenorgien im Oriental.
Er will es auch nicht.
Mit soziologischem Interesse studiert Crommschröder die informellen Strukturen des Konzerns. Vom Abteilungsleiter aufwärts scheint es zum guten Ton zu gehören, dass fast alle Vorgesetzten eine Liebschaft zu einer Angestellten im Konzern unterhalten. Sie fördern ihren Aufstieg, legen gute Worte bei Kollegen ein, und Crommschröder beobachtet die erstaunlichsten Karrieren, die auf diesem Weg zustande kommen und die schneller und besser funktionieren als jene, die sich über Leistung, Einsatz und Talent definieren. Er bezeichnet diese Karrieren insgeheim als die informelle Frauenförderung des Konzerns.
Auch ihm werden Avancen gemacht. Kaum verhüllte Angebote, meist von verheirateten Frauen. Einmal kommt er unangemeldet in die Controllingabteilung und platzt mitten in den handgreiflichen Streit zweier Frauen, die sich in Stöckelschuhen und Kostüm gegenseitig an den Haaren ziehen. Er will wissen, was los ist, und nach einigem Hin und Her begreift er, dass dieser Streit allein darum ging, wer ihm eine Mappe mit angeforderten Unterlagen bringen darf.
Doch wenn jeder seiner Abteilungsleiter eine Geliebte hat, braucht er zwei. Er meldet sich auf eine Kontaktanzeige, die in *Zitty* erscheint: »Affäre gesucht«. So lernt er Susan kennen, eine Blondine Ende dreißig, die nach einer oder mehreren Affären (da sind ihre Äußerungen unklar) sucht und schon beim ersten Gespräch Interesse an »außergewöhnlichem Sex« bekundet. Stefan verbringt rauschende Nächte mit ihr. Susan lässt keinen Zweifel daran, dass ihr seine Treue unwichtig ist. Sie will auf keinen Fall treu sein. Er sieht sie manchmal wöchentlich, manchmal nur alle vierzehn Tage – und glaubt nach einiger Zeit, süchtig nach ihr zu sein.
Irene lernt er durch eine Kontaktanzeige kennen, die er selbst aufgegeben hat. Die Rolle als Geliebte passt ihr nicht.

Nach drei Nächten will sie sich von ihm trennen. Sie tut es nicht, als er ein Haus am Kollwitzplatz kauft und sie in einem riesigen Loft wohnen lässt.

Im Konzern ist er ein Lernender, der keine Fehler machen will, und aus diesem Grunde hält er sich zurück. Und wirkt gerade durch seine Zurückhaltung besonders kompetent und führungsstark.

Manchmal versucht er zu verstehen, wieso es ausgerechnet ihn in dieses riesige Büro verschlagen hat und ausgerechnet er einen Vertrag mit 1,17 Millionen Euro Fixum bekommen hat. In den ersten beiden Jahren kommt er sich vor wie ein Hochstapler, und täglich rechnet er damit, dass er entlarvt, verhaftet und in einen Kerker geworfen wird. Davon handeln seine Träume.

Doch bald glaubt er, dass ihm der Job und das viele Geld zustehen. Er beobachtet Joseph Waldner, den Österreicher, den er als seinen natürlichen Feind erkennt. Der hat keine Manieren, keinen Stil, isst wie ein Schwein, nimmt sich immer zuerst, nimmt sich immer am meisten, redet mit vollem Mund, kratzt sich bei Konferenzen zwischen den Beinen – primitiv wie ein Affe. Crommschröder hält ihn für so unzeitgemäß wie ein Kriegerdenkmal – und für genauso öde.

Manchmal denkt er, dass nur Kieslow und er das Geheimnis des Managements begriffen haben: Tauschwert. Sie beide haben sich ganz dem Tauschwert verschrieben. Mit Waldner dagegen geht manchmal das Pferd durch, und er erzählt in Vorstandssitzungen über neue Masten, neue Relais, was die wieder können, verliert sich in technischen Details, redet sich in Begeisterung über neu erprobte Materialien und Techniken – der ganze beschissene Ingenieur kehrt sich dann nach außen. Gebrauchswertkram. Dann sehen sich Kieslow und er über den langen Konferenztisch hinweg an, und in diesem kurzen Einvernehmen mit seinem Chef liegt eine Glückseligkeit, die er sonst nirgendwo findet.

Crommschröder legt sich sogar eine kleine Theorie zurecht,

nach der es vollkommen folgerichtig ist, dass er und niemand anders in diesem Büro sitzt und 1,17 Millionen Euro verdient. Noch nie hat er einem Menschen von dieser Theorie erzählt, aber er glaubt an sie. Felsenfest. Der Mensch, das ist die Prämisse seiner Theorie, ist ein soziales Wesen. Er kann nur überleben, indem er mit anderen Menschen kooperiert, Unterkünfte baut, gemeinsam Land bewirtschaftet oder gemeinsam Lebensmittel produziert und Wohnstätten baut. Ohne Kooperation mit anderen ist der Einzelne verloren. Daher ist es ein jedem Menschen natürlich innewohnender Trieb, nützlich für die Gesellschaft zu sein.
Er, Crommschröder, muss gegen diesen Trieb handeln, gegen die menschliche Natur.
Denn er nützt der Gesellschaft nicht, sondern gräbt ihr, im wahrsten Sinn des Wortes, das Wasser ab. Sein alleiniges Ziel ist es, die Taschen der Aktionäre und seine eigenen zu füllen. Er muss daher in jeder Minute seines Lebens gegen den natürlichen Instinkt handeln. Ihn immer unter Kontrolle halten. Er fühlt sich innerlich geradezu deformiert. Und dafür, so denkt er, sind 1,17 Millionen eine angemessene Entschädigung.
Ja, er verdient dieses Geld zu Recht. Es steht ihm zu. Die Unsicherheit des Anfangs ist verflogen. Er weiß, was das Verhältnis von Gebrauchs- und Tauschwert letztlich bedeutet. Er hat sich entschieden. Er ist der Diener des Tauschwertes. Der Gebrauchswert interessiert ihn nicht. Er handelt nicht mit Wasser – er macht Geld. Wenn es morgen Murmeln oder Brot oder genveränderte Stammzellen sind – ihm ist es egal. Auf die Zahlen kommt es an. Hat Seitzle es ihm nicht beigebracht: Der Teufel scheißt immer auf den größten Haufen?

Nachrufe

Den Nachmittag verbrachte Dengler am Computer. Er wählte sich in die verschiedenen Nebenanschlüsse des Hauses seiner Zielperson ein, aber er hörte nichts. Nicht einmal das geringste Geräusch.
Der älteste Sohn des verstorbenen Ehepaares betrieb seine Kanzlei in der Stuttgarter Olgastraße, mitten im Gerichtsviertel der Stadt. Dengler räusperte sich und rief die Kanzlei an.
»Günther Doll und Partner«, meldete sich eine Frauenstimme.
»Beerdigungsinstitut Steinmetz. Steinmetz mein Name. Ich möchte Herrn Doll sprechen. Sie wissen schon.«
»O ja, natürlich. Einen Augenblick bitte.«
Pause.
Dann wieder die gleiche Frauenstimme: »Herr Doll telefoniert gerade. Könnten Sie es später ...«
»Würden Sie mir seine Durchwahl verraten? Dann muss ich Sie nicht erneut belästigen.«
»O ja, natürlich – die 10.«
Dengler dankte und legte auf.
Mit Hilfe des Programms wählte er sich in das Telefon des Anwalts ein, setzte den Kopfhörer auf und hörte über die Telefonleitung zu, was im Büro passierte. Doll diktierte Schriftstücke. Offensichtlich arbeitete er alte Akten ab. Eine Stunde lang ging das so. Dengler langweilte sich, und seine schlechte Laune kehrte zurück.
Doll diktierte Vertragstexte – Gesellschafterverträge zu GmbH-Gründungen, Kaufverträge, Abtretungserklärungen und erneut Gesellschafterverträge –, und Georg Dengler überdachte seinen neuen Fall. Während in seinem Ohr Doll monoton Paragraph an Paragraph reihte, rief Georg die

Suchmaschine auf und ließ sich alle Pressetexte auflisten, die vom Tod der Abgeordneten Angelika Schöllkopf berichteten. Er fand auch einige Fotos. An eines erinnerte er sich, er hatte es in verschiedenen Zeitungen gesehen. Die Abgeordnete lag neben dem Rednerpult, das ihre Füße verdeckte. Ein weißes Blatt lag neben ihr, ein anderes etwas entfernt neben ihrer Linken, die zu einer Faust verkrampft war. Hinter ihr war der stellvertretende Präsident aufgesprungen, ein Mann mit rotem Vollbart, der aussah, als habe man Rübezahl in einen teuren Anzug gesteckt, und starrte mit geöffnetem Mund in die Kamera. Ein Saaldiener im Frack beugte sich über die Tote. Die Abgeordneten in der ersten Reihe waren aufgesprungen. Das Bild mit der liegenden Toten vereinte Bewegung und Stillstand zu einer eigentümlichen Komposition.
Er las die Nachrufe. Angelika Schöllkopf war vor sechs Jahren als Nachrückerin in den Bundestag eingezogen. Ihr Vorgänger hatte sein Mandat aufgegeben, nachdem die Staatsanwaltschaft ein Ermittlungsverfahren im Rahmen des Berliner Bankenskandals gegen ihn eröffnet hatte. Bei der vorgezogenen Bundestagswahl 2005 eroberte sie den Wahlkreis zum ersten Mal direkt für die konservative Partei. Auf der Landesliste saß sie auf einem schlechten Platz. Dies ließ darauf schließen, dass sie in ihrer Partei nicht sonderlich angesehen war.
Schöllkopf war Mitglied im Ausschuss für Gesundheit, für Frauen, Jugend und Kultur. Unauffällig. Die Wochenzeitung *Freitag* widmete ihr einen Nachruf mit dem Titel *Tod einer Hinterbänklerin*. Sie sei eine der angepassten Frauen gewesen, die der Fraktionsgeschäftsführung niemals Sorgen bereitet hätte, hieß es da.
Man soll über Tote nicht schlecht reden. Aber die Abgeordnete Schöllkopf fügte sich so nahtlos in das Management der Fraktion, dass sie sich wahrscheinlich geehrt gefühlt hätte, wenn sie als die leibhaftig gewordene Fraktionsdisziplin bezeichnet worden wäre. Immerhin sind mit ihrem Namen auch keine Skandale verbunden.

Das ist schon mehr, als wir von vielen ihrer Kollegen zu berichten haben.

Die *Frankfurter Rundschau* schrieb von einer *braven Parteisoldatin*, die an Erschöpfung gestorben sei, die *Süddeutsche Zeitung* von der Tragik eines Politikerlebens, dem es nicht vergönnt gewesen sei, eigene Fußspuren in der Politik zu hinterlassen, und dies möglicherweise auch nicht angestrebt habe. Die *Frankfurter Allgemeine Zeitung* lobt diese Bescheidenheit, *effizient durch Unauffälligkeit*, schrieb das Blatt, und die *taz* titelte unter einem schmalen zweispaltigen Nachruf: *Wofür?*

All diese Artikel zeichneten das Bild einer unspektakulären Frau, an der das Auffälligste gewesen sei, dass sie in keine Skandale verwickelt war, obwohl sie ihren Wahlkreis in Berlin hatte.

Die *FAZ* druckte ein Porträtfoto Angelika Schöllkopfs. Dengler betrachtete das Bild lange. Die Frau hatte ein kräftiges Gesicht, volle Backen, die ihrem Gesicht bäuerliche Züge verliehen. Das Lächeln wirkte aufgesetzt. Wahrscheinlich auf Anweisung des Fotografen erzeugt. Die Kleidung, Bluse mit Jackett und eine Perlenkette, suggerierten Normalität. Die Augen blickten ruhig in die Kamera und gaben dem Bild keine besondere Prägung. Könnte diese Frau aus Leidenschaft ermordet worden sein? Dengler lächelte bei diesem Gedanken. Er las die Berichte ein zweites Mal, aber nirgends fand sich die Spur zu einem Mordmotiv.

Aus dem Kopfhörer tönte Dolls monotone Stimme.

Die Presseartikel brachten ihn nicht weiter.

Er nahm ein Blatt aus dem Drucker und notierte einige Fragen:

Ärztliche Betreuung?
Gab es einen Arzt in der Nähe?
Wer stellte den Totenschein aus?
Wohin wurde die Leiche gebracht?
Gab es eine Autopsie?

Videosequenz bellgard3.mpg

»Ich kenne meine Auftraggeber nicht, und sie kennen mich nicht. Das ist ein Grundsatz in diesem Geschäft. Deshalb kann ich es immer noch nicht fassen, ja, ich war völlig schockiert, als mich dieser Kunde auf dem Handy anrief und mich fertigmachen wollte. Mir drohte.
In früheren Zeiten wurden geheime Nachrichten über tote Briefkästen weitergegeben. Im Grunde ist das heute immer noch so. Ein persönliches Treffen findet nie statt. Die Information wird irgendwo deponiert. Ich hole sie ab. Aber nicht mehr in einem hohlen Baum oder in einem bestimmten Buch in einer öffentlichen Bibliothek. Der moderne tote Briefkasten ist das Internet. Der Auftrag wird mit allen Angaben verschlüsselt an einer bestimmten Stelle im Internet abgelegt. Natürlich rufe ich die Daten immer von einem anonymen öffentlichen Telefon aus ab oder von einem Internet-Café. Niemals benutze ich dasselbe Telefon oder dasselbe Internet-Café. Mittlerweile reise ich sogar in andere Städte. Flughäfen sind auch gut.
Dann dechiffriere ich den Text auf meinem Rechner. Mittlerweile kenne ich jedoch die Kontaktperson. Ich habe ihn sogar schon mal angerufen wegen einer Rückfrage, als es schnell gehen musste. Er hat seitdem meine Handynummer. Aber nur in absoluten Notfällen nehmen wir direkt Kontakt miteinander auf. Gemeinhin tun wir so, als wüssten wir nichts voneinander. Er heißt Wilfried Schumacher und hat ein eigenes Büro in der Friedrichstraße. Business Consult steht dran. Ich verdächtige Schumacher, dass er meine Handynummer dem Kunden weitergegeben hat. Er weiß, dass das gegen alle Regeln ist. Er bringt mich dadurch in Gefahr. Aber vielleicht ist ihm nicht klar, dass dies auch für ihn Gefahr bedeutet. Große Gefahr.«

Olgas Blässe

Es kostete ihn nur einen Blick auf die Homepage des Bundestages. Das Parlament verfügte über einen eigenen ärztlichen Dienst.
Er notierte sich die Nummer.
»So, für heute mache ich Schluss«, sagte Doll in seinem Kopfhörer.
Dengler hörte, wie er eine Schublade aufzog und wieder schloss. Die Raumüberwachung mithilfe des Telefons lieferte eine gute Tonqualität, solange sich die Zielperson in der Nähe des Telefons aufhielt, verschlechterte sich jedoch rapide, wenn die Person sich entfernte.
Nun telefonierte Doll mit seiner Frau, kündigte ihr an, dass er in wenigen Minuten zu Hause sein werde. Dengler hörte ihre Stimmen so deutlich, als hätte er eine normale Netzverbindung gewählt.
Dann war es still. Das Büro war leer, und Dengler nahm den Kopfhörer ab.
Beide haben wir einen langen Arbeitstag hinter uns gebracht, dachte er und fühlte, wie die schlechte Laune sich erneut in ihm ausbreitete. Er sah zum Fenster hinaus. Draußen war es grau. Schneeregen fiel vom Himmel. Einige Passanten eilten mit geblähten Regenschirmen die Straße hinauf. Wann würde es endlich Frühling werden? Sollte er etwas anderes tun als fremde Personen überwachen und jagen? Aber was? Mehr hatte er nicht gelernt.
Jemand klopfte. Dengler ging zur Tür und öffnete. Olga stand davor.
»Störe ich?«
»Nein, komm nur herein.«
»Du scheinst nicht so richtig gut drauf zu sein?«
»Ich glaube, ich stecke in der Midlife-Crisis. Die Vorstellung,

bis zu meinem Lebensende anderer Leute Gespräche abzuhören ...«
»Dann komme ich ja zur richtigen Zeit.«
Sie legte die Arme um seine Schulter und küsste ihn.
»Mir ist gerade nach einem knackigen Privatdetektiv«, flüsterte sie ihm ins Ohr.
Ihre rechte Hand glitt über seinen Nacken, die Schulterblätter, das Rückgrat, das Kreuz zu seinem Hintern. Sie wog und drückte und knetete seinen Po.
»Komm schon«, sagte sie mit einer nach Lust und Ungeduld klingenden Stimme und zog ihn hinüber ins Schlafzimmer.

***

Es war eine muntere Runde, die zwei Stunden später unten im *Basta* saß. Olga, durch Zauberhand verjüngt, saß mit dem Rücken zur Wand in der Mitte des großen Tisches, lachte und schenkte Dengler aus der Flasche Grauburgunder ein, die der kahlköpfige Kellner, ohne ihre Bestellung abzuwarten, auf den Tisch gestellt hatte.
Neben Olga saß Mario, Denglers Freund aus Jugendtagen. Martin Klein hatte sich neben Georg auf die andere Seite des Tisches gesetzt, und am Kopfende nahm gerade Leopold Harder Platz, der direkt aus der Redaktion der Zeitung zu ihnen gestoßen war.
Mario flüsterte Olga etwas ins Ohr, und sie lachte laut. Sie warf dabei den Kopf zurück und schüttelte ihn, sodass sich das Licht in ihrer roten Mähne brach, und für einen Augenblick schien es, als sende der Himmel das Licht, das sie wie eine Heilige beleuchtete.
Wenn ich mit dieser Frau zusammen bin, dachte Dengler, ertrage ich meinen Beruf bis ans Ende meiner Tage. Er sah, wie sie erneut über eine Bemerkung von Mario lachte.
Mario tippte mit dem Daumen seiner rechten Hand unaufhörlich auf die Tastatur seines Handys. Dabei sah er nur hin

und wieder auf das Display, er schrieb nahezu blind, ohne hinzusehen, verschickte eine SMS nach der anderen.

Sie prosteten einander zu.

»Olga, sollen wir mal schauen, wie es den Stieren in nächster Zeit ergeht?«

»Wenn du meinst ...«

Martin Klein griff in die Innenseite seines Jacketts und zog drei gefaltete Blätter hervor. Er glättete sie umständlich.

»Das ist dein Horoskop für morgen. Geldsorgen sind nicht in Sicht«, las er vor, und alle am Tisch johlten.

»Aber«, fuhr er fort, »eine unerwartete Begegnung stellt dich auf eine harte Probe.«

Olga verzog den Mund.

»Und ich?«, fragte Mario, der weiter auf sein Handy eintippte.

»Tierkreiszeichen?«

»Löwe!«

»Eine lang andauernde Freundschaft steht auf der Kippe.«

»So ein Quatsch«, sagte Mario, »da sieht man gleich, dass du dir alles nur ausgedacht hast.«

»Und was steht bei mir?«

Leopold Harder wollte das nun auch wissen.

»Tierkreiszeichen?«

»Jungfrau.«

»Ihr Rat wird mehr denn je gebraucht.«

»Na, das leg ich mal dem Chefredakteur vor.«

Alle lachten.

»Und Georg? Ich möchte Georgs Horoskop hören«, rief Mario.

»Ich nicht«, sagte Georg. »Mich interessiert, an wen du den ganzen Abend all diese SMS schickst.«

Das wollten nun plötzlich alle wissen.

Mario starrte das Telefon an, als sähe er es zum ersten Mal.

»Ich verdiene damit Geld«, sagte er.

»Ja«, wiederholte er, als ihn alle fragend ansahen, »ich verdiene pro SMS 9 Cent.«
Schnell tippte er etwas, so routiniert, dass er kaum auf die winzige Tastatur zu schauen brauchte.
»Und was schreibst du?«, wollte Harder wissen.
»Ich schreibe gerade einem Typ, der auf Analverkehr steht, dass ich das auch mag und mich mit ihm treffen will.«
Alle starrten Mario an.
Doch der prüfte in aller Ruhe, ob neue Nachrichten eingegangen waren.
»Allerdings glaubt er, ich sei eine Vierundzwanzigjährige, die ihre Vorliebe dafür erst vor kurzem entdeckt hat und nun ganz verrückt danach ist.«
Schweigen am Tisch.
»Er will sich unbedingt mit mir treffen.«
Martin Klein fand als Erster die Sprache wieder.
»Hast du nicht auch den Eindruck, dass du uns etwas erklären solltest?«, sagte er.
Mario nahm einen Schluck Grauburgunder, legte das Handy auf den Tisch und sah sich in der Runde um.
»Ich male gerade das Bild meines Lebens. Aber nebenbei muss ich ein paar Euro dazuverdienen. Da hab ich diesen Job angenommen.«
Dengler fragte: »Was ist das für ein Job?«
»Es ist ein Internetportal. Es heißt ›Find Love – Finde Liebe‹. Eine Art Partnerschaftsvermittlung. Gibt es ja viele davon im Netz. Aber nicht alle haben so viele Mitglieder und Suchende, wie sie angeben. Da gibt es dann Leute wie mich, die stellvertretend für sie antworten. Die sehen eine Frau oder einen Mann im Netz und wollen sie oder ihn kennenlernen. Landen aber bei mir. Die Nachrichten, die sie verschicken, sind nicht ganz billig, und einen Teil davon bekomme ich. 9 Cent pro SMS.«
Alle redeten nun durcheinander, und Dengler verstand nichts mehr.

Der kahlköpfige Kellner brachte eine neue Flasche Grauburgunder.
»Und wie viele Personen sind ... bist du?«, fragte Klein.
»Sechs.«
Erneut redeten alle durcheinander.
»Lacht nicht. Dieser Job ist gar nicht so einfach. Bei jeder der eingehenden SMS muss ich wissen, an welche meiner verschiedenen sechs Identitäten sie gerichtet ist, wie weit unser Dialog gediehen ist. Man kommt leicht durcheinander.«
Das Handy auf dem Tisch gab einen leichten Knurrton von sich und zeigte damit an, dass eine neue Nachricht eingetroffen war.
Mario schaltete es ab.
»Feierabend für heute«, sagte er.
»Erzähl mal von deinen sechs Leben«, sagte Harder.
»Nun, eben war ich die junge Frau mit dem dringenden Wunsch nach Analverkehr – Angie. Dann bin ich noch Herbert, der gut verdienende Geschäftsführer einer Computerfirma mit Kinderwunsch. Thea – eine reife Mittvierzigerin auf der Suche nach Erotik ohne einengende Bindung. Macht mir auch viel Arbeit. Ihr ahnt nicht, wie Thea die Phantasie von Achtzehn- bis Fünfundzwanzigjährigen beflügelt. Die verchatten ihr ganzes Taschengeld mit mir.«
»Und – wollen deine Partner dich nicht mal treffen? Oder zumindest mit dir telefonieren? Eine Stimme wie jemand, der Thea heißt, hast du ja nun wirklich nicht«, sagte Dengler.
»Mein Job besteht darin, diesen Moment so lange wie möglich hinauszuziehen«, sagte Mario, »ich muss die Armen vertrösten.«
Erneut redeten alle durcheinander. Mario flüsterte Olga etwas ins Ohr. Sie lachte, doch dann stockte sie mitten in der Bewegung, und Dengler schien es, als höre sie Mario nicht mehr zu. Sie starrte an Dengler vorbei mit einem weiß und fahl gewordenen Gesicht. Er drehte sich um, um in Olgas Blickrichtung sehen zu können. Hinter der regennassen

Scheibe des *Basta* glaubte er für einen Moment etwas Helles zu sehen, einen Schemen, der sofort wieder verschwand. Oder war es eine Lichtspiegelung? Doch nun peitschte nur noch der Wind den Regen gegen das Glas.
Er sah wieder zu ihr hin.
Sie stützte sich mit beiden Händen auf den Tisch. Die Augen geweitet und rot.
Mühsam stand sie auf.
»Olga, was ist mit dir?«
Sie sah zu ihm, aber Dengler war nicht sicher, ob sie ihn wirklich wahrnahm. Es schien so, als blicke sie durch ihn hindurch.
»Mir ist nicht gut«, sagte sie, »ich gehe nach oben.«
Dengler stand auf.
»Ich bringe dich hinauf.«
Er stützte sie am Arm, als sie durch das *Basta* zur Tür gingen. Sie traten ins Freie, und Olga sah sich um. Zu ihrer Haustür waren es nur drei Meter.
»Georg«, sie lehnte sich leicht an ihn, »den Rest des Weges schaffe ich allein.«
»Olga, ich …«
»Ich bitte dich. Ich muss alleine sein.«
Dann ging sie ins Haus.
Georg Dengler stand eine Weile ratlos vor der Tür und kehrte dann ins *Basta* zurück.
Die Stimmung am Tisch war verflogen. Die Freunde bestürmten ihn, was mit Olga sei. Er hatte keine Ahnung. Sie saßen noch eine halbe Stunde zusammen, dann brachen sie auf.
Dengler stieg vorsichtig die Treppe hinauf zu Olgas Wohnung. Er klopfte an ihrer Tür. Nichts. Er rief ihren Namen. Doch Olga rührte sich nicht.

Blues

Dengler schlief schlecht.
Zum ersten Mal seit langer Zeit begleitete die Fledermaus wieder seine Träume. Er fuhr in einem kleinen Kahn mitten auf stürmischer See. Er versuchte, das Boot mit einem langen Stock zu steuern, doch der Kahn tanzte auf den Wellen, und er schaffte es nicht, ihn in ruhiges Wasser zu lenken. Mit einer Hand musste er sich am Bootsrand festhalten, sonst wäre er über Bord gegangen. Die Fledermaus umkreiste das Boot, und Dengler war sich nicht sicher, ob sie auf den Augenblick wartete, an dem er sie nicht beachtete. Immer dann schoss sie auf ihn zu, das Maul weit geöffnet.
Ihre spitzen scharfen Zähne erschreckten ihn.
Er war bereits um sechs Uhr wach.
Dengler sprang aus dem Bett, warf sich seinen roten Bademantel über und ging die Treppen hoch zu Olgas Wohnung. Er klopfte leise, aber sie antwortete nicht. Ob sie noch schlief?
Er ging wieder hinunter in seine Wohnung. Ein Blick aus dem Fenster: Regen. Die Straße war nass und ungemütlich. Er beschloss, heute seine Liegestützen zu machen. Er hatte sie schon zu oft ausfallen lassen. Vor der Marienstatue, die er seit seinen Kindheitstagen in Altglashütten mit sich herumschleppte und die nun einen vorläufig endgültigen Platz auf einem schmalen Wandpodest gefunden hatte, ging er auf die Knie. Einmal. Zweimal. Dreimal. Viermal. Er musste an Olga denken. An ihre plötzliche Verwandlung gestern Abend. Wann war das passiert? Als Mario ihr etwas ins Ohr geflüstert hatte? Als sie an ihm vorbei zum Fenster des *Basta* gestarrt hatte?
Noch am Nachmittag hatten sie sich geliebt, und sie war frei,

ungezwungen und herrlich schamlos gewesen. Doch dann war etwas passiert. Was hatte Mario ihr zugeflüstert?
Georg wurde sich bewusst, dass er die Liegestützen eingestellt hatte und auf beiden Armen aufgestützt in Richtung der Fenster starrte. Er stand auf und legte eine Junior-Wells-CD auf.
Oh, Hoodoo man
I'm just tryin' t'make her understand
Blues hilft, wenn man ihn hat.
Er hörte eine Weile Juniors Mundharmonika und seiner rauen Stimme zu. Er dachte an seine Reise nach Chicago, an sein Treffen mit Junior Wells, aber immer wieder kehrten seine Gedanken zu Olga zurück.

***

Nachdem er geduscht und sich angezogen hatte, fuhr er den Rechner hoch. Er kontrollierte routinemäßig seine Bankauszüge. 7000 Euro waren auf sein Konto eingezahlt worden. Bar. Verwendungszweck: Fall Schöllkopf. Die alte Lady meinte es ernst.
Nun gut. Er würde sich in die Sache reinknien. Auch Olga zuliebe. Ob sie schon aufgestanden ist? Ihn überwältigte das Bedürfnis, sie zu sehen. Vorsichtig ging er erneut die Stufen zu Olgas Wohnung hoch. Bevor er klopfte, legte er kurz sein Ohr an die Tür. Er hörte ein schwaches Geräusch hinter der Tür. Er pochte an die Tür. Nichts rührte sich.
»Olga, ich bin's. Georg.«
Keine Antwort.
Er klopfte etwas fester.
Erneut keine Antwort.
»Olga, ich weiß, dass du da bist.«
Nun hörte er ein schwaches Geräusch, das einem Kratzen glich.
»Georg, ich muss nachdenken. Ich brauche jetzt etwas Ruhe.«

Nur mühsam unterdrückte er die vielen Fragen, die ihm auf der Seele lagen.
»Ich gehe zum *Brenner* frühstücken. Komm doch nach – wenn du willst.«
Er wandte sich zur Treppe, drehte sich noch einmal um und ging zur Tür zurück.
»Deine Freundin vom Heiligen Antonius hat mir einen ordentlichen Vorschuss überwiesen.«
»Georg?«
»Ja.«
»Nimm den Fall ernst. Versprochen?«
»Ja. Sicher.«

Kalter Wind

Der Besucher nähert sich Stuttgart, der Stadt, die sich in einem Kessel eingerichtet hat, immer von den Hügeln her, die die Stadt umlagern. Gleich ob von Norden oder Süden, wer in die Stadt will, muss den Berg hinunter. Auch der Wind suchte an diesem Morgen diesen Weg. Er blies durch den Stadtteil Kaltental, der seinen Namen völlig zu Recht trägt, kalte und nasse Luft in die Stadt. Wie um alle Hoffnungen auf den Frühling zu verhöhnen, mischte er Schnee und Eisregen, jagte die Passanten durch die Straßen, freute sich, wenn diese ihre Mäntel enger zogen oder Handschuhe und Mützen noch einmal aus den Taschen zogen, allesamt Kleidungsstücke, die sie bereits im hinteren Winkel des Schrankes eingemottet hatten.

Es war unmöglich zu sagen, was schwerer wog: die unzeitgemäße Kälte, die den Körper sich zusammenziehen ließ, oder die enttäuschte Hoffnung auf Sonne, Vogelgezwitscher, Krokusse und endlich kurze Röcke.

Dengler, der die wenigen Schritte vom *Basta* zu *Brenners Bistro* ging, schien weder Kälte noch Nässe zu stören. Mit der Rechten zog er die beiden Enden des Mantelkragens vor der Brust zusammen, aber in Gedanken war er bei Olga und ihrer veränderten Stimmung. Wieder und wieder vergegenwärtigte er sich den Ablauf des gestrigen Abends, wie in einem Film ließ er ihn vor seinem inneren Augen abspulen, aber fand in seinem Verhalten keinen Anlass zu ihrer Verärgerung.

Aber war sie überhaupt verärgert? Verärgert über ihn? Er überlegte. Sie hatte ihn in einem völlig ruhigen Ton gebeten, den Fall der alten Dame anzunehmen. Sachlich klang sie, aber nicht verärgert. Vielleicht lag es nicht an ihm, dass sie sich zurückzog. Diese Szene: Mario hatte sich zu ihr hin-

übergebeugt und ihr etwas ins Ohr geflüstert. Eifersucht schnürte ihm plötzlich die Luft ab. Was konnte Mario zu Olga gesagt haben? Er beschloss, ihn zu fragen. Gleich nach dem Frühstück würde er ihn in seinem Atelier besuchen.
Die Weißwürste aß er hastig und ohne Genuss. Als er sicher war, dass Olga nicht kommen würde, machte er sich auf den Weg.

***

Mario schien sich zu freuen, als Georg Dengler sein Atelier betrat. Er trug einen dunkelblauen Kittel, der besser zu einem Kfz-Meister gepasst hätte.
»Willst du einen Schnaps?«
»Um Gottes willen – es ist früh am Morgen!«
»Ich war noch nicht im Bett.«
»Das sieht man dir an. Du hast Tränensäcke wie Derrick und blaue Ränder um die Augen wie … wie Papst Benedikt …«
»Na, der hat wohl einen anderen Lebenswandel.«
»Oder auch nicht.«
Sie lachten und hatten wieder den vertraulichen Umgangston gefunden, den sie in ihrer nahezu lebenslangen Freundschaft ausgebildet hatten.
»Was machst du gerade?« Dengler wies auf die Rückseite der Leinwand, die zur Wand gelehnt stand.
»Ich male gerade das Bild meines Lebens. Das Leben selbst. Seine Doppeldeutigkeit. Und die fatale Illusion der Hoffnung.«
»Die fatale Illusion der Hoffnung?«
»Die wirkliche Freiheit beginnt jenseits der Hoffnung. Solange du auf irgendetwas hoffst, bist du nicht frei.«
»Darf ich das Bild sehen?«
Dengler merkte, wie Mario zögerte.
»Georg, mir wäre es lieber, du siehst es erst, wenn es fertig ist.«
»In Ordnung.«

Dengler betrachtete seinen Freund. Er wirkte müde, aber zufrieden.
Ganz das Gegenteil von mir.
»Wir kennen uns jetzt schon fast unser gesamtes Leben lang«, sagte Dengler.
Mario nickte und ging zu einem Schrank, öffnete ihn und holte eine Flasche ohne Etikett heraus. Aus der Spüle zog er zwei Gläser, hob sie kurz gegen das Fensterlicht, schien mit seiner Prüfung zufrieden und stellte dann alles auf den Tisch. Er goss die beiden Gläser zur Hälfte voll. Dann setzte er sich.
»Wir haben uns noch nie um eine Frau gestritten«, fuhr Dengler fort.
»Stimmt«, sagte Mario, trank einen Schluck.
»Ein Obstler aus der Heimat«, sagte er, »aus Altglashütten.«
»Kannst du dir vorstellen, dass wir einmal Streit wegen einer Frau bekommen?«
»Nein«, sagte Mario und trank noch einen Schluck.
Eine warme Welle freundschaftlicher Gefühle durchflutete Dengler. Nie würde sein Freund sich an seine Freundin heranmachen. Die Freundin des Freundes ist tabu. Jetzt griff auch Dengler nach dem Glas. Beide stießen an und tranken.
»Warum eigentlich nicht«, fragte Dengler vorsichtig, »wenn es doch eine besondere Frau wäre, gut aussehend …«
»Mit edlem Charakter.«
Dengler lachte: »Meinetwegen auch damit.«
Eigentlich wollte er von Mario hören, dass sich Freunde niemals die Freundin ausspannen. Aber der sagte: »Wir haben es sowieso nicht in der Hand.«
Dengler verstand ihn nicht.
Mario sah Denglers fragendes Gesicht.
»Das ist doch einfach«, sagte er, »wer entscheidet, wer mit ihr geht? Die Frau entscheidet! Und wer von uns beiden würde mit ihr gehen? Der, den sie mitnimmt. Und der andere bleibt zurück. Deshalb bräuchten wir uns doch nicht zu streiten.«

Er hob sein Glas.
Unsicher trank Dengler mit.
Der Alkohol trübte schnell seinen Verstand.
Ich könnte das nicht ruhig mit ansehen, wenn Olga mit einem anderen Mann ginge.
Er dachte kurz über den Zusammenhang von Freiheit und Hoffnung nach.
Dann fragte er: »Was hast du denn zu Olga gesagt, gestern Abend? Kurz, bevor sie gegangen ist?«
Marios Gesicht schien angestrengt. Er dachte nach.
Dann klärte sich seine Miene auf.
»Jetzt weiß ich's wieder. Ich sagte ihr, dass ich für Grauburgunder aus dem Kaiserstuhl schwerste Folter ertragen würde. Ich dachte, das sei irgendwie witzig, aber Olga reagierte überhaupt nicht auf die Bemerkung.«
Dengler atmete hörbar aus. Er war erleichtert. Kein Grund zur Eifersucht.
Mario kniff die Augen zusammen und fixierte Dengler.
»Und jetzt erzähl mir mal, warum du hierherkommst und mir so merkwürdige Fragen stellst.«
Dengler atmete tief ein, dann erzählte er seinem Freund von Olgas verändertem Verhalten. Mario trank noch einen Schluck Schnaps und hörte zu.

Bruder und Schwester

Stefan C. Crommschröder hat einen Tisch am Fenster bei Borchardt reserviert. Er freut sich auf das Abendessen mit seiner Schwester. Eigentlich ist er sich nicht sicher, ob sie das Restaurant mag. Zu viele Leute, die gern gesehen werden wollen. Trotzdem, er will seiner Schwester etwas bieten, und er will ihr zeigen, dass er es zu etwas gebracht hat. Dass die Kellner ihn hier kennen, dass der Chef ihn persönlich begrüßt. Das ganze Ambiente des Erfolgs. Er will sie überzeugen. Von was, fragt er sich und kennt die Antwort sofort. Von sich. Von seinem Leben. Schließlich war er es, der den gemeinsam ausgedachten Weg verlassen hat. Er denkt verlassen und meint verraten.
Als sie an seinen Tisch tritt, steht er auf und küsst ihre Hand. Kellner huschen herbei und nehmen ihr den Mantel ab. Sie setzt sich. Zwei Gläser Champagner stehen vor ihnen. Sie trinken. Sie lächelt ihn an.
»Mein großer, kleiner Bruder«, sagt sie, »spendiert der großen Schwester ein Glas Schampus. Veuve?«
»Ja.«
»Den es zu Hause immer gab.«
»Ja.«
Sie mustert ihn.
»Elegant siehst du aus«, sagt sie.
»Und du? Ein wenig – erschöpft.«
Sie beugt sich über den Tisch.
»Ich möchte mit dir über Wasser sprechen.«
Er lehnt sich zurück.
»Das ist gut«, sagt er, »da kenne ich mich aus.«
Die Speisekarten sind da. Sie wählen.
Nach einer Weile sagt Karin: »Steff, machen wir uns nichts vor. Die Sache mit dem Wasser steht schlecht. Seit 1949 hat

sich der Wasserverbrauch versechsfacht. Gleichzeitig verschmutzt die Menschheit das Wasser in immer größerem Umfang. Bei gleichbleibenden Tendenzen von Wasserverbrauch und -verschmutzung gehen hydrologische Schätzungen davon aus, dass bis 2025 mehr als die Hälfte der Menschheit an Wassermangel leiden wird.«

»Ich sehe das nicht so negativ wie du. Das Wasser wird knapp, aber das bedeutet auch, dass die Preise steigen. Der Wassermarkt wird in wenigen Jahren genau so attraktiv sein wie der Ölmarkt. Ihn vielleicht sogar überholen.«

»Aber immer mehr Menschen werden keinen Zugang zu sauberem Wasser haben. Die werden gezwungen sein, verschmutztes Wasser zu trinken, krank werden und sterben.«

»Je mehr Geld wir im Wassergeschäft verdienen, desto mehr können wir investieren. Die Armen an die Wasserversorgung anschließen. Wir werden Wasser aus der Arktis in riesigen Schläuchen in die Regionen transportieren, die eine Nachfrage haben, wir werden Eisberge von Nordkap nach Kalifornien schleppen, wir werden …«

»Ihr werdet es dorthin bringen, wo eine zahlungsfähige Nachfrage herrscht. Wo die Nachfrage nicht zahlen kann, lasst ihr sie verdursten.«

Pause.

»Du klingst schrecklich nach einem dieser Gutmenschen.«

Sie lächelt ihn an.

»Wie sollen wir uns unterhalten? Wie Bruder und Schwester, die sich über ein Thema unterhalten, das sie beide interessiert?«

»Oder?«

»Wie fremde Kampfhähne, die sich über ein Thema zanken und unterschiedliche Interessen verfolgen.«

»Was würdest du mir dann sagen?«

»Ich würde dir sagen, dass ›Gutmensch‹ ein konservativer Kampfbegriff ist, erfunden, um Leute zu denunzieren, die dem urmenschlichen Bedürfnis nachgehen, etwas für die

Gesellschaft Nützliches zu tun. Ich würde dir weiter sagen, dass es eine misslungene Parodie auf engagierte Menschen ist und wenig aussagt über diese, aber viel über diejenigen, die diesen Begriff polemisch verwenden.«
»Dann lass uns wie Bruder und Schwester reden.«
Sie hebt ihr Glas. Er das seine. Genau in der Mitte des Tisches treffen sie sich mit einem leisen Klingen.
Dann sagt er: »Was weißt du von Cochabamba?«
»Das übliche Prozedere. Die Weltbank vergibt Kredite nur, wenn Bolivien das Wasser privatisiert. Das ist die Auflage, und diesmal profitiert mein Bruder davon.«
»Und die Armen Boliviens.«
»Die Armen?«
»Liest du keine Zeitung? Weißt du nicht, wie viele Haushalte in Cochabamba keinen Wasseranschluss haben?«
»Doch, das weiß ich. Aber ich weiß auch, dass du nicht vorhast, daran etwas zu ändern.«
Stimmt, denkt er.
»Bruder, du ... du bist unserem Vater so ähnlich geworden.«
Er sieht sie überrascht an.
»Der gleiche Ehrgeiz. Die gleiche Blindheit. Das gleiche harte Herz. Ich gebe dir einen Rat: Lass die Finger von diesem Projekt. Es wird dir nicht gelingen. Die Zeiten sind vorbei, wo sich diese Leute still enteignen lassen. Es ist ihr Wasser.«
»Was weißt du?«
»Es ist nur ein Rat.«
Crommschröder betrachtet seine Schwester. Sie ist älter geworden. Er sieht die Falten um ihre Augen. Plötzlich steigt eine überraschende Wärme in ihm auf. Seine Schwester! Sie hat ihm im Grauen ihrer Familie das Überleben ermöglicht. Sie hatte für ihn immer einen Fluchtweg parat. Tränen treten in seine Augen, und er wischt sie schnell und unbemerkt weg.
Karin scheint seinen Stimmungswandel gespürt zu haben. Sie legte ihre Hand auf die seine.

»Steff«, sagt sie, »komm zu uns. Komm wieder auf die andere Seite.«
Und alles in ihm jubelt: Ja, das will ich!
Er zieht seine Hand zurück.
Schroff.
Ich kann nicht mehr zurück, denkt er.

Londoner Wasser

Den Kauf der Londoner Wasserwerke hatte noch Dr. Kieslow eingefädelt – Crommschröder war damals noch sein Assistent. Aber den Laden zu einem der profitabelsten Unternehmen im Konzern gemacht zu haben – das ist sein Werk, und darauf ist er stolz. Über 100 Millionen Pfund überweist London Jahr für Jahr an die Konzernzentrale in Deutschland, und in zwei Jahren wird der Gewinn die Kaufsumme plus Zinsen eingespielt haben. Dann wird die Wassersparte des VED auf eigenen Füßen stehen. Zum selben Zeitpunkt, Crommschröder lächelt bei dem Gedanken, wird Dr. Kieslow den Vorstand verlassen und in den Aufsichtsrat wechseln. Erregender als jede erotische Phantasie ist für Crommschröder, sich die Rede Dr. Kieslows vorzustellen, mit der er ihn als seinen Nachfolger vorstellt. Im Geiste, nachts, wenn er neben Heike liegt und nicht schlafen kann, entwirft er diese Rede und prüft sie, verbessert sie, geht sie wieder und wieder durch, erweitert sie, streicht einzelne Teile und schreibt andere in Gedanken um.

Meine sehr verehrten Damen und Herren, der VED-Konzern verfügt über sehr viele fähige Männer, die jeden Energiekonzern der Welt führen könnten. Aus diesem unglaublichen Potenzial den Besten heraufzufiltern ist keine leichte Aufgabe, vielleicht die schwerste in meinem Leben. Denn ich weiß, die Entscheidung für den einen enttäuscht den anderen (in seiner Phantasie zoomt eine Kamera Joseph Waldners nervöses Gesicht heran). Doch es gibt diesen einen, es gibt den Besten unter den vielen Guten. Ich schlage Ihnen als meinen Nachfolger vor – Dr. Stefan C. Crommschröder.

Bescheiden wird er dann aufstehen. Wird sich im Griff haben. Fast verlegen. Mit einer schnellen Geste einen Knopf am Jackett schließen und nach vorne zur Bühne eilen. Der Saal wird applaudieren. Seine Krieger werden begeistert aufspringen. Er wird eine bescheidene Rede halten. Das Werk Dr. Kieslows weiterführen. Und dann, welch ein Hochgenuss, stellt er sich das Gespräch mit Joseph Waldner vor. Ihn wird er als Ersten feuern.

So lange braucht er die Überweisungen aus London. Sie sollten Jahr für Jahr steigen und immer ein wenig über dem Plan liegen.

Merkwürdigerweise ist er Kieslow auch damals nicht wirklich näher gekommen, in jenen aufregenden Tagen, als sie der englischen Regierung die Londoner Wasserversorgung abkauften. Die frühere britische Premierministerin Margret Thatcher hatte 1989 die öffentliche Wasserversorgung in England und Wales zerschlagen und in zehn private Aktiengesellschaften aufgeteilt. VED erwarb den größten Brocken und nannte die neue Gesellschaft London Water.

Rückblickend bezeichnet er diese Zeit als seine Lehrjahre. Aus der Nähe konnte er die Arbeit der britischen Regierung beobachten, und er fand, dass sich die Kategorien von Tausch- und Gebrauchswert auch auf die Handlungen einer Regierung anwenden ließen. Thatcher begründete in der Öffentlichkeit die Privatisierung der Wasserversorgung mit dem hohen Investitionsbedarf, den die Kommunen nicht mehr aufbringen könnten. Dies wäre nur für private Kapitalgeber möglich. Intern sprach jedoch kein einziger Regierungsvertreter davon oder verlangte gar, dass die VED Geld in das teilweise veraltete Leitungsnetz Londons stecken sollte, und Kieslow dachte nicht im Traum daran. In den über anderthalb Jahrzehnten, in denen sie London Water bisher betrieben, hat die VED keinen nennenswerten Betrag in die Infrastruktur gesteckt.

Crommschröder lernt, dass eine Regierung immer auf zwei Ebenen argumentiert: Einmal für das Publikum und die Presse, die die offizielle Version in ihren Artikeln und Sendungen hin und her wendet; daneben existiert die zweite Ebene, die wirkliche, die nur selten ausgeleuchtet wird und für die sich nur wenige Journalisten interessieren. Auf dieser Ebene geht es viel weniger erhaben zu, auf dieser Ebene wird in Mark und Pfennig gerechnet; im vorliegenden Fall in Pfund und Penny.

Mittlerweile staut sich jedoch eine Menge Unmut über London Water an. Crommschröder weiß, dass es jeden Tag Rohrbrüche gibt. Zwischen 40 und 60 Prozent des Londoner Wassers versickern im Leitungsnetz. Aber für Crommschröder ist es völlig undenkbar, auf dem dicht bebauten Grund der Millionenstadt eine Generalsanierung der Wasserleitungen vorzunehmen. Billiger ist es, der Themse mehr Wasser zu entnehmen oder Wasser aus Wales oder Schottland einzuspeisen. Dieses Wasser versickert dann zwar auch zur Hälfte, aber der Ankauf dieser Wassermengen ist immer noch billiger als das Auswechseln der defekten Rohre.

Die andere Maßnahme, die Ärger produziert, ist die Absenkung des Wasserdrucks. In den entlegeneren Wohnquartieren führt dies teilweise dazu, dass nur noch ein müdes Rinnsal aus den Wasserhähnen fließt. Zum Glück für die VED haben die Leute, die dort wohnen, keine Presse- oder sonstigen »Verbindungen«. Crommschröder sieht das nüchtern. Wer seit Menschengedenken mit dem maroden öffentlichen Nahverkehrssystem lebt, wird sich wegen mangelnden Wasserdrucks nicht aufregen, sagt Crommschröder vor dem Management der London Water, und bisher behält er recht.

All dies hält ihn nicht davon ab, Jahr für Jahr die Wasserpreise anzuheben, vorsichtig, nur um wenige Penny, die dem Konzern letztlich einige Millionen Euro bringen. Gut in der Bilanz der ersten Jahre machten sich auch der Verkauf zweier Wasseraufbereitungsanlagen sowie der stadtnahen Grundstücke, die ursprünglich einmal als Rückstauflächen bei Hochwasser gedacht waren.

Als der Ärger über London Water bei einigen Stadtverordneten laut wird, organisiert Crommschröder eine Pressekonferenz und verkündet das 1500-Kilometer-Programm. In den nächsten fünf Jahren würde London Water auf 1500 Kilometer die Rohre vollständig erneuern. Nur ein linkes Gewerkschaftsblättchen rechnet nach und schreibt, bei diesem Tempo und angesichts der Länge von mehr als 20 000 Kilometer dringend sanierungsbedürftiger Rohre würde London Water nicht einmal den jetzigen miserablen Zustand des Londoner Wassernetzes halten können. Crommschröder weiß, dass der Journalist recht hat, aber er nimmt sich vor, ihn als Spinner zu bezeichnen, falls er auf diesen Artikel angesprochen wird. Doch das geschieht nicht.

Noch eine Szene bleibt ihm im Gedächtnis. London Water entnimmt der Themse das Trinkwasser nur 200 Meter unterhalb der Stelle, wo das geklärte Abwasser in den Fluss geleitet wird. Crommschröder erinnert sich noch gut an den alten Ingenieur, der ihm die Anlage gezeigt hat.

»Das Wasser, das wir hier entnehmen«, erklärt der Mann ihm, »ist schon ein paarmal durch Menschen durchgeflossen.« Sie lachen beide. Der Mann bietet ihm eine Zigarette an. Crommschröder, der Nichtraucher, nimmt sie, und dann rauchen die beiden Männer.

***

London Water wirft dem Konzern viel Geld ab, birgt aber auch einige Risiken. Crommschröder nervt ein kleines Institut am Rand des Stadtteils West Kensington, das die Qualität des Themsewassers untersucht. Besonders in der Nähe der Abwassereinleitung entdecken die Wissenschaftler außergewöhnliche Mutationen bei Fischmännchen. Sie scheinen sich nach und nach in Fischweibchen zu verwandeln. An der Stelle, in der London Water das Trinkwasser entnimmt, seien bereits 40 Prozent der Fischmännchen feminisiert.

Crommschröder wundert dies nicht. Er weiß, dass bestimmte pharmazeutische Rückstände, insbesondere die von An-

tibabypillen, nicht herausgefiltert werden können. Die Forschungen, die es dazu gab, hat er selbst einstampfen lassen. London Water chlort das Wasser und reinigt es, dann wird dem Wasser das Chlor wieder entzogen. Damit kann man nicht jede Verunreinigung beseitigen.
All dies ist ihm egal – das ist für Crommschröder so eine Gebrauchswertsache, und die langweilt ihn.

Kieler Wasser

Stefan C. Crommschröder sucht in dem schwarzen Schrank, in dem er seine persönlichen Unterlagen aufbewahrt, nach seiner Lieblingskassette. Er hat sie schon zwei, vielleicht sogar schon drei Monate nicht mehr gehört. Es ist nur ein einfaches Magnetband, fast schon aus der Mode gekommen, aber für ihn ist es so etwas wie ein persönliches Mantra. Wenn er schlecht drauf ist, verfliegt die schlechte Stimmung, nachdem er das Band in den Schlitz des Kassettendecks geschoben hat. Ist er in Hochstimmung, so verfeinert und verlängert das Band diesen Zustand, veredelt ihn in gewisser Weise, so wie einigen Menschen der Genuss einer Fuge von Bach das Gefühl gibt, an Klarheit und innerer Reinheit gewonnen zu haben.
All dies ist umso erstaunlicher, weil die kleine schwarze Kassette seine erste und die am tiefsten empfundene Niederlage dokumentiert.
The first cut is the deepest – leise summt er den Hit von Rod Stewart vor sich hin, während er den Schrank von oben nach unten durchsucht.
Wo ist nur dieses verdammte Band?
Erneut durchwühlt er die Regale von oben nach unten.
Ist es gestohlen?
Er gibt dem Schrank einen Tritt.
Crommschröder schüttelt einen Aktenordner.
Das Band liegt unter der Mappe mit den letzten Planungen für die Hamburger Wasserwerke. Erleichtert nimmt er es und trägt es hinüber ans Fenster, dorthin, wo auf einem schmalen fahrbaren Untersatz aus Teakholz die Hi-Fi-Anlage steht. Er summt vor sich hin, als er es startet.
Kurt Berger, Crommschröders Lieblingskrieger, hat ihm das Band zum Geburtstag geschenkt, vor zwei oder drei Jahren.
Weiß der Teufel, wie er an die Aufnahmen kam.

Er drückt die Play-Taste und setzt sich in den schwarzen Besucherstuhl.

Im Jahre 2001 verkaufte der Kieler Gemeinderat seine Wasserwerke an TXU, einen texanischen Rentenfonds. Die Banken hatten die ehrwürdigen Stadtväter monatelang mit Gutachten kirre gemacht, dass die Globalisierung zum Ruin lokaler Wasserwerke führen wird. Man solle sich schnell einen starken, strategischen Partner suchen und mit diesem die Kieler Wasserwerke zu einem Global Player im europäischen Wassermarkt aufbauen. Irgendeine Bank präsentierte ihnen dann TXU als diesen Partner.

Crommschröder hat damals mitgeboten. Er wollte die Kieler Wasserwerke für VED kaufen, aber die Amerikaner waren durch die Banken besser eingeführt. Er hatte keine Chance. Er erinnert sich noch, wie er nach der Entscheidung der Kieler Ratsversammlung zu Kieslow geschlichen war, um ihm von der Niederlage zu berichten. Daran denkt er nur ungern.

Das Band enthält einen Mitschnitt aus der Sitzung der Ratsversammlung. Nach einem leisen Quietschen entlässt das Gerät die Stimme des SPD-Politikers Jürgen Fenskes in Crommschröders Büro. Crommschröder lauscht.

»Wir haben keine Angst vor der viel zitierten Globalisierung. Die Partnerschaft mit TXU bietet eine ausgesprochene Wachstumsperspektive, weit über die Stadtgrenze Kiels hinaus.«

Dann folgt der Ratsherr Dr. Arne Wulff, CDU, der einmal so richtig witzig sein will.

»Warum nicht einmal Hecht im Karpfenteich sein?«, ruft Wulff.

Crommschröder kichert, unterbricht mit der Fernbedienung das Abspielen des Bandes und geht an den Schrank zurück. Er öffnet eine Flasche Barolo, gießt sich ein Glas ein und lässt sich erneut in den Sessel sinken.

Ein guter Tropfen, denkt er und drückt den Play-Knopf der Fernbedienung.

Die Stimme von Norbert Gansel, dem Oberbürgermeister von Kiel, ist klar in Crommschröders Büro zu hören.

»Es geht hier und heute um die Wettbewerbsfähigkeit der Stadtwerke, um kostengünstige Energieversorgung und um die Sicherung von vielen Arbeitsplätzen.«

Dann Rainer Paternak von den Grünen: »Nicht nur die energetische Philosophie macht die TXU für die Grünen zu einem akzeptablen Partner, sondern es gibt sogar soziale Ansätze.«

Crommschröder lächelt und trinkt einen Schluck Barolo.

Dann die Abstimmung. Einstimmig verkauft die Kieler Ratsversammlung die Stadtwerke an TXU.

Die letzte Stimme auf dem Band ist wieder die des Oberbürgermeisters.

»Das ist wohl eine historische Entscheidung«, sagt er.

Das Band bricht ab.

Crommschröder schaltet das Gerät aus und geht ans Fenster. Vor ihm liegt das nächtliche Berlin. Drüben glitzert die Spree. In der Pförtnerloge brennt Licht.

So einfach geht das mit diesen ahnungslosen Brüdern, denkt er.

Er nimmt einen Schluck.

TXU Europe, der große strategische Partner, war neun Monate nach dem Beschluss des Kieler Stadtrats pleite. Zuvor hatte TXU alles verkauft, was nicht niet- und nagelfest war: Werkswohnungen, Grundstücke. Die Gewinnausschüttungen an den amerikanischen Rentenfonds stiegen beachtlich. Die Investitionen wurden um die Hälfte gestrichen. Nahezu alle Tiefbaufirmen, die für die Stadtwerke Aufträge ausführten, entließen Personal oder gingen in der strukturschwachen Region Konkurs.

Nach dem Konkurs von TXU entschied ein Londoner Konkursrichter über das weitere Schicksal der Kieler Stadtwerke. Berger erzählte Crommschröder, dass der Richter sich geweigert habe, eine Delegation Kieler Stadträte zu empfangen, weil, so seine Argumentation, diese ja bezüglich des Objekts nichts zu sagen hätten.

Crommschröder lässt das Band ein kleines Stück zurücklaufen. Noch einmal hört er sich die Stimme des Kieler Oberbürgermeisters an: »Das ist wohl eine historische Entscheidung.«

Dann fährt er nach Hause.

Gerne mit Damen

Im Energiesektor produziert Joseph Waldner einen riesigen Skandal, von dem Stefan C. Crommschröder hofft, er werde ihm nützen, einfach weil er Waldner schaden, vielleicht sogar ganz aus dem Rennen um Kieslows Nachfolge werfen würde. Waldners Geschäftsbereich Energiewirtschaft lädt seit Jahren Ratsherren und Manager von kommunalen Energiebetrieben zu Lustreisen rund um die Welt ein. Ein anonymer Hinweis führt im Juni 2005 zur Durchsuchung der Geschäftsräume der Burscheider Stadtwerke und der Verkaufsdirektion West der VEG. Eine 17-köpfige Reisegruppe, bestehend aus dem Aufsichtsrat der Stadtwerke Burscheid und sieben weiteren Ratsherren der gleichen Stadt, ist auf Kosten der VED zu einer Lustreise auf eine norwegische Bohrinsel aufgebrochen. Für die Staatsanwaltschaft Köln scheint der Fall nur die Spitze eines Eisberges zu sein. Sie gründet die Sonderkommission »Gas« und ermittelt bald gegen 200 Kommunalpolitiker wegen Vorteilsannahme bzw. Vorteilsgewährung. Betroffen sind die Stadtwerke von Burscheid, Essen, Krefeld, Moers, Meerbusch, Grevenbroich, Remscheid, Solingen, Stolberg, Kaarst, Grefrath, Nettetal, Willich, Wülfrath, Hilden, Langenfeld, Leverkusen, Siegburg, Troisdorf, Bad Honnef, Euskirchen, Dormagen, Langenfeld, Aggertal, Radevormwald, Wipperfürth, Wermelskirchen, Neuss, des Rhein-Erft- und des Oberbergischen Kreises. Die Ermittlungen werden auch auf Bayern, Hessen, Rheinland-Pfalz und das Saarland ausgedehnt.
Waldner tobt. Er hetzt die komplette innere Revision und einige Privatdetekteien auf den anonymen Tippgeber der Staatsanwaltschaft – vergebens. Der Skandal weitet sich von Woche zu Woche aus. Und das Schweigen der VED wirkt wie ein Schuldeingeständnis. Die Öffentlichkeit staunt über die »kriminelle Energie«, die der Konzern erzeuge. Zwei

Wochen lang prasseln die schlechten Schlagzeilen auf den Energiesektor ein, und Crommschröder verhält sich in dieser Zeit ganz unauffällig. Obwohl die Pressestelle des Energiezweiges des Konzerns alle anderen Bereiche händeringend bittet, positive Meldungen abzusetzen, mauert sich Crommschröder ein. Keine Presseerklärungen. Alle öffentlichen Auftritte werden abgesagt. Die Wucht der schlechten Presse, die seinen Konkurrenten Waldner mit voller Wucht trifft, will er nicht abmildern.

Stattdessen schickt er dem Düsseldorfer *Spiegel*-Büro Kopien von Waldners interner Suchaktion. Das Nachrichtenmagazin macht bereits in der folgenden Woche seinen Wirtschaftsteil mit einem Artikel über die Unfähigkeit des VED-Konzerns auf, der Korruption abzuschwören. Einen Tag später zieht der Vorstandsvorsitzende Dr. Kieslow den Fall an sich, und Waldner steht blamiert vor einem Scherbenhaufen.

Es ist nicht Waldners erstes Debakel. Nur Monate zuvor ist in einem ganzen Landstrich Nordrhein-Westfalens mitten im Winter die Stromversorgung ausgefallen, weil reihenweise Leitungsmasten unter der Schneelast des einkehrenden Winters umgekippt sind. Waldner tritt vor die Kameras und liest einen Text vom Blatt ab, in dem steht, dass die VED nicht mit dieser Schneemenge habe rechnen können. Zeitungen und Fernsehen gießen Kübel von Hohn über ihn aus: *VED rechnet nicht mit Schnee im Winter* titelt die FAZ. Die ARD bringt mehrere Sondersendungen zu diesem Thema. Die Bilder zeigen Menschen in ihren Häusern, die sich in Eiseskälte ohne Strom mit Kerzen und Campingkochern behelfen müssen, und hin und wieder erscheint ein völlig überforderter Waldner auf dem Bildschirm.

Crommschröder genießt das Spektakel. Er glaubt, dass damit die Nachfolge von Dr. Kieslow automatisch auf ihn zulaufe. Aber kaum fließt der Strom wieder, gibt sich Waldner genauso arrogant und überheblich wie zuvor. Crommschröder hat sich geirrt.

Nun, bei der Korruptionsaffäre, kann er Dr. Kieslows Krisenmanagement aus der Nähe beobachten. Und wie Kieslow mit dem Skandal fertig wird, flößt Crommschröder Respekt ein für den Vorstandsvorsitzenden, und er hofft, angesichts der Kaltblütigkeit und Skrupellosigkeit, mit der Kieslow vorgeht, noch viel von dem Mann lernen zu können, dessen Nachfolger er werden will.

Bei einem Fernsehauftritt zeigt Kieslow sich einsichtig und erklärt, die VED lasse von »unabhängigen Fachleuten« einen »neuen Verhaltenskodex« erarbeiten. Die »Lustreisen« seien selbstverständlich gestoppt.

Crommschröder bewundert seine geniale Pressearbeit: Plötzlich tauchen immer mehr Kommunalpolitiker in den Fernsehberichten auf, die sich völlig ohne Unrechtsbewusstsein geben. Franz-Josef Britz, Aufsichtsratsvorsitzender der Essener Stadtwerke: Ja, die Fahrt nach Barcelona habe stattgefunden, auch das Abendessen im Schloss Lerbach beim Starkoch Dieter Müller, gewiss auch mit Damen. Dann sagt er: »Solche Geschichten sind republikweit nichts Ungewöhnliches.« Wilhelm Helkamp, Geschäftsführer der Bergischen Energie und Wasser GmbH: »Das machen wir seit Jahrzehnten schon so.« Albert Lopez von den Stadtwerken Willich: »Wir haben abends zwar gut gegessen, aber eine Einflussnahme gab es nicht.«

Kieslow hat sein erstes Ziel erreicht. Jedermann schreibt über die gierigen Politiker, und die VED ist aus den Schlagzeilen. Crommschröder empfindet fast so etwas wie Neid auf das Meisterstück des Alten, als die Kommission ihren »neuen Verhaltenskodex« vorlegt. Kieslow hat einen Professor für Wirtschaftsrecht aus dem Hut gezaubert, der den Bericht präsentiert. Dieser schlägt in die Kerbe, die Kieslow markiert hat: »Aufsichtsräte kommunaler Unternehmen sind nicht berechtigt, Vergünstigungen ohne sachlichen Grund anzunehmen.« Sollte den Unternehmen verboten werden, Politikern Vergünstigungen anzubieten? Nein, sagt der Professor, aber die Konzernvorstände sollen »mehr Sensibilität in der Dienstreise-Frage« entwickeln, sie sollen »Skandale verhindern«, weil diese dem Image des Konzerns schaden. Damit ist der Konzern aus dem Schneider, wieder einmal.

Dann aber kommt der entscheidende Vorschlag der Kommission: »Die Aufsichtsräte sollten künftig nicht mit Politikern, sondern mit Fachleuten besetzt werden.«

Dieser Vorschlag ist tollkühn, er trägt ganz Kieslows Handschrift. Wie es ihm gelingt, aus der Defensive sofort in Angriffsposition umzuschalten, das findet Crommschröder wegen der Dreistigkeit, die dahintersteckt, geradezu genial. Die »Fachleute« würden natürlich Leute aus den Energiekonzernen sein, und mit diesen würde er es einfach haben, über den Verkauf der Wasserwerke an die VED zu verhandeln. Der Einfluss der Bevölkerung wäre dann endlich auf null reduziert.

Auch daran denkt er an diesem Abend, nachdem die Kinder im Bett sind und Heike sich mit einem Buch auf die Couch zurückgezogen hat.

Legenden

Bei seinen früheren Ermittlungen, vor allem bei den verdeckten Operationen, war die richtige Wahl der Legende für Dengler eine der wichtigsten Fragen. In seiner Zeit beim Bundeskriminalamt gab er sich häufig als Journalist aus. Einem Journalisten, so merkte er bald, antworten die Menschen frei und unbefangen. Neugier fällt nicht weiter auf, da sie diesem Berufsstand gewissermaßen natürlich zu Eigen ist und von jedermann, ob zu Unrecht oder nicht, vermutet wird.
Im Umgang mit Behörden ruft die Legende des Journalisten jedoch sofort Misstrauen hervor. Dort sieht man im Journalisten den geborenen Feind, der immerfort etwas aufdecken will, und wahrscheinlich kennt man sich selbst gut genug, um zu wissen, dass es auch immer etwas aufzudecken gibt. Im Umgang mit anderen Behörden bekommt man die offensten und zutreffenden Antworten, wenn man selbst in einer Behörde arbeitet. Insofern war es damals am besten, als Legende die Wahrheit zu benutzen und als Polizist aufzutreten.
Aber wie tritt man als privater Ermittler auf? Einem Privatdetektiv wird keine Behörde freiwillig Auskunft geben. Und das wird wohl auch für den ärztlichen Dienst des Bundestages gelten.
Dengler beschloss, sich als Polizist auszugeben. In seiner Schublade lagen immer noch zwei Stapel alter Visitenkarten aus seiner Zeit als Hauptkommissar beim Bundeskriminalamt. Ein Stapel lautete auf seinen tatsächlichen Namen, der andere auf Hauptkommissar Gerhard Krämer, einen Namen, den er bei seinen Ermittlungen als Zielfahnder manchmal benutzt hatte.
Er wurde dreimal verbunden, dann war die richtige Ärztin am Apparat.

»Hauptkommissar Krämer. Ich habe noch drei Fragen zu dem Tod der Bundestagsabgeordneten Schöllkopf.«
»Ich glaube nicht, dass ich Ihnen etwas Neues erzählen kann. Alles, was ich weiß, habe ich bereits Ihren Kollegen erzählt. Mehrfach.«
Sie hatte eine angenehme helle Stimme mit norddeutschem Akzent. Sie klingt wie eine Hamburger Pastorin, dachte Dengler.
»Haben Sie den Tod der Abgeordneten festgestellt?«
»Ja. Als ich in den Plenarsaal kam, war die Abgeordnete tot.«
»Den Totenschein? Haben Sie den Totenschein ausgefüllt?«
»Nein, ich denke, das haben die Kollegen drüben in der Charité gemacht.«
»Die Leiche wurde in die Charité gebracht?«
»Das wissen Sie doch?«
Plötzlich ein Hauch von Misstrauen in ihrer Stimme.
»Wie ist Ihr Name?«
»Krämer, Hauptkommissar. Ich habe zu entscheiden, ob die Akte geschlossen wird oder nicht.«
Sie lachte kurz.
»Schließen Sie die Akte. Wenn Frau Schöllkopf eine halbe Stunde vorher zu mir gekommen wäre, würde sie noch leben. Sie hat den Fehler vieler Herzinfarktpatienten gemacht: zu lange gewartet.«
»Keine Anhaltspunkte für Fremdeinwirkungen?«
Sie lachte noch einmal, aber es klang genervt.
»Nein, es war ein klassischer Herzinfarkt. Manchmal erwischt es eben auch eine Bundestagsabgeordnete.«
»Ich danke Ihnen«, sagte Dengler und legte auf.

***

»Charité. Guten Tag. Kann ich Ihnen weiterhelfen?«
Diesmal wurde er fünfmal verbunden, ehe er die richtige Zeugin am Apparat hatte. Eine Ärztin namens Kerstin Müller.

»Krämer. Hauptkommissar Krämer. Ich rufe Sie noch einmal an im Fall Schöllkopf. Sie haben Frau Schöllkopf doch behandelt?«
Die Stimme der Ärztin klang müde.
»Behandelt ist übertrieben«, sagte sie.
»Haben Sie den Totenschein ausgefüllt?«, fragte Dengler.
»Ich kann Ihnen darüber keine Auskünfte am Telefon geben, das wissen Sie doch.«
»Nun, es sind nur ein paar kurze Fragen ...«
»Nicht am Telefon. Wenn Sie wüssten, was wir hier alles erleben.«
Sie verabredeten sich für den nächsten Nachmittag im Krankenhaus.

Durchbruch in einem minder schweren Fall

Nach dem Gespräch mit der Ärztin stieg Dengler die Treppe hoch zu Olgas Wohnung und klopfte an ihre Tür. Keine Antwort. Er klopfte noch einmal. Etwas lauter. Wieder keine Reaktion. Er blieb stehen, hielt die Luft an und horchte, ob irgendein Lebenszeichen von ihr zu hören war. Nichts. Sie war nicht da. Beunruhigt ging er wieder in sein Büro. Er hatte sie seit dem seltsamen Abend im Basta nicht mehr gesehen.

Er setzte den Kopfhörer auf und wählte sich in die Nebenstelle von Günther Doll. Auch heute diktierte der Anwalt Schriftstücke. Dengler schloss die Augen und dachte an Olga.

Irgendwann musste er eingenickt sein, denn als er erwachte, telefonierte Doll. Offensichtlich mit einem Architekten. Sie redeten über Zahlen, über den geplanten Baubeginn und über Restbeträge, die die Bank finanzieren müsse. Dengler griff nach der Maus und drückte den Mitschneiden-Button auf dem Bildschirm-Menü. Der Rechner würde das Gespräch von nun an aufnehmen.

Er hörte sich die Unterhaltung später dreimal hintereinander an und notierte sich die wichtigsten Fakten:

Doll wollte einen Neubau auf dem Parkgelände der elterlichen Villa errichten. Ein Mehrfamilienhaus. Mit dem Erlös der Mieteinnahmen wollte er seine Geschwister auszahlen.

Georg konnte diesen Fall also abschließen. Bericht und Rechnung schreiben. Aber er fühlte sich schwach und antriebslos. Seine Gedanken kehrten zu Olga zurück. Er kramte in seinem Gedächtnis, spielte den Abend im Basta noch einmal durch, konnte aber in seinem Verhalten ihr gegenüber keinen Anlass oder eine Ursache für ihren Rückzug finden. Warum meldete sie sich nicht?

Er wählte ihre Handynummer. Es meldete sich die Mailbox. Er bat sie um einen Rückruf.

Dengler öffnete ein neues Dokument und begann den Bericht an seine Auftraggeberin zu schreiben. Aber schon nach zwei Sätzen glitt seine Aufmerksamkeit ab, er landete wieder bei dem Abend im *Basta*, wiederholte in Gedanken die Szene noch einmal, noch einmal und noch einmal.

Auf der Fahrt

Am nächsten Morgen stand er um sechs Uhr auf, absolvierte dreißig Liegestützen, frühstückte nicht. Ein doppelter Espresso reichte. Die Milch in seinem Kühlschrank war in einem Schwebezustand zwischen nicht mehr frisch und noch nicht schlecht. Aber ohne Milch mochte er den Kaffee nun mal nicht. Also goss er nur die Hälfte des sonst üblichen Schlucks ein.
Bevor er die Wohnung verließ, steckte er einige der BKA-Visitenkarten auf den Namen Gerhard Krämer in die Jackentasche. Als er im Flur stand und die Bürotür abschließen wollte, blieb er einen Augenblick stehen. Sollte er bei Olga vorbeischauen? Doch dann sperrte er ab und ging.
Auf dem Weg zum Bahnhof versuchte er, nicht an sie zu denken.
Er nahm den Zug kurz vor acht.
Ob ihr etwas zugestoßen ist?
In Mannheim musste er umsteigen. Der Zug nach Berlin wartete auf dem Bahnsteig gegenüber.
Vielleicht ist das ihre Art, Schluss zu machen.
Er setzte sich in den Speisewagen. Kaum saß er, waren seine Gedanken wieder bei ihr. Er grübelte und wusste doch, dass es sinnlos war.
Er bestellte ein Boulevard-Frühstück. Und Kaffee.
Ist es aus?
Dengler hatte Hunger. Er schmierte sich ein Brot, belegte es mit Salami und konnte doch kaum einen Bissen schlucken.
Er sah auf die Uhr. Noch vier Stunden bis Berlin.
Seine Gedanken jagten sich im Kreis. Nichts wusste er, außer dass er am Ende war. Irgendwann lehnte er sich zurück und schlief ein.

Zweiter Teil

Berlin, Charité

Am Ostbahnhof nahm Dengler ein Taxi, das ihn zur Charité brachte. Er hatte Glück, der Taxifahrer war zwar Berliner, aber er schwieg. Sie fuhren vorbei an Touristenpulks in Anoraks und mit aufgespannten Schirmen, an Passanten, die eilig die Straße überquerten. Kein Wunder: grauer Himmel mit monströs aufgetürmten Wolkenbergen, leichter Regen, keine Sonne und keine Hoffnung. Zwei Krähen kämpften vergebens gegen den Wind an. Nach einer Weile gaben sie auf und drehten ab. Er versuchte, nicht an Olga zu denken. Nur einmal, auf der Höhe des Lehrter Bahnhofs, griff er zum Handy und wählte ihre Nummer. Beim ersten Klang ihrer Stimme auf dem Anrufbeantworter legt er auf.
Das Krankenhaus war ein riesiger Klotz direkt hinter dem Neuen Tor. Eine Auffahrt war an die der Straße zugewandten Seite geklebt, sie wurde durch ein Dach vor dem Regen geschützt, das wie ein riesiges, auf Stelzen stehendes Surfbrett aussah.
Er gab dem schweigsamen Berliner Taxifahrer ein ordentliches Trinkgeld, das dieser mit einem Kopfnicken einsteckte. Dann betrat er die Rettungsstelle durch eine Tür, die sich mit einem Zischen von selbst öffnete. Der Raum dahinter war zu hell beleuchtet, zehn, zwölf Personen saßen auf hellen Holzstühlen, die um ebenso helle Holztische gruppiert waren. Jemand hatte eine Bildzeitung zurückgelassen, die nun zerfleddert auf einem der Tische lag. Zwei Automaten waren in die Wand eingelassen, einer für Süßigkeiten und Chips, der andere für Kaffee. Es waren die gleichen braunen, geriffelten Plastikbecher mit weißem Rand, die er aus dem BKA kannte und deren Inhalt er stets gefürchtet hatte.
Warum gibt es in einem Krankenhaus Junkfood und dünnen Kaffee?

Zwei Bürokabinen mit großen Fenstern schlossen sich an den Besucherraum an. Am Fenster ein Plakat. Motiv: ein blanker Aschenbecher mit einer Blüte darin, darüber in weißen Lettern: Rauchfrei 2006. In einem der beiden Räume saß eine junge Frau. Dengler trat ein und fragte nach Dr. Kerstin Müller.
»Mein Name ist Hauptkommissar Krämer. Ich bin mit Frau Dr. Müller verabredet.«
Ein Arzt schlurfte herein, trug einen blauen Schlabberanzug, Mundschutz um den Hals.
»Woll'n wa' en Zigarettchen rauchen?«, fragte er die Frau, sah dann Dengler, entschuldigte sich und trat den Rückzug an.
»Gleich«, rief die junge Frau ihm hinterher.
Sie telefonierte und sagte ihm dann, dass Dr. Müller sofort käme. Dengler wartete draußen an dem Tisch mit der verwaisten Bildzeitung.
Dr. Kerstin Müller war um die dreißig. Auch sie trug einen blauen Schlabberanzug und einen Mundschutz, der um ihren Hals hing. Sie schloss die Tür des zweiten Raumes auf und bat Dengler hinein.
Zwei PCs im Raum. Zwei Schreibtische. Ein kleiner Tisch. Drei Stühle. Sie setzten sich.
Kerstin Müller sah aus, als hätte sie einen harten Arbeitstag hinter sich. Die Augen stumpf, die Haut fahl, tiefe Falten in der Stirn und um den Mund. Nach zehn Stunden Schlaf wäre sie wohl eine schöne Frau, dachte Dengler.
»Ich will es kurz machen«, sagte er und schob ihr eine der falschen Visitenkarten über den Tisch. Sie nahm die Karte und überflog sie, legte sie zurück auf den Tisch und sah Dengler an.
»Woran ist Frau Schöllkopf gestorben?«, fragte er.
Sie sah ihn verwundert an.
»Myokardinfarkt oder Herzinfarkt.«
»Hatten Sie Dienst, als sie hier eingeliefert wurde?«

Sie nickte.
»Sie kam sofort auf die Intensivstation. Ich versuchte sie zurückzuholen. Sie wurde cardio-pulmonal reanimiert und mit 200 Joule defebrilliert. Aber es war zu spät.«
»Wurde der Leichnam obduziert?«
»Nun, hier war ja sofort Polizei im Haus. Wir haben den Leichnam untersucht.«
»Und?«
»Ein klassischer Fall. Hinterwandinfarkt. Wenn die Frau früher den Weg zum Arzt gefunden hätte, würde sie vielleicht noch leben.«
»Können Sie mir erklären, wie es zu einem Infarkt kommt? Ich bin medizinischer Laie und habe nur sehr unklare Vorstellungen davon.«
Sie sah ihn an, und Dengler hatte das Gefühl, dass sie ein Gähnen zu unterdrücken suchte.
»Durch den Verschluss der Herzkranzgefäße, die die Durchblutung des Herzens sicherstellen, kommt es zum Absterben des von ihnen versorgten Gebietes im Herzmuskel.«
Sie prüfte mit einem Blick, ob Dengler ihr folgen konnte, und fuhr dann fort: »Stellen Sie sich das Ganze wie eine Gartenbewässerungsanlage mit mehreren Schläuchen vor. Wenn ein Schlauch verschlossen wird, zum Beispiel durch ein Steinchen, dann kann kein oder nur noch wenig Wasser fließen. Ein Teil des Gartens wird nicht mehr bewässert. Die Pflanzen verdorren. Im Herz stirbt dann das nicht mehr versorgte Gewebe ab. Bei Verschluss des Ramus interventricularis anterior der linken Herzkranzarterie kommt es zum Infarkt im Bereich der Vorder-Seitenwand der linken Herzkammer. Sind lediglich Äste dieses Herzkranzgefäßes betroffen, kommt es zum Befall nur eines kleinen Teils der Vorderwand und der Herzscheidewand oder der Vorderwandspitze bzw. im Bereich der Seitenfläche der linken Herzkammer. Ist der Ramus interventrikularis posterior der linken Herzkranzarterie betroffen, kommt es zum Infarkt

im Bereich des Herzens, der dem Zwerchfell aufliegt. Ist die rechte Herzkranzarterie verschlossen, kommt es zum Hinterwandinfarkt. Bei Verschluss des Ramus circumflexus der linken Herzkranzarterie ...«
»Wer hat den Totenschein ausgestellt?«
»Ich«, sagte sie müde und steckte sich eine Zigarette zwischen die Lippen.
Dengler nahm ihr das Feuerzeug aus der Hand und gab ihr Feuer.
»Fremdeinwirkung. Können Sie Fremdeinwirkung ausschließen?«
Sie sah ihn spöttisch an.
»Sie starb eines natürlichen Todes. Herzinfarkt ist natürlich. 800 Menschen in Deutschland erwischt es pro Tag.«
»Ist es völlig ausgeschlossen, dass jemand ... jemand nachgeholfen hat?«
»Nichts ist im Leben undenkbar, aber ...«, sie dachte einen Augenblick nach, »mit an Sicherheit grenzender Wahrscheinlichkeit ist es auszuschließen, wie man so sagt.«
»Wenn Ihnen noch etwas einfällt, bitte rufen Sie mich an. Rufen Sie mich auf meinem Handy an.«
Er griff nach der falschen Visitenkarte, strich die aufgedruckten Telefonnummern durch und schrieb stattdessen seine Handynummer auf. Dann schob er die Karte zurück.
Dengler blieb noch einen Augenblick sitzen. Er wollte, dass sie in Ruhe die Zigarette zu Ende rauchen konnte. Auch wenn es sie womöglich einem Herzinfarkt näher brachte.

Hamburger Wasser

Als der Hamburger Senat die Wasserwerke seiner Stadt auf die Liste der zu verkaufenden Betriebe setzt, mietet Crommschröder für die ganze Kriegertruppe das *Borchardt*, um dort den Sieg zu feiern. Sogar Kieslow schaut kurz herein und bequemt sich zu einer kurzen Ansprache. Die Bedeutung dieses Beschlusses könne man nicht hoch genug einschätzen, für die Wassersparte, aber auch für den Konzern insgesamt, sagt er. Die beharrliche Überzeugungsarbeit der VED habe sich ausgezahlt, und man hoffe, bald die Hamburger Wasserwerke in die Wassersparte des Konzerns einzugliedern. Sie haben ja schon alles perfekt vorbereitet, ruft er aus, breitet die Arme aus, als wäre er Jesus, und die Krieger applaudieren stehend und johlend. Die Party wird ein wunderbares Besäufnis. Doch Kieslow will bald aufbrechen.
Crommschröder begleitet seinen Chef zum Wagen. »Sie haben da eine wunderbare Truppe«, sagt Kieslow, bevor er im Fond seines Wagens verschwindet, »wirklich exzellente Burschen.«
Seit zwei Jahren arbeitet ein Team von acht treuen Gefolgsleuten an den Plänen zur Übernahme der Hamburger Wasserwerke, *Task Force Elbe* heißt die Truppe. Hamburg wird der größte, der funkelndste Brillant in Crommschröders Krone werden. Diese Übernahme wird den Konzern reich machen, und niemand wird ihm mehr die Nachfolge Kieslows verweigern können. Niemand.
Er sieht der Limousine Kieslows nach, die sich in den Ring einfädelt und deren Rücklichter er bald nicht mehr von denen der anderen Autos unterscheiden kann. Hamburg. Er schließt die Augen und sieht im Geiste Dr. Landmann vor sich, der ihn zum Vorstandsvorsitzenden ernennt. In diesem Augenblick wird mir sogar der Mundgeruch des Aufsichts-

ratsvorsitzenden wie *Cool Water* von Davidoff vorkommen, denkt er und geht zurück zu seinen Kriegern, die sich bereits die ersten *Cohibas* angesteckt haben.

Die Hamburger Wasserwerke sind die ältesten öffentlichen Wasserversorger Europas. Gemessen an der Zahl der Kunden, ist es der drittgrößte Wasserversorger nach den Berliner Wasserbetrieben und dem Konkurrenten Gelsenwasser, der jedoch kein geschlossenes Versorgungsgebiet besitzt, sondern sich sein kleines Imperium aus verschiedenen Wasserwerken zusammengekauft hat. Das Leitungsnetz Hamburgs ist in einem vorbildlichen Zustand. Kaum Lecks im Leitungssystem. Nur vier Prozent des Wassers versickern. Ein exzellent geführtes Unternehmen.

Crommschröder kennt die Maßnahmen in- und auswendig, die die VED nach der Übernahme des Unternehmens durchführen wird.

Maßnahme 1: Sofortiger Stopp aller Investitionen in das Leitungsnetz.

Die Krieger haben errechnet, dass ein Notfalldienst ausreichen wird, das Leitungsnetz aufrechtzuhalten. Wenn nichts mehr an den Rohren gemacht wird, müsste die Qualität des jetzigen Systems ausreichen, das Netz 15 Jahre lang stabil zu halten. Dadurch könnte man über 400 Stellen einsparen und einen dreistelligen Millionenbetrag für den VED einfahren. Vielleicht gelingt es allein durch diese Maßnahme, den Kaufpreis zu erwirtschaften.

Maßnahme 2: Einstellung der Forschung, der Labore und der gesamten wissenschaftlichen Infrastruktur.

Die Hamburger Wasserwerke befolgen das Minimierungsgebot der Trinkwasserverordnung. Dieses Gebot besagt, dass Wasserwerke verpflichtet sind, die bestmögliche Wasserqualität herzustellen – und Schadstoffe ständig zu minimieren. Die Hausjuristen der VED liefern Crommschröder schon bald eine juristische Handreichung, in der sie die Schlupflöcher dieser Verordnung aufzeigen. Falls der Coup gelingt

und die VED die Hamburger Wasserwerke übernimmt, wird es in Hamburg kein Minimierungsgebot mehr geben.
Maßnahme 3: Erhöhung der Wassergebühren.
Trotz der ständigen Verbesserung der Wasserqualität haben die Hamburger Wasserwerke den Preis seit vielen Jahren gehalten. Wenn sich nach einer gewissen Übergangszeit die Gemüter beruhigt haben, wird die VED die Wasserpreise konstant erhöhen. Da es in Berlin gelungen ist, den Wasserpreis nach der Privatisierung um 15 Prozent zu erhöhen, sieht die Planung der *Task Force Elbe* im wohlhabenderen Hamburg eine Erhöhung um 30 Prozent vor, gestreckt auf zwei Jahre. Kurt Berger, sein engster Mitarbeiter, hält sogar eine Steigerung um 40 Prozent für durchsetzbar.
Maßnahme 4: Umstellung auf Elbwasser.
Das Hamburger Wasser kommt nicht wie früher aus der Elbe. Stattdessen fördern 480 Brunnen jährlich 120 Millionen Kubikmeter Wasser zum Teil aus sehr tiefen Wasserleitern, wo sich die vielfältigen Beeinträchtigungen der Wasserqualität noch nicht auswirken. Kurt Berger warf als Erster die Frage auf: Wenn die Londoner Wasser aus der Themse trinken und die Berliner Wasser aus Spree, Havel und dem Tegler See, wenn also die Bewohner dieser beiden Millionenstädte zum großen Teil von uns erstklassig wiederaufbereitetes Abwasser trinken – warum sollen die Hamburger dann nicht auch Elbwasser trinken?
Crommschröder leuchtet die Idee sofort ein. Sie werden es, sagt er und löst damit eine Welle von Heiterkeit unter seinen Kriegern aus. Drei von ihnen machen sich sofort an die Arbeit. Durch die Umstellung auf die Nutzung von Oberflächenwasser der Elbe und die Einstellung der Tiefbrunnen würde der Konzern nahezu eine Milliarde Euro Gewinn einstreichen können. Allein Monika Reiser, die einzige Frau im Team und zuständig für strategische Öffentlichkeitsarbeit, trägt Bedenken vor. Die Hamburger seien sehr stolz auf ihr Wasser, sagt sie. Seit 1964 werde aus Qualitätsgründen kein

Oberflächenwasser mehr verwendet, und die Wiedereinführung von Elbwasser werde möglicherweise als Rückschritt empfunden. Außerdem seien viele Grundstücke hoch mit Schadstoffen belastet. Allein die Deponie Georgswerder ...
Crommschröder unterbricht sie: »Das ist Ihr Job. Sie verkaufen den Plan. Machen Sie ein Konzept.«
Monika Reiser schweigt und starrt auf den Schreibtisch. Sie scheint mit sich zu kämpfen. Für einen kleinen Augenblick herrscht eine gefährliche Stille im Raum. Dann nickt sie. Okay, sagte sie, gebt mir drei Wochen. Alle sind erleichtert. Sie ist wieder im Boot.
Maßnahme 5: Grundstücke und Immobilien veräußern.
Die Hamburger Wasserwerke gehören zu den größten Grundbesitzern der Stadt. Zwei der Krieger errechnen die genauen Werte noch. Außerdem besitzen die Wasserwerke umfangreiche landwirtschaftliche Flächen im Nordosten von Hamburg, die sie bewusst an ökologisch wirtschaftende Landwirte zu einem günstigen Preis verpachtet haben, um sicherzustellen, dass keine Pestizide ins Grundwasser gelangen. Auch dieses Land wird die VED dann verkaufen, und es wird mit etwas Druck sicher möglich sein, einen Teil davon in Baugrund umzuwandeln.
Hamburg wird ein riesiges Geschäft.

Der Witwer

Dengler verließ die Rettungsstelle und wandte sich nach rechts. Er wollte ein wenig nachdenken. In einem gelb angestrichenen Gebäude erkannte er die Bundesgeschäftsstelle der Grünen. Vor dem Haus war ein großer Fahrradständer angebracht, aber kein Fahrrad stand darin.
Nach wenigen Schritten, auf der anderen Straßenseite, kam er am Bauministerium vorbei und erinnerte sich an seine Dienstzeit bei der Sicherungsgruppe Bonn. Damals hieß dieses Ministerium bei den Beamten immer nur das Bundesbestechungsministerium. Ob die Kollegen in Berlin es wohl auch so nannten?
Wenige Schritte daneben war das Bundeswirtschaftsministerium in einem Bau untergebracht, das ihn an eine alte Kaserne erinnerte. Ein einsames Taxi stand dort, und Dengler stieg ein.
Auf der Rückfahrt geriet Dengler an einen Taxifahrer, der während der ganzen Fahrt nicht mehr aufhören wollte zu reden. Sein Lieblingsthema waren die Graffiti in Berlin. Er habe ausgerechnet, dass in Berlin 12 Quadratkilometer mit Graffiti bedeckt seien. Das müsse man sich mal vorstellen, dreimal so groß wie die Grundfläche der deutschen Hauptstadt. Nur Graffitis. Und niemand unternehme etwas dagegen. Er würde jedenfalls jeden Sprayer sofort der Polizei melden, wenn er einen sähe. Aber er sähe nie einen. Manche hielten das ja für Kunst, aber der Schaden für die Volkswirtschaft … Kein Respekt vor dem Gesetz … Im Osten hätten Recht und Gesetz noch was gegolten. Jeder hätte doch gewusst, dass Republikflucht strafbar gewesen sei. Aber dann, wenn sie erwischt worden seien, sei das Gejammer groß gewesen.
Dengler hielt es nicht mehr aus.

Er bat den Fahrer zu halten, zahlte und stieg aus.
Keine Ahnung, wo ich bin.
Ein plötzlicher Regen setzte ein. Ein Lokal lockte mit ›Deutscher Küche‹. Dengler trat ein.
Drinnen war es dunkel. Die einzige Beleuchtung schienen die vier blinkenden Geldautomaten zu spendieren, die neben der Eingangstüre hingen. Im Halbdunkel sah Dengler einige Tische. Nur zwei waren besetzt. Er setzte sich an einen leeren Tisch.
Eine wuchtige Frau in den Sechzigern mit weißer Schürze knallte wortlos eine Speisekarte vor ihm auf den Tisch. Dengler las sie. Die deutsche Küche bestand aus Buletten, Currywürsten und paniertem Schnitzel. Er bestellte eine Tasse Kaffee.
Das Handy klingelte. Olga. Sein Puls beschleunigte wie ein Formel-1-Bolide.
»Georg?«
Ihre Stimme klang vorsichtig und zurückhaltend.
»Hmm.«
»Wo bist du?«
»In Berlin. Ich kümmere mich um den Fall, den der Heilige Antonius uns aufgetragen hat.«
Hoffentlich hat sie verstanden. Ich sagte, ›uns‹ aufgetragen hat.
»Das ist gut. Hast du etwas herausgefunden?«
»Eben habe ich mit der Ärztin gesprochen. Sie ist glaubwürdig. Und sie geht von einem normalen Herzinfarkt aus. 800-mal geschieht das am Tag in Deutschland. Und dann eben auch irgendwann einmal im Bundestag.«
»Du glaubst nicht, dass es ein Verbrechen war?«
»Wahrscheinlich nicht. Ich sehe nirgends ein Motiv.«
Dann atmete er einmal tief durch und fragte: »Olga, was ist los?«
»Ich muss für eine Weile verreisen.«
»Warum hast du dich zurückgezogen? Von mir? Habe ich irgendetwas getan, was …«

Sie unterbrach ihn.
»Nein. Es hat nichts mit dir zu tun, Georg.«
»Mit was dann?«
»Ich kann nicht darüber reden. Aber ich muss fort.«
»Brauchst du Abstand von mir?«
»Nein, ich sagte doch. Es hat nichts mit dir zu tun.«
»Sondern?«
Sie zögerte.
»Mit meiner Vergangenheit. Es ist ... Ich will darüber nicht am Telefon reden.«
»Ich bin heute Abend wieder da.«
»Gut«, sagte sie und legte auf.
Dengler probierte den Kaffee. Er war dünn und lauwarm. Georg Dengler ließ ihn stehen, zahlte und ging.
Draußen fischte er sich ein Taxi aus dem Verkehr. Als er neben dem Fahrer saß, zog er sein Notizbuch hervor und blätterte in den Aufzeichnungen, die er sich bei dem Gespräch mit der alten Frau gemacht hatte. Er gab dem Fahrer eine Adresse.
Der pfiff leise durch die Zähne.
»Vornehme Gegend, das«, sagte er und fuhr los.

***

Es öffnete ihm ein schlanker, hochgewachsener Mann, den Dengler auf Anfang fünfzig schätzte. Seine schwarze Kleidung erinnerte weniger an einen Trauernden als an einen nach der neusten Mode gekleideten Architekten.
»Herr Schöllkopf?«
Der Mann nickte.
»Guten Tag, ich heiße Georg Dengler, ich ermittle im Todesfall Ihrer Frau. Es sind noch einige wenige Fragen offen.«
Dengler hoffte, dass der Mann ihn nicht nach irgendwelchen Ausweispapieren fragen würde. Und er tat es nicht.
»Kommen Sie herein«, sagte er und ließ ihm den Vortritt.
Schöllkopf führte ihn in ein modern und kühl eingerichtetes

Wohnzimmer. Zwei schwarze Ledersofas. Schwere Sessel aus weißem Baumwollstoff. Langer Tisch aus einem Dengler unbekannten schwarz-weiß gemusterten Material. Bodenlange weiße Vorhänge. Zahlreiche Stehleuchten. Durch die Terrassentüren Blick auf einen großen Garten.
»Nehmen Sie Platz.«
Eine Geste zur schwarzen Ledercouch. Dengler setzte sich. Schöllkopf ließ sich in den Sessel ihm gegenüber sinken. Auf der Stuhllehne lag ein aufgeschlagenes Buch. *Leyla* von Feridun Zaimoglu, registrierte Dengler.
»Gibt es etwas Neues?«, fragte der Mann.
»Nein, wir werden die Akte schließen. Ihre Frau starb an einem Herzinfarkt. Trotzdem ... In diesem Fall ... Wir müssen alle Möglichkeiten in Erwägung ziehen.«
»Natürlich«, sagte der Mann.
»Hatte Ihre Frau Feinde? Ernsthaft Feinde, meine ich.«
»Nein.«
»Parteifreunde?«
Schöllkopf lachte bitter.
»Da wüsste ich so manche Geschichte zu erzählen. Aber keine ist so ernst, dass ...«
»Verstehe«, sagte Dengler. »Ihre Frau wollte eine Rede halten. Wissen Sie, um was es ging?«
»Peanuts. Es war eine Sitzung, wie viele andere auch. Ein Dutzend Gesetze an einem Nachmittag. Alle vorher in den Ausschüssen bis aufs Komma abgestimmt. Wussten Sie, dass bei den meisten Gesetzen auf eine Debatte verzichtet wird? Meine Frau sollte nur die Zustimmung ihrer Fraktion verkünden. Routine.«
»War sie für ihre Partei eine wichtige Abgeordnete?«
»Nein.«
»Nein?«
»Sie war wohl das, was man eine Hinterbänklerin nennt. Sie machte ihre Arbeit zuverlässig. Aber sie drängte sich nicht vor. Sie war für niemanden eine Konkurrenz.«

»Haben Sie sich an diesem letzten Morgen gesehen?«
»Ja, natürlich. Wir frühstückten zusammen.«
»Fiel Ihnen etwas Besonderes an Ihrer Frau auf? Ich meine ...«
»Ja. Ich habe es schon Ihren Kollegen gesagt. Sie klagte über leichte Atembeschwerden. In der Nacht hatte sie schlecht geschlafen. Nichts Schlimmes, so sagte sie. Aber heute weiß ich, dass es der Anfang ...«
Es war eine Weile still.
»Die Eltern Ihrer Frau? Wie haben sie ...«
»Sie starben früh. Als Angelika noch klein war. Sie wurde von ihrer Großmutter großgezogen.«
»War Ihre Frau ansonsten gesund? Oder hatte sie schon früher etwas am Herzen?«
»Sie war Sportlerin. Früher. Sie hat gerudert. Nie gab es nur ein Anzeichen ...«
Seine Augen wurden feucht.
»Es tut mir leid«, sagte Dengler und erhob sich.
»Papiii ...«
Eine laute Kinderstimme. Weinend.
Ein Mädchen rannte die Treppe herunter, lief auf Schöllkopf zu, die Arme weit ausgebreitet, sah Dengler und blieb wie angewurzelt stehen. Tränen liefen ihm übers Gesicht.
Schöllkopf sprang auf und nahm es auf den Arm und tröstete es.
»Maria«, sagte er zu Dengler, »unsere Tochter.«
Aus dem Gesicht des Kindes waren alle Tränen verflogen. Neugierig betrachtete es Dengler. Der lächelte, und ein freundliches Lächeln überflog auch Marias Gesicht.
Das Mädchen erinnerte Dengler an ein Indiokind. Es hatte rotbraune glänzende Haut, dichtes schwarzes Haar zu einer Art Prinz-Eisenherz-Frisur geschnitten und mandelförmig asiatische Augen.
Schöllkopf musste die Frage in Denglers Gesicht bemerkt haben.

»Maria ist unsere Adoptivtochter«, sagte er und küsste die Kleine.

»Ich komme von den Philippinen«, rief das Mädchen und reckte den Kopf, »da ist es viel wärmer als hier.«

Die beiden Männer lachten. Dengler stand auf und verabschiedete sich.

Videosequenz bellgard4.mpg

»... absolut albern, wie Auftragskiller im Film dargestellt werden. Dort treten sie auf, als wollten sie mit Gewalt die Polizei auf ihre Spur setzen. Zum Beispiel in dem *Paten II*. Robert de Niro bindet sich ein dickes Handtuch um die Hand, in der er eine Waffe hält. Dann geht er eine Treppe hoch, öffnet eine Tür und schießt einem Typen ins Gesicht. Ich meine, so geht's nun wirklich nicht. Oder in dem Spielberg-Film *München*. Da sprengen die Mossad-Leute gleich ein ganzes Appartment in die Luft. Überall lassen die Kollegen es krachen wie die Verrückten. In *Nikita* oder in *Leon, der Profi*. Da muss Leon nach der Arbeit noch durch einen Kamin flüchten. In Wirklichkeit geht dieses Geschäft anders. Ich knipse einen Schalter aus und niemand merkt es. Über meine Arbeit wird Spielberg keinen Film drehen. Schade eigentlich.

Der Begriff ist schon Mist. »Killer« – das hat was Brutales an sich. Nichts Kunstfertiges. Nichts Elegantes. Nichts von einem spanischen Torero.

Wahrscheinlich hat der Mord an John F. Kennedy die Filmleute versaut. Ich habe ja meine eigene Meinung über den Kennedymord. Aus meiner Perspektive. Aus einer Fachperspektive sozusagen. Ich hab viel darüber gelesen. Angeblich gibt es in den USA dreihundert Romane, die sich damit befassen. Einige davon hab ich gelesen. Am besten gefallen hat mir James Ellroy – *Ein amerikanischer Albtraum*, aber seine These glaub ich nicht. Er meint, die Tat sei ein Gemeinschaftswerk der CIA und der Mafia gewesen, weil sie wütend auf JFK waren, der ihnen Kuba nicht, wie versprochen, zurückgeholt hatte. Die vielen schönen Kasinos, die die Mafia dort hatte ...

Wenn es wirklich Leute gewesen wären, die einen nahen

Zugang zu JFK hatten, dann hätten sie ihn auf meine Weise erlegt. Medizinisch. Unauffällig. Bis heute wüsste niemand, dass er ermordet worden ist. Nein, diese brutale, offene Art – das muss jemand von außen gewesen sein. Die neueste These behauptet, es sei der kubanische Geheimdienst gewesen. Das glaub ich auch. Als Rache für die Landung an der Schweinebucht oder weil Kennedy so oft versucht hat, Castro umzubringen.

Aber ich komme vom Thema ab. Ich will über meine Arbeit erzählen.

Nach meinen Ausbildungsjahren hatte ich Zugang zu den medizinischen Forschungen im militärischen Bereich. Und da tat sich eine ganze Menge. Am liebsten arbeite ich heute mit einem Mittel, das eigentlich einmal ein Schnupfenpräparat werden sollte, aber dann nach den ersten Tests schnell aus dem Verkehr gezogen wurde, weil es innerhalb weniger Stunden zur Bildung von Blutgerinnseln führt, die die Herzarterien verstopfen und einen Infarkt herbeiführen. Da die Substanz neu ist, gibt es noch keine Methode, sie im Körper nachzuweisen. Die Militärs prüften damals, ob sie schnell feindlichen Soldaten zugeführt werden kann. Ich weiß nicht, wie weit sie damit mittlerweile sind. Für meine Arbeit jedenfalls ist die Substanz ideal. Bisher hat sie immer fehlerfrei funktioniert.

Das Schwierigste an meiner Arbeit ist nicht der medizinische, sondern der praktische Teil. Wie verabreiche ich das Mittel unauffällig? Hier kommt Ben ins Spiel, der mir alle Türen öffnet. Ich untersuche die hygienischen Gewohnheiten der Person. Nimmt sie Tabletten – dann ist es einfach. Ungern mixe ich was in die Zahnpastatube, denn dann muss ich ein zweites Mal hin, um die Tube wieder auszutauschen. Wenn ich genau weiß, was das Opfer isst, kann ich auch Lebensmittel nutzen. Aber da bleibt ein gewisses Risiko. Trinkt die Person den Rest Wein aus oder schüttet sie ihn weg? Isst sie den Joghurt heute oder morgen oder lässt sie ihn vergammeln?

Isst jemand anderes aus der Familie den Joghurt? Das sind Risiken, die ich nur ungern eingehe. Man muss jemanden gut kennenlernen, bevor man ihn umbringen kann. Es müssen eine Menge Informationen gesammelt werden. Ich muss in die Nähe der Menschen, die ich anschließend töte – also in die Wohnung oder ins Büro oder ins Wochenendhaus. Und immer muss ich unsichtbar bleiben. Das ist die eigentliche Schwierigkeit in meinem Beruf. Nicht der medizinische Teil. Nicht das Vorbereiten einer Tablette. Das unsichtbar Anwesendsein – das ist die Kunst meines Handwerks. Und diese Kunst beherrsche ich perfekt ...«

Auf dem Flur

Kurz vor Mitternacht fuhr Denglers ICE im Stuttgarter Hauptbahnhof ein. Er nahm ein Taxi und ließ sich zum *Basta* bringen. Olga saß nicht im Lokal. Er ging nach oben. In ihrer Wohnung war kein Licht. Leise klopfte er, niemand öffnete. Eine halbe Stunde später lag er im Bett und konnte nicht einschlafen. Die Reise war Zeitverschwendung gewesen. Es gab keinen Mord. Kein Motiv. Keine Tat. Es gab einfach nichts. Er würde der alten Dame den größten Teil des Geldes zurückgeben. Im Geiste rechnete er seine Unkosten zusammen, doch bevor er sie zusammenzählen konnte, war er in Gedanken schon wieder bei Olga.
Etwas aus ihrem Vorleben war aufgetaucht. Was wusste er von ihrem früheren Leben? Kaum etwas. Sie hatte ihm nie etwas aus ihrer Zeit in Rumänien erzählt, nichts aus der Zeit, als sie, noch ein Kind, gezwungen wurde, als Kinderdiebin zu arbeiten. Im Grunde kannte er sie kaum.
Er konnte immer noch nicht schlafen. Angelika Schöllkopfs Mann tauchte in seinen Gedanken auf.
Er trug zwar schwarz, aber er hatte nicht gerade wie ein trauernder Witwer gewirkt. Seine Frau war seit zwei Wochen tot. Da kann man sich gefangen haben. Er muss das Kind versorgen. Die kleine Maria aus den Philippinen hält ihn auf Trab.
Wie würde ich mich fühlen, wenn Olga schon zwei Wochen tot wäre?
Er konnte sich keinen Tag ohne sie vorstellen.
Dengler stand auf, er fuhr den Rechner hoch und startete die Abhörsoftware. Er gab die Telefonnummer Schöllkopfs ein. Das Programm zeigte ihm an, dass der Witwer noch wach war, denn er telefonierte.
Dengler setzte den Kopfhörer auf.
»Schatz, wir müssen abwarten ...«, hörte er ihn sagen.

»Ich warte schon seit zwei Jahren. Ich will nicht mehr. Erst musste ich auf deine Frau Rücksicht nehmen. Das habe ich gemacht. Jetzt soll ich Rücksicht darauf nehmen, dass sie tot ist. Das mache ich nicht. Das mache ich nicht.«
Die Frau weinte leise.
»Ich kann nicht mehr, Andreas, ich kann nicht mehr.«
Schniefen in der Leitung.
»Und ich will nicht mehr«, sagte sie.
»Schatz, ich meine, es … Herrgott nochmal, Doris, es sind doch nur noch drei oder vier Wochen.«
Erneutes Aufschluchzen.
Dengler war hellwach. Da war es – ein Motiv.
Eilig überprüfte er die Anzeige auf dem Bildschirm. Die Software zeigte die Nummer der Frau an. 030 als Vorwahl – eine Berliner Nummer. Dengler notierte sie auf einem Zettel. Und schrieb den Vornamen dahinter: Doris.
Er nahm die Kopfhörer ab und pfiff leise durch die Zähne. So war das also. Der Mann von Angelika Schöllkopf hatte eine Geliebte. Wollte er deshalb seine Frau loswerden?
Da hörte er ein Geräusch auf dem Flur.

***

Leise stand er auf und ging zur Tür, öffnete sie vorsichtig. Nichts. Nun trat er auf den Flur hinaus. Ein kaum hörbares Geräusch auf der Treppe. Dengler ging zwei Schritte nach rechts, und für einen Augenblick dachte er, sein Herz bliebe stehen.
Olga ging vorsichtig die Treppe hinauf. Auf Strümpfen. In der linken Hand hielt sie ihre Schuhe. Eine nie erlebte Bitterkeit stieg in ihm auf.
Sie will nicht, dass ich merke, dass sie nach Hause kommt. Sie will mich nicht sehen.
Benommen ging er ihr nach und rief leise ihren Namen. Wie von einer Furie gehetzt drehte Olga sich um. Etwas Beißendes und Zischendes fuhr ihm entgegen und blendete ihn.

Stechender Schmerz in den Augen. Er wich zurück, sein Fuß trat ins Leere. Er stürzte. Mit dem Kopf schlug er hart gegen die Wand und verlor das Bewusstsein.

Münsteraner Wasser

Wenn Crommschröder an die letzten Jahre zurückdenkt, schmerzt ihn die Niederlage in Münster am meisten. Dieses Geschäft schien absolut sicher, die Verhandlungen mit der Stadt waren erfolgreich abgeschlossen worden. Die VED würde die Wasserwerke übernehmen.
Allerdings gibt es ein kleines Problem, ein rein technisches Problem gewissermaßen, wie ihm von seinen Verhandlungspartnern erklärt wird. Die defizitären Verkehrsbetriebe, die den öffentlichen Nahverkehr in Münster organisieren, sind Teil der Stadtwerke. Crommschröder kommt auf die Idee, die Verkehrsbetriebe in einer eigenen GmbH auszugliedern und nur die Stadtwerke zu kaufen. Damals hielt er das für eine geniale Idee. Heute weiß er, dass es ein großer Fehler war. Er hatte die Rechnung ohne die Münsteraner Busfahrer gemacht.
Sie kennen nicht den gesamten Plan, aber sie liegen wohl richtig, wenn sie annehmen, dass Löhne und soziale Leistungen reduziert werden sollen. Und nun geschieht etwas, womit im Münsterland niemand gerechnet hat. Die Busfahrer und all die anderen Beschäftigten der ehemaligen Verkehrsbetriebe streiken.
Zum ersten Mal seit vielen Jahren erinnert sich Stefan Crommschröder an Eugen Seitzle. Eigentlich sollte ich ihn mal wieder in Stuttgart besuchen, denkt er, als er von dem Ausstand der Münsteraner Busfahrer informiert wird. Lieber Eugen, großer Kommunist, sieh her, da kehrt dein Schüler heim und bringt dir als Morgengabe einen richtigen Streik deiner geliebten Arbeiterklasse mit, den er zwar nicht organisiert, aber doch verursacht hat.
Er weiß nicht, ob Seitzle noch lebt. Er hat lang nichts von ihm gehört, und es war ihm auch egal. Jetzt rechnet er nach.

25 Jahre ist er nun schon aus Stuttgart fort. Wie alt war der Schriftsetzer damals, als er ihn in seiner Wohnküche in den Marx'schen Schriften unterrichtete? 60 Jahre? Dann wäre Seitzle jetzt 85. Er könnte noch leben. Andererseits: Ein Schriftsetzer, der sein Leben lang mit Blei hantiert hatte, würde wohl kaum so alt werden.

Er verscheucht den Gedanken. Was war, das war, und er war Seitzle nichts schuldig.

Oder doch?

In Münster rechnet niemand mit einem Erfolg des Busfahrerstreiks. Das Münsteraner VED-Büro hält engen Kontakt mit der Stadtverwaltung. Von dort versichert man ihm, der Streik werde bald zusammenbrechen. Allerdings schienen die Busfahrer hartnäckiger als erwartet. Der Streik geht in die zweite Woche. Dann in die dritte. Sie verlangen die Rücknahme der Ausgliederung der Verkehrsbetriebe. Nach vier Wochen Streik knickt die Stadt ein. Die Busfahrer kommen zurück in die Stadtwerke. Crommschröder tobt. Krisensitzungen jagen sich. Er entwickelt den Plan, die Stadtwerke zu kaufen, und die Stadt soll das Defizit der Verkehrsbetriebe an die VED überweisen. Der Kämmerer listet die Risiken auf. Schwierige Verhandlungen.

Die siegreichen Busfahrer setzen nach. Sie organisieren ein Bürgerbegehren gegen die Privatisierung der Stadtwerke, sammeln Unterschriften an jeder Straßenecke und stoßen dabei auf große Zustimmung bei der Bevölkerung. »Keine Privatisierung des Münsteraner Wassers« – mehr als einmal sieht Crommschröder derartige Transparente in den Fernsehnachrichten.

Die für ein Bürgerbegehren notwendige Zahl an Unterschriften wird weit übertroffen. Das Ergebnis ist eindeutig: Die Münsteraner Bürger wollen keinen Verkauf ihrer Stadtwerke. Erneut Krisensitzungen im Rathaus. Crommschröder rät dazu, hart zu bleiben. Die Entscheidungskompetenzen, das Fachwissen sei nun mal bei der Verwaltung, nicht bei den

Bürgergruppen und erst recht nicht bei den Busfahrern, die ihnen das alles eingebrockt haben.
Aber alles Reden nützt nichts. Angesichts des Protestes der Bürgerschaft gibt Münster sein Privatisierungsvorhaben auf.
Für Crommschröder wird es eine unangenehme Vorstandssitzung. In der Nacht davor trinkt er eine Flasche Barolo. Dann ruft er im Internet die Telefonauskunft auf: Es gibt noch einen Anschluss auf den Namen Eugen Seitzle. Immer noch in Kaltental.

Es ist die Wahrheit

Als er wieder zu sich kam, dauerte es einige Sekunden, bis er begriff, wo er war. Er lag auf seinem Bett. Den Kopf höher. Auf etwas Weichem. Er spürte eine Hand. Sie streichelte ihn. Dann hörte er ein leises Wimmern. Etwas Warmes tropfte auf seine Wange. Er öffnete die Augen und sah Olga. Sie weinte.

Der Nebel löste sich auf. Es dauerte einige Augenblicke, bis er sich an die Szene auf der Treppe erinnerte.

»Georg, bist du wach?«

Er versuchte, sich aufzurichten. Sofort hämmerten Kopfschmerzen der schlimmsten Sorte oberhalb seiner linken Schläfe. Er tastete die Stelle ab und fühlte eine riesige Beule.

»Georg, es tut mir so leid.«

Er richtete sich auf und sah Olga an.

»Was zur Hölle ist eigentlich los?«

Er holte tief Luft, doch sie legte ihm den Zeigefinger auf die Lippen, und er atmete nur ganz sachte aus.

»Ich erzähle dir alles. Ich dachte ...«

»Warum hast du mich angegriffen? Mit was eigentlich?«

»Pfefferspray.«

»Pfefferspray? Warum, um Gottes willen ...«

»Ich dachte, es wären die anderen.«

»Welche anderen?«

Sie brach in Tränen aus.

Dann sagte sie: »Erinnerst du dich noch an den Abend vor ein paar Tagen unten im *Basta*?«

»Und wie ich mich erinnere«, brummte er und befühlte seine Beule.

»Am Fenster habe ich plötzlich meinen Mann gesehen.«

»Deinen Mann? Ich dachte, der wäre längst ...«

Dengler wartete.

»Nein, leider nicht.«

Sie wischte sich die Tränen aus den Augen.

»Weißt du, ich habe ihn ganz jung geheiratet.«

Sie sprach leise weiter: »Heiraten müssen. Ich war noch fast ein Kind. Ich habe viele Jahre für ihn und seine Sippe gestohlen, bevor ich mir einen Pass besorgen konnte. Und dann bin ich abgehauen. Und jetzt war er wieder da. Er stand draußen vor dem *Basta*. Und winkte mit dem Zeigefinger. Komm her oder ich hol dich, hieß das.«

»Warum hast du mir nichts davon erzählt?«

»Ich wollte … will dich nicht mit hineinziehen. Leute wie er sind äußerst gefährlich.«

»Leute? Wie viele sind es?«

»Ich weiß es nicht. Aber er ist bestimmt nicht allein nach Stuttgart gekommen.«

»Kennst du die anderen?«

Sie schüttelte den Kopf.

»Ich werde dich schützen, Olga. Niemand wird dir je etwas zuleide tun.«

»Genau diese Reaktion habe ich befürchtet. Diese Leute sind gefährlich. Wenn ich dich da hineinziehe, bist du auch gefährdet.«

»Und auf der Treppe?«

»Ich habe mich so erschrocken. Ich dachte …«

»… er wäre es. Und was will er von dir?«

»Typen wie er wollen immer das Gleiche. Geld. Geld. Geld. Wahrscheinlich will er mich dazu zwingen, wieder für ihn zu arbeiten.«

»Zu stehlen?«

Olga nickte.

Er stand auf.

»Niemand wird dich zu irgendetwas zwingen. Du bleibst in den nächsten Tagen in meiner Nähe.«

Sie sah zu Boden.

»Olga, ich bin fast erleichtert. Ich dachte, du wolltest mich verlassen.«
Sie schüttelte den Kopf.
Dengler spürte, wie sich eine große Welle der Erleichterung in ihm breitmachte.
»Mit fremden Ehemännern habe ich Erfahrung. Das ist gewissermaßen mein Beruf.«
Zum ersten Mal an diesem Abend lächelte sie.
Endlich.
Zärtlich küsste er sie.

Routineermittlungen

Am Morgen frühstückten sie gemeinsam in *Brenners Bistro*. Dicke Wolken hingen am Himmel, aber immerhin regnete es nicht mehr. Sie bestellten Weißwürste. Dengler trank einen doppelten Espresso mit einem Schluck Milch, Olga ein Weißbier.

Georg versuchte, von Olga eine Beschreibung ihres ehemaligen Mannes zu erhalten, doch ihre Ausführungen waren so ungenau, dass er sich kein Bild machen konnte. Auch zeichnen konnte oder wollte sie ihn nicht, und die alten Fotos hatte sie schon lange zerrissen. Ihm entging nicht, dass sie sich ständig umschaute, die Passanten genau musterte, die draußen die Brennerstraße hinauf- oder hinuntergingen.

Was immer geschieht, ich werde sie beschützen.

Einmal zuckte sie zusammen. Sofort folgte Dengler ihrem Blick auf die Straße. Ein groß gewachsener Mann in schwarzer Lederjacke und schwarzer Baumwollmütze kam die Straße hoch. Dengler wollte bereits aufstehen, als er Olgas Hand auf seinem Arm spürte. Sie schüttelte den Kopf.

Der Mann ging vorbei, ohne den Blick von der Straße zu wenden.

Georg berichtete ihr von seinem Besuch in der Charité und bei dem Witwer der Abgeordneten und erzählte, dass Schöllkopf eine Geliebte hatte, die ihn bedrängte, das Verhältnis öffentlich zu machen.

»Das könnte ein Motiv sein, wenn auch ein schwaches«, sagte Dengler.

»Geh der Sache nach«, sagte sie und nahm seine Hand.

»Alles wegen dem Heiligen Antonius?«

»Vielleicht brauchen wir beide seine Hilfe gerade jetzt.«

Sie gingen zurück nach Hause.

Als sie die Treppe zum Obergeschoss betrat, sagte Dengler:

»Mir wäre es lieber, du würdest bei mir bleiben.«
Olga nickte. Sie wolle nur ihr Buch holen, sagte sie und sprang die Stufen hinauf in den oberen Stock. Dengler holte aus seinem Büro eine dünne Anglerschnur, befestigte das eine Ende am Geländer, das andere wickelte er einmal locker um einen kleinen Nagel, den er in die Wand gegenüber drückte. Das zweite Ende führte er unter seiner Tür hindurch und band es an eine leere Rotweinflasche. Dann stellte er die Flasche auf ein Metalltablett.
Sie wird einen Höllenlärm machen, wenn sie umfällt.
Dann ging er zurück in den Flur, gerade noch rechtzeitig, um Olga die Schnur zu zeigen. Sie stieg vorsichtig darüber, setzte sich auf die Couch und las. Er ging in sein Büro. Die Tür ließ er offen.

***

Er brachte zwei Stunden damit zu, den Bericht über die Neubaupläne auf der Halbhöhe und die dazugehörige Rechnung zu schreiben. Während der Drucker beides ausspuckte, ließ er sich noch einmal die Pressebilder der toten Abgeordneten anzeigen. Er nahm die Szene in sich auf, die tote Frau, ihre zur Faust verkrampfte linke Hand, die beiden Blätter mit der nicht gehaltenen Rede, der erschrocken aufgesprungene Vizepräsident des Bundestages.
Dengler nahm ein Blatt aus dem Druckerfach und notierte seine Beobachtung.
Leiche mit verkrampfter linker Hand.
Erschrockener Vizepräsident
Zwei Blätter, Text der Rede

Was wusste er noch?

Motiv 1: Ehemann. Er hat ein (offensichtlich andauerndes) Verhältnis mit einer anderen Frau.

Motiv 2: Geliebte. Will das Verhältnis nicht länger geheim halten.
Aber: Wie wahrscheinlich ist denn ein Mord überhaupt? Mit an Sicherheit grenzender Wahrscheinlichkeit ist A. Schöllkopf eines natürlichen Todes gestorben (Dr. Kerstin Müller von der Charité, glaubhaft).
Vielleicht sollte er, bevor er den Fall endgültig zu den Akten legte, die Rede lesen, die Angelika Schöllkopf an diesem Tag halten wollte.
Er wählte.
»Schöllkopf.«
»Dengler noch einmal. Noch eine Frage. Die Rede, die Ihre Frau nicht mehr halten konnte. Das Manuskript. Ist das in Ihrem Besitz?«
»Nein. Alle ihre Unterlagen sind zwar verpackt, stehen aber noch in ihrem Büro. Ihre Sekretärin heißt Frau Anneliese Krummacher. Die Zentrale hat die Nummer.«
Dengler wählte und ließ sich durchstellen.
»Krummacher.«
»Georg Dengler. Guten Morgen, Frau Krummacher. Ich vertrete die Familie Schöllkopf. Eine Frage: Wissen Sie, wo das Manuskript der Rede von Frau Schöllkopf ist? Ich meine, das Manuskript der Rede, die sie halten wollte, als sie …«
»Ja, verstehe. Also, ich habe alle ihre Sachen zusammengepackt. Das sind sieben Umzugskartons. Die stehen hier. Irgendwo da drin wird sie schon sein.«
»Und auf ihrem Rechner?«
»Den hat die Bundestagsverwaltung schon abgeholt. Die Festplatte wurde gelöscht. Ich weiß nicht, wer den Computer jetzt hat.«
Da scheint es aber jemand eilig zu haben.
»Könnten Sie freundlicherweise …?«
»Nein. Kann ich nicht. Morgen ist mein letzter Arbeitstag. Ich höre im Bundestag auf.«
»Ich bin morgen früh bei Ihnen.«
»Suchen müssen Sie aber allein. Und um 16 Uhr kommen

Kollegen. Wir feiern ein wenig meinen Abschied.«
»Ich bin am Vormittag da.«
Dengler legte auf und wählte erneut die Nummer des Bundestages.
»Verbinden Sie mich bitte mit dem Fraktionschef der konservativen Partei.«
Eine Sekretärin meldete sich. Er trug sein Anliegen vor, wurde weitergeleitet, trug sein Anliegen erneut vor und landete schließlich bei einem der Fraktionsgeschäftsführer. Der Mann hieß Österle. Dengler fragte nach dem Verbleib der Manuskripte.
»Weiß nicht, ob wir die haben.«
Die Stimme wurde misstrauisch: »Warum wollen Sie das wissen?«
»Bundeskriminalamt. Wir möchten die Akte endgültig schließen.«
»Verstehe … Geben Sie mir Ihre Nummer. Ich rufe Sie zurück, wenn wir etwas gefunden haben.«
»Rufen Sie mich auf dem Handy an.«
Dengler gab ihm seine Nummer.
Dann ging er zu Olga ins Wohnzimmer.
»Ich fahre morgen früh noch einmal nach Berlin. Bin aber am Abend wieder da. Willst du mitkommen?«
Sie schüttelte den Kopf.
»Dann wäre es sicherer, du bleibst in meiner Wohnung.«
Sie sah ihn nur kurz an, nickte und wandte sich wieder ihrem Buch zu.

Wasserschlacht

Kurt Berger soll das Geschäft in Cochabamba auf die Beine stellen. Wenn alles läuft, will ihn Crommschröder zurück in die Zentrale holen. Vielleicht kann er den Entwicklungshelfer abwerben, den er bei seinem letzten Besuch kennengelernt hat. Wie heißt der Kerl gleich nochmal? Ihm fällt der Name nicht mehr ein. Sei's drum.
Die letzten E-Mails von Berger klingen zunehmend beunruhigend. Angeblich bilden sich in den Stadtteilen Komitees der Bewohner. Wasserkomitees.
Crommschröder runzelt die Stirn.
Sie wollen die versprochenen Anschlüsse in den Armenvierteln.
Verstehen die denn die Spielregeln nicht? Können die nicht zwischen den Versprechungen vorher und der harten Realität hinterher unterscheiden? Vor dem Kauf, das ist die Zeit des Lächelns. Die Zeit der Abendessen und der Freundlichkeit. Die ist vorbei.
»Harten Kurs fahren«, mailt er Berger zurück. »Keine Kosten.«
Vor allem keine Kosten.
Cochabamba beweist, dass wir das internationale Geschäft besser und profitabler betreiben können als die Franzosen.
Von Berger kommen fortan völlig irrationale Nachrichten.
Er schreibt von Massendemonstrationen gegen die Privatisierung. In der Regierung gäbe es einzelne Stimmen, die die Privatisierung des Wassers rückgängig machen wollen.
Wieso kriegt Berger den Laden nicht in den Griff?
Dann meldet er Barrikaden und Streiks.
Es gibt allein in der südlichen Zone der Stadt mehr als 70 Wasserkomitees, in denen sich Aufrührer zusammengeschlossen haben (unter uns: Es sind gewöhnliche Bürger). Sie haben in der Stadt

eine »Koalition für das Wasser und Leben« gegründet. Diese Koalition hat mehr als 60 000 Unterschriften für die Rücknahme der Privatisierung gesammelt. Sie wollen eine Volksabstimmung dazu durchführen. Wenn sie das schaffen, werden sie auch die Mehrheit bekommen.
Die Regierung ist auf unserer Seite. Sie hat Militär in die Stadt geschickt und bereits zur Abschreckung einen jungen Mann erschossen, der ein bisschen zu frech auf den Barrikaden herumlief. Trotz des Toten und des harten Vorgehens des Militärs nehmen die Barrikaden nicht ab. Jetzt besetzen die Komitees einzelne Wassertürme. Das Militär kann sich nicht verzetteln und jeden Turm schützen. Es sind zu wenig Soldaten, obwohl die Stadt davon wimmelt.
Sie werfen uns vor, dass wir die Tarife um 200 Prozent angehoben haben und nichts investieren. Insbesondere nicht in die Armenviertel der Stadt. Wir müssen etwas tun. Sie haben angefangen, ihre eigene Wasserversorgung aufzubauen. Wir lassen durch die Polizei die Pumpen der Wasserkomitees verriegeln. Am nächsten Tag sind sie wieder aufgebrochen. Ich schlage vor, die Wassertarife wieder auf das alte Niveau zu senken. Sonst fliegt uns hier alles um die Ohren.
Crommschröder ist wütend. Berger weiß doch, wie wichtig das Projekt für den Konzern ist. Und für ihn.
Für mich.
»Nichts wird abgesenkt«, schreibt er zurück, »ich brauche das Geld aus Cochabamba hier.«
Er beschließt, selbst hinzufliegen.
Nachts fliegen. Einen Tag reden. Berger soll Termine machen. Nächste Nacht der Rückflug.
Mit dem Learjet bin ich in anderthalb Tagen wieder in der Zentrale.

★★★

Als der Lear sich auf den Flughafen der Stadt senkt, ist Crommschröder wieder ruhig. Offensichtlich hat er sich in

Berger doch getäuscht. Er wird ihn gegen den ehrgeizigen Geike austauschen. Der ist gewissenlos und kalt genug, die Sache wieder hinzukriegen. Aber erst mal muss er jetzt Ruhe ins Geschäft bringen. Ruhe, das war das Wichtigste.
Berger empfängt ihn am Flughafen. Weißer Anzug. Krawatte gelockert.
Vielleicht säuft der sogar.
Sie fahren in einem Konvoi mit drei Wagen. Polizei vorne und hinten. Berger quasselt die ganze Zeit.
Crommschröder sieht zum Fenster hinaus.
An jeder Ecke Soldaten und Polizisten. Stahlhelme. Schlagstöcke. Fast mannshohe Schilder mit der Aufschrift »Policia«.
Die erste Straßensperre.
Sie werden durchgewinkt.
Dann stecken sie mitten in einer Demonstration.
Menschen, so weit er sehen kann.
Parolen. Lachende Gesichter.
Gott sei Dank wissen sie nicht, dass ihr Hauptfeind mitten unter ihnen ist.
Kein Durchkommen.
Der Konvoi steht.
Berger schwitzt.
Crommschröder ist kampfeslustig.
Scheiß Gebrauchswert. Ich brauche das Geld aus dieser Stadt.
15 Prozent!
Er sieht Landmanns Visage vor sich. Riecht die Pestilenz:
Das ist jetzt Ihr Alpha und Ihr Omega.
Dann stoppt die Menge. Strömt zurück. Sie schieben. Crommschröder sieht einige stürzen. Andere laufen über die Fallenden hinweg. Selbst im Wagen kann man es hören: Schüsse. Die Menschen laufen, schieben, flüchten, wollen nur noch weg. Crommschröder sitzt im klimatisierten Mercedes und sieht ihnen interessiert zu.
Im Hotel findet die erste Besprechung statt.

»Wir haben die ganze Region gegen uns«, sagt Berger.
»Die Frauen sind es hauptsächlich«, sagt ein Mitarbeiter, dessen Namen Crommschröder nicht kennt.
Er sieht zum Fenster hinaus. Die Demonstranten drängen wieder in die Gegenrichtung. Die Schüsse haben sie nicht aufhalten können.
Ein Massaker, denkt Crommschröder, das würde helfen.
Besprechung mit dem deutschen Entwicklungshelfer.
Ein einziges Jammern.
Crommschröder ist wütend. Keinen von denen wird er einstellen.
Berger hat einen Regierungsbeamten an der Strippe.
Termin in der Hauptstadt. Beim Präsidenten. Schnell.
Zurück in den Wagen. Eine Stunde später sind sie in La Paz.
Crommschröder kommt alles unwirklich vor.
Berger schwitzt immer noch.
Der Konvoi trifft vor dem Regierungspalast ein.
Der Präsident sei verhindert, sagt ein Beamter. Aber die bolivianische Regierung sehe sich gezwungen, den Vertrag zu kündigen. In einer Stunde wird der Präsident dies öffentlich mitteilen.
Crommschröder flucht. Droht mit Schadensersatz.
»Wir verklagen Ihre Regierung bei der Weltbank auf 25 Millionen Dollar Schadensersatz«, faucht er den Beamten an.
»Wofür?«, fragt der. »Sie haben hier keinen Dollar investiert.«
»Entgangener Gewinn«, schreit Crommschröder.
Der Beamte zuckt mit den Schultern. Er habe kein Mandat für Verhandlungen. Er solle ihm ausschließlich die Entscheidung des Präsidenten mitteilen.
Im Konvoi zurück zum Flughafen.
Wie ein geprügelter Hund kommt er sich vor.
Und so fühlte er sich immer noch, als der Learjet in Berlin landet.

Das erste seiner Ziele ist gescheitert. Er knirscht mit den Zähnen.
15 Prozent. Das ist jetzt Ihr Alpha und Ihr Omega.
Morgen wird er Berger feuern.

Noch einmal Berlin

Der Zug nach Berlin war überfüllt. Im Großraumwaggon gab es nur noch einen freien Platz. Dengler setzte sich neben einen allein reisenden Mann. Er steckte in einem grauen Glencheck-Anzug, trug ein blaues Hemd und hatte eine rote Krawatte umgebunden. Irgendwo hinter Vaihingen beschlich Dengler der Verdacht, der Mann könne ein Polizist sein. Er hätte nicht sagen können, warum er sich dessen plötzlich so sicher war. Es war eine Art Instinkt, wie einige Ganoven ihn besitzen, die einen Bullen schon von weitem riechen können. Auch Bullen können Bullen riechen. Er, Dengler, hatte das immer gekonnt. Doch dieser hier schien kein normaler Polizist zu sein. Sein Zugnachbar blätterte in einem Buch, das er sich antiquarisch beschafft haben musste, so alt sah es aus. Dengler versuchte den Titel zu erhaschen, und als es ihm gelang, überkamen ihn Zweifel, ob der Alte tatsächlich ein Polizist war. Der Fremde las in einer Ausgabe von Johann Peter Hebels Kalendergeschichten. Immer wenn er eine Seite umblätterte, leckte er kurz über die Kuppe des Mittelfingers. Auf jeden Fall ein Beamter, dachte Dengler, erprobt im Aktenlesen.
Kurz nach Heidelberg siegte die Neugier. Dengler stellte sich vor. Der Mann sah genervt von seinem Buch auf.
»Berndorf«, sagte er, »ich reise seit Ulm in diesem Zug.«
Er sah zum Fenster hinaus.
»Und jetzt muss ich aussteigen. Mannheim. Ich muss nach Heidelberg weiter.«
Dengler stand auf, damit Berndorf seinen Fensterplatz verlassen konnte. Die beiden Männer gaben sich die Hand, und der ältere Mann ging in Richtung Zugtür. Dengler sah ihm kurz nach und wusste immer noch nicht, ob er mit seiner Vermutung recht hatte oder nicht.

Am Eingang des Paul-Löbe-Hauses kontrollierten Beamten seinen Ausweis. Es dauerte zehn Minuten, bis Anneliese Krummacher ihn abholte. Sie trug ein dunkelblaues Kostüm, blondierte, schulterlange Haare, mochte etwa vierzig Jahre alt sein. Das ausgeprägte Doppelkinn passte ganz gut zu ihr, fand Dengler. Sie war von einer routinierten Höflichkeit.
»Sie wechseln die Arbeitsstelle?«, fragte er, als sie im Aufzug standen und das Schweigen unangenehm wurde.
Nun schien sie aufzutauen.
»Ja, ich fange bei einer großen Berliner Kanzlei an.«
Sie wuchs um einige Zentimeter.
»Eine Wirtschaftskanzlei. Als Assistentin des Seniorpartners.«
»Donnerwetter.«
»Sie sind auch Anwalt?«
»Ich arbeite leider nicht in einer großen Kanzlei.«
Das sieht man dir auch an, sagte der Blick, mit dem sie ihn musterte. Dann hielt der Aufzug, und sie führte ihn über einen Gang zu dem Büro der verstorbenen Abgeordneten Schöllkopf. Sie schloss die Tür auf. Auf einem Tisch standen ein Dutzend Sektflaschen und mit Alufolie abgedeckte Glasschüsseln mit Salaten. Alles vorbereitet für die Abschiedsparty.
In der hintersten Ecke des Büros waren sechs Umzugskartons in zwei Türme gestapelt, ein siebter lag quer obenauf. Anneliese Krummacher deutete auf den untersten des rechten Stapels: »Da sind die Reden drin.«
Dann drehte sie sich um und setzte sich auf einen Stuhl.
Dengler wuchtete die Kiste auf den Tisch, öffnete sie. Es gab Ordner mit Korrespondenz, Ordner mit Einladungen und Veranstaltungen im Wahlkreis, Parteieinladungen und schließlich drei Ordner mit Reden. Dengler blätterte diese Ordner und die anderen alle durch. Einmal, zweimal und ein drittes Mal.
Angelika Schöllkopfs letzte Rede fehlte.

Er fragte die Sekretärin danach, aber die zuckte nur mit den Schultern.
»Wenn sie darin nicht abgeheftet ist, weiß ich es auch nicht.«
Er durchsuchte den Karton nach losen Blättern. Nichts.
»Kennen Sie die Rede? Haben Sie sie getippt?«
»Nein. Diese nicht.«
»Diese nicht? Warum nicht?«
Ihr Gesicht wurde spitz. Dann lief sie rot an.
»Um diese Rede hat Frau Schöllkopf ein riesiges Theater gemacht. Die wollte sie niemanden sehen lassen. Hat sich aufgeführt, als ginge es um ein Staatsgeheimnis.«
Mit einem Mal war Dengler hellwach. Systematisch durchsuchte er alle sieben Kartons.
Aber er fand nicht den geringsten Hinweis auf die verschwundene Rede.

Kälte

Graupelschauer empfingen ihn, als er das Abgeordnetenhaus verließ. Kalter Wind pfiff vom Bundeskanzleramt kommend das Paul-Löbe-Haus entlang zum Reichstag. Die Menschen duckten sich, doch nicht einmal die aufgespannten Schirme boten ihnen ausreichend Schutz.
In diesem Jahr wollte es einfach nicht Frühling werden.
Dengler schlug den Kragen seines Mantels hoch und marschierte los. Er dachte nach.
Es gab in diesem Fall nun doch einige merkwürdige Sachverhalte. Wo war das Manuskript? Er beschloss, dieser Frage nachzugehen.
Was war mit dem Motiv des Witwers und seiner Geliebten? Er zweifelte daran, dass dieses Verhältnis Stoff genug bot für einen Mord. Doch auch das musste er überprüfen.
Mittlerweile war er *Unter den Linden* angekommen. Ihm war kalt. Auch hier fegte der Wind eisig über den großen Boulevard. Im *Café Einstein* setzte er sich an einen leeren Tisch, bestellte eine Markklößchensuppe und zog dann sein Handy aus der Manteltasche. Er wählt die Nummer des Witwers.
»Schöllkopf.«
»Dengler. Ich war eben im Büro Ihrer Frau. Dort ist das Manuskript der letzten Rede Ihrer Frau nicht zu finden. Kann es nicht sein, dass …«
»Nein. Ich versichere Ihnen, dass hier nichts ist. Das Manuskript muss im Bundestag sein.«
Dengler bedankte sich und rief den Ärztlichen Dienst des Bundestags an. Er hatte Glück, die gleiche Ärztin, mit der er bereits gesprochen hatte, meldete sich. Dengler erinnerte sich an seine Legende.
»Hauptkommissar Krämer, ich habe doch noch eine Frage zu Frau Schöllkopf. Es handelt sich um das Manuskript, das

sie in der Hand hatte, als sie starb. Zwei Blätter. Erinnern Sie sich, was mit ihnen geschah? Ich kann sie nicht finden.«
»Nein. Ich habe mich um die Verletzte, ich meine, um die Tote gekümmert. Ich erinnere mich, dass da Papier herumlag. Aber, beim besten Willen ...«
»Wer könnte die Blätter an sich genommen haben? Wer hat sich um die Sachen der Toten gekümmert?«
Die Frau am anderen Ende der Leitung überlegte.
»Fragen Sie doch mal Herrn Korf.«
»Wer ist das?«
»Der Saaldiener. Eine Institution. Er weiß alles und sieht alles, was im Plenarsaal geschieht. Soll ich versuchen, Sie zu verbinden?«
»Das wäre sehr freundlich.«
Es dauerte eine Weile, bis sich eine kräftige Männerstimme meldete.
»Korf. Guten Tag, Herr Hauptkommissar. Sie suchen das Redemanuskript von Frau Schöllkopf?«
»Ja. Ich dachte, Sie könnten mir bei der Suche helfen.«
»Das kann ich. Ich habe die beiden Papiere aufgehoben, als die ... als Frau Schöllkopf abtransportiert wurde. Sie lagen gewissermaßen verwaist auf dem Fußboden neben dem Rednerpult.«
»Und? Was haben Sie damit gemacht?«
»Ich gab sie Dr. Österle, dem Fraktionsgeschäftsführer.«
»Österle, der nahm sie an sich?«
»Ja, sicher.«
»Wie reagierte er? Hat er sie eingesteckt?«
»Das weiß ich nicht mehr. Es standen ja alle Abgeordneten herum. Doch, warten Sie mal. Er überflog den Text, wandte sich dann um und verließ das Plenum. Ich habe mich darüber gewundert, aber ...«
»Haben Sie vielen Dank, Herr Korf.«
»Gern geschehen, Herr Hauptkommissar.«

***

Dengler legte langsam das Handy auf den Tisch. Mit Österle hatte er telefoniert. Er erinnerte sich genau an den Tonfall seiner Stimme: *Weiß nicht, ob wir die hier haben.* Und noch etwas hatte Österle gesagt: *Geben Sie mir Ihre Nummer. Ich rufe Sie zurück, wenn wir etwas gefunden haben.*
Die Bedienung brachte ihm die Suppe.
Dengler wählte erneut die Nummer des Bundestages.
»Dr. Österle, bitte.«
Das Vorzimmer meldete sich.
»Bundeskriminalamt. Ich habe ein dringendes Gespräch für Dr. Österle.«
Sofort stellte ihn die Sekretärin durch.
»Österle«, kauzte es aus dem Hörer.
»Bundeskriminalamt. Ich rufe noch mal an, wegen des Redemanuskripts von Frau Schöllkopf. Sie wollten mich zurückrufen.«
»Wenn ich das noch nicht gemacht habe, haben wir nichts gefunden.«
»Sind Sie sicher? Ich habe gehört, dass der Saaldiener, Herr Korf, Ihnen die beiden Blätter gegeben hat. Stimmt das?«
»Wir suchen noch.«
»Rufen Sie mich an, wenn Sie ein Ergebnis haben?«
»Sicher.«
Österle knallte den Hörer auf die Gabel.
Dengler starrte verwundert auf sein Handy. Zum ersten Mal, seit er diesen merkwürdigen Fall bearbeitete, meldete sich sein altes, sicheres Bullengefühl: Hier ist was oberfaul.
Eine Spur. Der Heilige Antonius wird sich freuen.
Er dachte nach.
Seine Suppe wurde kalt.

Spurensuche

Mit dem letzten Zug kam er in Stuttgart an. Er nahm ein Taxi in die Wagnerstraße. Das *Basta* hatte schon zu. Er schloss die Haustür auf und ging nach oben. Als er vor seiner Wohnung stand, sah er, dass die Angelschnur über die Treppe noch immer gespannt war. Er ging durch seine Wohnung ins Schlafzimmer. Olga schlief. Leise setzte er sich neben sie auf das Bett und betrachtete sie. Sie lag auf der Seite, und ihr Körper wirkte kindlich, zerbrechlich.
Niemals würde er zulassen, dass dieser Frau etwas geschah. Still zog er sich aus und kroch zu ihr unter die Decke. Im Halbschlaf drehte sie sich zu ihm hin und schmiegte sich in seinen Arm.
Another day in paradise.

***

Am Morgen ließ er die Liegestützen ausfallen. Die blaue Mutter Gottes mit dem abgeschabten hölzernen Mantel schien ihn von ihrem Podest aus vorwurfsvoll zu betrachten, aber heute machte ihm das nichts aus. Er sah zum Fenster hinaus. Zum ersten Mal seit quälend langen Wochen gab es blaue hoffnungsvolle Lücken zwischen den Wolken, durch die die Sonne blinzelte.
Er hatte eine Spur.
Dengler lud Olga in die Espressobar in der Immenhoferstraße ein. Sie mochten beide diese Bar. Aus einer riesigen altertümlichen Kaffeemaschine aus Kupfer gab es den besten italienischen Kaffee, den sie außerhalb von Italien kannten.
Er berichtete Olga von seinem Tag in Berlin.
»Ich weiß nicht, was in dem Manuskript steht. Ich weiß, dass Österle es bekommen hat und sich merkwürdigerweise nicht mehr daran erinnert.«

»Aber das kann doch sein. Stell dir vor: Da fällt seine Kollegin vor ihm tot um. Da merkt man sich doch nicht unbedingt, wenn einem der Saaldiener zwei Blätter Papier in die Hand drückt.«
»Aber Österle hat sie gelesen, hat der Saaldiener gesagt, und rannte dann aus dem Saal.«
»Das kann aber doch ganz andere Gründe gehabt haben.«
»Stimmt. Das kann sein. Das ist eine Frage, die zu klären ist. Und solange ich sie nicht geklärt habe, ist es eine Spur.«
»Und dann gibt es noch das Eifersuchtsmotiv. Der Witwer hat eine Geliebte, hast du mir erzählt. Beide haben also ein Motiv, die Gattin aus dem Weg zu räumen.«
Dengler sagte: »Ja, aber ein schwaches. Eine Scheidung ist heutzutage auch in konservativen Kreisen keine Schande mehr.«
Sie schlenderten zurück ins Bohnenviertel. Dengler ging in sein Büro, Olga folgte ihm.

★★★

Dengler rief die Großmutter von Angelika Schöllkopf an. Er berichtete ihr, dass er drei Spuren verfolge und sie auf dem Laufenden halten werde.
Dann fragte er sie nach der Ehe ihrer Enkelin.
»Ich mochte den Kerl ja nie.«
»Warum?«
»Es ist für eine Frau nicht gut, wenn sie unter Stand heiratet.«
Sie sprach flüsternd weiter: »Wissen Sie, man kann auch reiche Männer lieben.«
Sie fuhr fort: »Sie hat ihm ja das ganze Studium finanziert.«
»War die Ehe glücklich?«
»Na ja, ich glaube schon.«
»War er ihrer Enkelin treu?«
»Ach. Männer sind nie treu. Und wenn sie es sind, ist irgendetwas an ihnen faul. Dann sind sie es aus Gewohnheit oder

aus Mangel an Gelegenheiten. Wissen Sie, mein Mann, eine stattliche Erscheinung – er ist schon viele Jahre tot –, hat mich nach Strich und Faden betrogen. Leider hab ich selbst dafür gesorgt, dass er noch die Sterbesakramente erhielt.«
»Warum leider?«
»Na. Stellen Sie sich vor: Dann treffe ich ihn im Himmel! Allein deshalb sterbe ich so spät. Wenn ich den Karl im Himmel treffe, dann renne ich, so schnell ich kann.«
Sie klang plötzlich aufgeregt, und Georg befürchtete, gleich würde sie weinen.
Um das Thema zu wechseln, bedankte er sich für den Vorschuss.
»Der Betrag war außerordentlich großzügig.«
»Ich wusste doch, dass der Heilige Antonius uns nicht im Stich lässt«, sagte sie.
Verwirrt legte Dengler auf.
Dann rief er die Homepage des Bundestags auf. Es dauerte eine Weile, bis er fand, was er suchte. Das Gesetz, das am Tag von Angelika Schöllkopfs Tod verabschiedet werden sollte, lautete »Gesetz über die Wettbewerbsbeschränkungen (GWB)«.
Er rief Leopold Harder in dessen Redaktion an.
»Leopold, ich brauche eine Auskunft.«
»Ja?«
»Im Bundestag sollte vor kurzem ein Gesetz verabschiedet werden. Das ›Gesetz über die Wettbewerbsbeschränkungen‹. Hast du davon schon gehört? Kannst du mir sagen, wie wichtig das ist?«
»Nie gehört.«
»Also nicht wichtig?«
»Wenn ich noch nie was davon gehört habe, kann es nicht wichtig sein. Warte mal.«
Er hörte, wie Harder auf seiner Tastatur tippte.
»Keine Berichterstattung. Noch nicht einmal eine Meldung. Also superunwichtig.«

»Danke – hab's mir schon gedacht.«
Sonst hätten sie jemanden anders sprechen lassen und nicht die Hinterbänklerin Angelika Schöllkopf.
Er legte auf.

Anruf vom BKA

Kurz nach eins stand er vor dem Tor des Dillmann-Gymnasiums. Jakob schlurfte um zehn nach eins aus dem Ausgang der Schule. Wie immer war seinem Sohn keine Gemütsregung anzusehen, als er auf ihn zuging.
»Was machen wir heute?«
»Nun, zuerst essen wir, oder?«
Vater und Sohn, die sich selten sahen, hatten ein Nach-der-Schule-Ritual eingeführt: Sie gingen den Berg hinunter zur Liederhalle, dort ins *Vinum* und aßen zusammen je eine Portion Spaghetti aglio e olio. Danach sahen sie sich einen Film an. Diesmal spielte George Cloony einen abgehalfterten Geheimagenten, der zu viel Ehre im Leib hat und der amerikanischen Regierung deshalb im Wege steht. In der letzten Einstellung wird er von einer Befehlsstelle des Pentagon aus per Satellit in die Luft gesprengt.
Keine Hoffnung. Das Böse ist unaufhaltsam.
Als sie gerade wieder im Gang des Kinos standen, klingelte Georgs Handy.
Dengler gab Jakob ein Zeichen, stehen zu bleiben, und nahm das Gespräch an.
»Dengler, wir haben dich so was von am Arsch …«
Eine fette, feiste Stimme.
»Hast du mich verstanden. Wir-haben-dich-am-Arsch!«
Er kannte die Stimme. Aber ihm fiel kein Name dazu ein.
»Hey, Dengler, hörst du mich.«
Ihm fiel der Namen einfach nicht ein. Auch kein Gesicht.
»Wer spricht dort?«, fragte er.
»Hast mich schon vergessen? Scheuerle heiß ich.«
Die feiste Stimme lachte, und sofort gesellte sich ein Bild hinzu.
Scheuerle. Denglers ehemaliger Chef beim BKA.

Gewissenlos. Ehrgeizig. Eitel. Wegen ihm hatte er den Dienst im Amt quittiert.
»Duzen wir uns?«
»Ich duze dich. Und jetzt hör mir mal zu. Wenn du noch einmal wie ein elender Wichser in Berlin rumturnst und die Leute verrückt machst, nehm ich dich hoch!«
»Von was reden Sie?«
Jakob zog ihn am Ärmel aus dem Kino. Dengler gab seinem Sohn ein Zeichen, er möge sich einen Moment gedulden.
»Wovon ich rede? Dass du dich als Mitarbeiter des BKA ausgibst und die Leute verrückt machst. Du weißt ja, was das ist: Amtsanmaßung.«
»Wer ...?«
»Wer?« Scheuerle brüllte aus dem Handy. »Das weißt du genauso gut wie ich. Wenn du deinen Arsch noch einmal im Bundestag sehen lässt, hole ich dich. Verstanden?«
»Wer hat ...«
Die Stimme aus dem Handy überschlug sich.
»Ob du verstanden hast?«
»Ich habe gute Ohren, ich will ...«
»Du willst gar nichts. Pass bloß auf dich auf. Ich mache keine leeren Drohungen!«
Die Verbindung war gekappt.
Jakob sah seinen Vater an.
»Da war aber einer ziemlich sauer, nicht?«
Sie zogen noch ein paar Stunden durch die Stadt. Dengler wollte die verhasste Stimme vergessen, aber es gelang ihm nicht.

Videosequenz bellgard5.mpg

»Wenn etwas schiefgeht, dann geht es richtig schief. Die Dosis für das Zielobjekt war zu gering dosiert. Diese Frau muss ein Herz wie ein Tour-de-France-Fahrer gehabt haben. Sie war so zäh, dass sie fast den ganzen Tag gebraucht hat, bis sie hopsging. Dann ruft der Auftraggeber an und bedroht mich. Schließlich stirbt die Tussi vor den Augen der Welt, und ich denke, jetzt haben dich die Bullen an der Hacke. Aber die merken nichts. Und nun ruft mich Schumacher an und sagt, dass da ein Privatdetektiv in Berlin Staub aufwirbelt. Ziemlich viel Staub. Ich soll mich mal drum kümmern. Gut, sage ich, wer zahlt das Honorar? Niemand, sagt er. Du hast einen Fehler gemacht und hast den Schnüffler an der Backe. Bügle den Fehler aus. Sonst wirst du geschnappt. Wenn die mich schnappen, hast du dann nicht auch Angst, frage ich. Schumacher lacht. Ich bin ein so kleines Licht, sagt er und legt auf.

Dann schickt er mir über den üblichen Weg die Adresse: Georg Dengler, Wagnerstraße 11, Stuttgart. Ausgerechnet Stuttgart. Ich überlege, und mein Bauch sagt mir, dass ich mir den Kerl auf jeden Fall mal anschaue. Stuttgart! Da hatte ich schon mal zu tun. Vor ein paar Jahren.«

Angriff

Am Abend saß Dengler in seinem Büro und versuchte sich zu konzentrieren.
Scheuerle.
Ich bin ein umgänglicher Mensch.
Er hasste keinen Menschen auf der Welt.
Außer Scheuerle.
Er hatte Scheuerles Karriere im BKA verfolgt. Tag für Tag gesehen, wie Charakterlosigkeit seinen Aufstieg förderte und wie seiner Scheinheiligkeit überall Respekt bezeugt wurde.
Wie Niedertracht ihm die Türen öffnete.
Wie Kollegen, die redlich und intelligent zugleich ihre Arbeit taten, mit Misstrauen verfolgt und aufs Abstellgleis gedrängt wurden.
Wie Dr. Schweikert, Denglers direkter Vorgesetzter, von Scheuerle zum vorzeitigen Abschied gezwungen wurde.
Der beste Polizist, den ich je kennengelernt habe.
Es war ihm zuwider, sich von Scheuerle so anschreien zu lassen.
Wie der letzte Dreck.
Schon allein deshalb wollte er weitermachen.
Und wenn Scheuerle sich schon einmischt, dann muss an dem Fall Schöllkopf mehr dran sein. Mehr, als mir bisher klar ist.
Aber: Was habe ich schon in der Hand. Das Eifersuchtsmotiv? Ob das für einen Mord reicht? Eher nicht. Und das vermisste Manuskript? Dafür kann es die vielfältigsten Gründe geben.
Offene Fragen.
Er würde sie klären, beschloss er. Und den Fall abschließen.

★★★

Am Abend saßen alle am großen Tisch im *Basta*: Georg, Olga, Mario, der immer noch unentwegt auf dem Handy Botschaften in die Welt versandte, Martin Klein und Leopold Harder.
Zwei Flaschen Bardolino standen auf dem Tisch.
»Ich bin jetzt auch noch eine 20-Jährige, die unter ›Schlampe sucht Schlamper‹ inseriert«, sagte Mario, »hört euch mal an, was für Zuschriften ich bekomme.«
Sein Daumen raste über die Tastatur des Handys.
Ein Schmerz in Denglers Seite.
Olga hatte ihm den Ellbogen in die Rippen gerammt.
Er sah sie irritiert an.
Ihr Gesicht war aschfahl.
Unauffällig wies sie mit dem Zeigefinger zum Fenster.
Ein Gesicht.
Bleich. Unrasiert. Mit einer dunklen Wollmütze. Dahinter ein zweites Gesicht.
Olga wollte etwas sagen, bekam aber kein Wort heraus.
Sie zitterte.
»Ist das ... ist das dein ...?«
Sie konnte nur nicken.
Sie hatte Angst.
»Martin, hier sind die Schlüssel zu meiner Wohnung. Das ist der Schlüssel zum Tresor. Bitte frag jetzt nicht. Geh durch die Küche ins Treppenhaus, in mein Büro und hol mir meine Waffe aus dem Tresor. Daneben liegt das Magazin. An der Garderobe hängen eine Mütze und ein Schal. Bring mir alles her. Komm auf dem gleichen Weg zurück. Beeil dich.«
»Was ist denn los?«
»Später. Geh jetzt. Schnell.«
Martin Klein stand unsicher auf.
Sah Olga an. Kratzte sich am Kopf und ging.
Mario las eine der SMS-Botschaften vor. Auch am Nachbartisch lachten die Leute. Mario gab die nächste SMS zum Besten.

Olga hielt den Blick gesenkt.
Zitterte am ganzen Körper.
Wo blieb nur Martin?
Aus den Augenwinkeln beobachtete Dengler das Gesicht am Fenster.
Dunkle intensive Augen.
Wie ein Gespenst.
Er behielt die Tür im Auge.
Mario las die nächste Botschaft vor.
Lachen an den umliegenden Tischen. Nur Leopold Harder lachte nicht mehr, er sah mit fragendem Blick zu Olga und Georg herüber.
Der kahlköpfige Kellner stellte eine weitere Flasche Bardolino auf den Tisch.
Endlich ging die Küchentür auf.
Martin Klein kam herein. Unsicher.
Dengler stand auf.
Olga griff nach ihm.
Er löste ihre Hand, Finger für Finger, von der seinen.
An der Bar stellte er sich neben Klein.
Klein deutete auf seine Jacketttasche. Dengler griff hinein. Fühlte die Waffe. Daneben das Magazin. Er nahm beides mit einer Hand und schob die Waffe unauffällig in die Hose. Hinter den Hosengürtel.
Klein reichte ihm die Mütze und den Schal.
Die Mütze zog er bis zu den Augenbrauen herunter. Den Schal legte er locker um den Hals.
Das Magazin hielt er in der Hand.
Er ging hinaus.
Schwerer Regen fiel auf die Wagnerstraße.
Zwei Männer standen vor dem Fenster.
Keine weiteren Leute auf der Straße.
Dengler schob den Schal bis zur Nase hoch.
Adrenalin schießt in seine Blutbahnen.
Der mit der Mütze sieht immer noch ins Lokal.

Drei Meter Abstand, schätzt Dengler.
Er zieht die Waffe. Steckt das Magazin in den Schacht. Die beiden scheinen das metallene Geräusch zu kennen. Sie fahren herum.
Und blicken in die Mündung.
Dengler zielt auf den Typ am Fenster.
»Verschwindet!«
Sie rühren sich nicht.
Dengler spannt den Hahn.
Die beiden hören das Klicken und heben sofort die Hände.
Dengler geht einen Schritt auf sie zu.
Noch einen.
»Verschwindet! Und lasst euch hier nie mehr sehen.«
Sie reagieren nicht.
Stehen da und halten die Hände erhoben.
Angespannt.
Lauern auf ihre Chance. Der zweite Kerl verlagert sein Gewicht auf den rechten Fuß. Das Sprungbein. Wie in Zeitlupe sieht Dengler, wie der Kerl aus dem Stand springt. Aus dem Ärmel blitzt eine Klinge. Liegt in der Faust des Mannes.
Nähert sich seinem Gesicht.
Dengler wirft sich nach rechts. Will ausweichen.
Elend langsam kommt ihm seine Bewegung vor. Als wate er in einem Ölbad.
Die Klinge bewegt sich unaufhaltsam auf ihn zu. Er hat auf mein Auge gezielt, denkt er.
In der Seitwärtsbewegung sichert er die Waffe.
Die Messerspitze berührt seinen linken Nasenflügel. Kein Schmerz.
Nur Überraschung.
Dem Messer folgt der Kerl. Dengler hat Zeit genug, ihm mit der Waffe durchs Gesicht zu schneiden. Ihm ist, als höre er das knirschende, platzende Geräusch, mit dem das Korn der Pistole die Haut des anderen aufreißt.
Von der Schläfe bis zum Kinn.

Er fängt sich. Dann legt er sofort wieder auf den zweiten an. Entsichert.
Der erste liegt am Boden, blutet wie ein Schwein und stöhnt. Hält die Hände gegen das Gesicht gepresst. Der andere steht immer noch mit erhobenen Händen da. Atmet schwer mit geöffnetem Mund.
»Hände runter.«
Mit einem Schritt ist Dengler bei ihm. Während er die Pistole etwas senkt, sichert er sie wieder. Mit der Linken fasst er das Ohr des Mannes und reißt es nach hinten. Den Pistolenlauf drückt er in den Mund des Mannes.
Dann entsichert er wieder.
Die Pupillen des Mannes rasen hin und her.
»Lasst euch hier nie wieder sehen!«
Die Pupillen rasen noch schneller.
Rechts, links.
Hin und her.
Rechts, links.
»Hast du mich verstanden?«
Der Mann nickt.
Dengler zieht ihm mit einem Ruck den Lauf aus dem Mund. Das Korn verfängt sich zwischen den Schneidezähnen des Mannes. Dengler zieht fester. Etwas gibt nach.
Knirscht.
Der Kerl schreit auf.
Dengler geht zwei Schritte zurück. Die Pistole immer noch auf die Männer gerichtet, die sich mit beiden Händen ihre Gesichter halten.
Blut auf dem Boden.
Dengler macht eine Bewegung mit dem Lauf.
»Verschwindet.«
Sie gehen rückwärts.
Blanker Hass in den Augen.
Als sie um die Ecke bei dem Schmuckgeschäft verschwunden sind, wartet Dengler noch einen Moment. Dann entsichert

er die Waffe erneut und steckt sie in den Hosenbund. Er geht schwer atmend ins *Basta* zurück.
An der Bar bleibt er stehen.
Keucht noch.
Der kahlköpfige Kellner stellt einen Whiskey vor ihn. Auch ein Pflaster hat er parat. Ist halb so schlimm, sagt sein prüfender Blick. Er reicht Georg ein weißes feuchtes Tuch. Dengler wischt sich das Blut ab.
Behält die Tür im Auge.
Olga steht neben ihm und drückt ihm vorsichtig das Pflaster auf die Oberlippe. Dengler trinkt den Whiskey mit einem Zug aus.
Dann erst geht er an den Tisch zurück. Olga schmiegt sich an ihn.
»Die kommen nicht wieder«, sagt er zu ihr und glaubt es nicht.
Er behält das Fenster im Auge.

Unruhige Nacht

In der Nacht schlief er unruhig. Ein Traum aus längst vergessen geglaubten Tagen quälte ihn. Er liegt gefesselt auf einer Pritsche in einer großen weißen Zelle. Wie in einer Irrenanstalt. Eine große schwarze Fledermaus hängt an der Decke und beobachtet ihn.
Scheuerle tobt durch die Zelle.
»Du hast heute noch nicht gelogen«, schreit er.
Rast wie Rumpelstilzchen. Tanzt wie Rumpelstilzchen. Schreit wie Rumpelstilzchen.
»Du hast heute noch nicht gelogen.«
Dann verzieht sich sein Gesicht zu einer grinsenden, sadistischen Fratze. Er öffnet die Zellentür. Zwei Männer treten ein. Der eine das Gesicht voller Blut.
Der andere krempelt sich die Ärmel hoch und kommt auf ihn zu.
Dengler erwachte schweißgebadet.
Olga!
Wo ist sie?
Seine Hände tasteten in der Dunkelheit das Leintuch neben sich ab.
Sie ist weg!
Er griff zum Lichtschalter. Kniff die Augen zusammen, als das Licht ihn blendete.
Wo ist sie?
Er stand auf, torkelte ins Bad. Nichts. Suchte seine Hose. Zog das Telefon aus der Hosentasche. Wählte ihre Nummer.
Sie meldete sich schlaftrunken.
Ja, sie sei nach oben gegangen.
Erleichterung.
Dann ging er in den Flur. Spannte die unsichtbare Angler-

schnur. Befestigte sie wieder an der Flasche. Stellte die Flasche auf das Metalltablett. Kroch zurück ins Bett.
Irgendwann schlief er ein.
Der Morgen war die Hölle. Als hätte er den ganzen Abend gesoffen. Kotzgefühl im Bauch. Brennen im Hals. Hämmern in den Schläfen.
Er legte John Lee Hooker auf. John Lee ordnete die Welt.
Good man feelin' bad.
Er kotzte.
Kniete vor der Schüssel, bis nur noch Galle kam.
Nahm eine heiße Dusche.
Good man feelin' bad.
Legte Junior Wells auf.
Der reinigt die Seele.
Everything gonna be allright.
Noch mal Junior.
Do you ever been mistreated
you know what I'm talkin' about
Er dachte an die beiden Typen von gestern Abend.
Er hoffte nicht, dass sie sich noch einmal in die Nähe des *Basta* wagen würden.
Er brühte sich einen doppelten Espresso.
Die Milch war schlecht.
Dann eben mit Zucker.
Er schlürfte heißen, süßen Kaffee.
Setzte sich auf einen Küchenstuhl und blieb endlos lang sitzen.
Um neun Uhr rief er den Witwer an.
Der schien nicht überrascht.
»Ah, der falsche Polizist. Ich wurde über Sie informiert.«
»Ich bin privater Ermittler. Ich arbeite im Auftrag Ihrer Schwiegermutter.«
Der Mann lachte: »Das ist genauso eine schlechte Lüge.«
»Sie hat mich engagiert, weil sie nicht an einen natürlichen Tod Ihrer Frau glaubt.«

Schöllkopf schwieg.
»Ihre Schwiegermutter saß hier in meinem Büro und unterschrieb einen Ermittlungsauftrag – im Namen des Heiligen Antonius.«
»Das ist absurd.«
»Sie glaubt nicht an den Infarkt ihrer Enkelin, weil …«
»… alle in ihrer Familie immer ein gesundes Herz hatten. Diese Leier hat sie mir tausendmal aufgesagt.«
»Und? Stimmt sie?«
»Angelika hatte ein kräftiges Herz. In ihrer Kindheit war sie hier in einem Berliner Ruderclub. Aber deshalb einen Privatdetektiv einschalten … Ich kann's nicht glauben.«
»Sie hat mir 7000 Euro bezahlt.«
Schöllkopf lachte.
»Jetzt haben Sie sich verraten. Meine Schwiegermutter hat keinen Pfennig eigenes Geld. Alles was sie hat, bekam sie von Angelika und mir. Und wir haben ihr nie größere Beträge gegeben. Sie hat nicht einmal 200 Euro Rücklagen.«
»Ich habe das Geld auf meinem Konto.«
»Unmöglich.«
»Rufen Sie sie doch an.«
»Mach ich.«
Sie legten auf.
Dengler warf die Espressomaschine ein zweites Mal an.
Heiß und süß.
Er wählte noch einmal Schöllkopfs Nummer.
»Sie war tatsächlich bei Ihnen und hat auch etwas unterschrieben«, sagte Schöllkopf.
»Und hat 7000 Euro bezahlt.«
»Hat sie nicht. Sie hat keinen Cent. Der Heilige Antonius habe das erledigt, sagt sie.«
Dengler überfiel plötzlich eine unangenehme Ahnung.
Er musste das Thema wechseln.
»Ich habe bisher nur zwei Personen gefunden, die ein Motiv für einen Mord haben«, sagte er.

Pause.
»Sie und Doris.«
»Da haben Sie ja gut gearbeitet.«
»Hmm.«
»Aber nicht gut genug.«
»Ich höre.«
»Wir haben uns gestern getrennt. Einvernehmlich. Für mich war Doris eine angenehme Abwechselung neben meiner Frau, die ich übrigens immer liebte. Mehr nicht. Und ich? Ich glaube, ich war für Doris immer interessant, solange ich gebunden war. Sie hat sich nun für einen anderen Mann entschieden. Erneut für jemanden, der verheiratet ist.«
Pause.
»Ihr Motiv ist dahin.«
»Sieht so aus«, sagte Dengler und legte auf.
Er nahm seine Notizen, die immer noch auf seinem Schreibtisch lagen, und strich durch:
~~*Motiv 1: Ehemann. Er hat ein (offensichtlich andauerndes) Verhältnis mit einer anderen Frau.*~~
~~*Motiv 2: Geliebte. Will das Verhältnis nicht länger geheim halten*~~
Nun blieb noch:
Motiv 3: Die verschwundene Rede
Er ging ins *Basta*.

***

Am Nachmittag klingelte das Telefon.
Dengler nahm ab.
»Krummacher hier. Anneliese Krummacher … Sie wissen, wer …?«
»Ja. Sie sind die Sekretärin von Angelika Schöllkopf.«
»War! Ich war ihre Sekretärin. Ich arbeite demnächst für eine große Kanzlei in Berlin.«
»Ich erinnere mich.«
»Sie suchten doch die Rede. Die letzte Rede …«
»Ja?«

»Ich habe sie gefunden.«
Dengler stutzte. Dann fasste er sich.
»Wo war sie?«
»Bei meinen Unterlagen. Ich habe sie aus Versehen falsch abgeheftet. Wollen Sie das Manuskript haben?«
»Ja.«
»Ich faxe sie Ihnen am besten.«
»Gut.«
»Geben Sie mir Ihre Faxnummer?«
Dengler nannte sie ihr.
»Kommt sofort«, sagte sie betont munter und legte auf.
Dengler drehte sich um und fixierte nachdenklich das Faxgerät.
Nichts.
Nach drei Minuten setzte sich die Maschine mit einem leisen Knurren in Gang. Ein Blatt wurde eingezogen und bedruckt wieder ausgestoßen. Ein zweites Blatt wurde eingezogen und bedruckt wieder ausgestoßen.
Dann war Schluss.
Dengler starrte auf die beiden Blätter.
Zog sie aus dem Schacht.
Briefkopf des Bundestages.
Angelika Schöllkopf, MdB.
Er las.

Sehr geehrter Herr Präsident!
Liebe Kolleginnen und Kollegen!
Die konservative Fraktion begrüßt die Änderung des Gesetzes über Wettbewerbsbeschränkungen und insbesondere die Streichung des Paragraphen 103 alter Fassung. Die Bundesrepublik schließt damit auf zu den modernen Staaten dieser Welt, organisiert eine fortschrittliche Versorgung ihrer Bürger mit hochwertigem Trinkwasser. Es ist nicht nur nicht mehr zeitgemäß, lokale Monopole und Fürstentümer zu schützen, sondern geradezu schädlich. Selbst Länder der so genannten Dritten Welt sind uns hier weit voraus.

Selbst ein Land wie die Philippinen ist uns in diesem Punkt voraus. In Manila, der Hauptstadt des Landes, sind es seit vielen Jahren zwei private Unternehmen, die die öffentliche Versorgung optimal gewährleisten. In Argentinien …«

Dengler legte das Blatt zurück. Dann ging er zu der Stellwand, an der die Liste der Motive hing, zog seinen Kugelschreiber und strich erneut.

~~Motiv 3 Die verschwundene Rede~~

Schöllkopfs Rede war harmlos. Nur eine belanglose Akklamation dessen, was intern schon längst beschlossene Sache war und worüber an diesem Freitag, ihrem Todestag, im Bundestag abgestimmt werden sollte.

Der Redebeitrag einer Hinterbänklerin.

Das war also der Fall des Heiligen Antonius.

Nichts.

Auch das kommt vor.

Er griff zum Hörer und wählte die Nummer der alten Dame.

Ihre Enkelin sei eines natürlichen Todes gestorben, sagte er ihr. Es gäbe kein Motiv für einen Mord.

Er spürte, dass die alte Dame ihm nicht glaubte. Wie sollte sie auch, denn er selbst glaubte keinen Satz, den er ihr gesagt hatte.

Dengler ging zum Fenster.

In diesem Jahr wollte es nicht Frühling werden.

Draußen zogen schwere Regenwolken auf.

Berliner Wasser

Stefan C. Crommschröders Meisterstück ist der Teilerwerb der Berliner Wasserwerke für die VED. Dabei scheint dieser Kauf zunächst völlig unwahrscheinlich. Die Berliner Wasserwerke waren ein gut geführtes Unternehmen. Sie brachten dem Berliner Stadtsäckel jedes Jahr einen dreistelligen Millionengewinn, den der Wirtschaftssenator fest in den Etat der Stadt einplanen konnte. Ihr Verkauf machte für die Stadt Berlin keinen Sinn.
Allerdings hatte die konservative Partei in Berlin ein Finanzdesaster ohnegleichen angerichtet. Die Berliner Bankgesellschaft, eine kommunale Bank, legte Immobilienfonds mit hohen Garantieausschüttungen auf, die nach dem Schneeballprinzip funktionieren. Es mussten immer neue Immobilien in die Fonds eingebracht werden, um die alten Löcher zu stopfen. Irgendwann brach die Bank zusammen, und der Berliner Haushalt hatte ein Defizit, das sich gewaschen hatte.
Wäre es dem Senat allein nur ums Geld gegangen, hätte er auch die künftigen Gewinne der Berliner Wasserwerke beleihen können. Aber Crommschröder merkt in den ersten Unterredungen bald, dass die verantwortlichen Politiker, damals regiert in der Stadt eine große Koalition, unbedingt verkaufen *wollen*. Egal, ob es sinnvoll für die Stadt ist oder nicht.
So werden die Verkaufsverhandlungen mit dem Berliner Senat für Crommschröder eine interessante Erfahrung. In der konservativen Partei wird die Privatisierung oder Teilprivatisierung als Modell propagiert. Gemäß dem Schlagwort des »Schlanken Staates« solle dieser sich mehr und mehr aus der öffentlichen Daseinsvorsorge zurückziehen. Crommschröder verachtet seine Gesprächspartner. Sie kommen ihm vor wie die trunken gemachten Indianerhäuptlinge aus den

Westernfilmen seiner Jugendzeit. Für ein paar Glasperlen und eine Wagenladung Feuerwasser verkaufen sie das Land ihrer Vorfahren.

Crommschröder macht einen Test, den seine Krieger tollkühn finden. Er lädt den Wirtschaftsausschuss des Senats nach London ein. Sie bekommen gut zu essen und gut zu trinken. Beste Hotels. Dann trägt er seinen Plan vor. Verschweigt nichts. Auf farbigen Folien erläutert er, wie die Vorstandsbezüge steigen und die Beschäftigtenzahl fallen werden, wie der Wasserpreis sich nach oben und die Investitionen sich nach unten entwickeln werden. Am Ende seines Vortrags schaut er in die Runde und denkt, dass sie die VED zum Teufel jagen werden, wenn sie nur einen Funken Anstand im Leib haben. Haben sie aber nicht. Nur eine Abgeordnete der SPD widerspricht ihm. Und für ihren Beitrag entschuldigen sich in der Pause bei ihm gleich drei ihrer Kollegen.

Als Segen erweist sich für ihn, dass die SPD die frühere Finanzministerin von Hessen, Anette Fugmann-Heesing, nach Berlin beruft. Warum sie das tut, kann Crommschröder nicht in Erfahrung bringen, selbst der Puderer schüttelt den Kopf. Fugmann-Heesing musste in Wiesbaden unrühmlich nach einem Filzskandal um die Lotterie Treuhand GmbH/Wiesbaden abtreten. In Berlin titelt die Berliner Morgenpost über sie: »Sie kam, sah und verkaufte«.

Crommschröder ist es recht. 1999 kann er das für unmöglich gehaltene Geschäft unter Dach und Fach bringen. 49,9 Prozent gehen an die VED. Mehr noch: Er schließt einen geheimen Konsortialvertrag mit dem Senat, den die Abgeordneten nicht zu sehen bekommen und von dem die Öffentlichkeit erst erfährt, als es zu spät ist. Darin verzichtet der Senat, obwohl immer noch Mehrheitseigentümer, auf jede Beteiligung an der Geschäftsführung der Berliner Wasserwerke. Crommschröder schickt seine Krieger ins Unternehmen. Jeder Wartungsvertrag wird geprüft. Muss die Pumpe wirk-

lich in den Intervallen gewartet werden, die der Hersteller vorschreibt? Was geschieht, wenn wir sie nicht warten oder sehr viel seltener? Wie viel bringt uns das?
Welche Grundstücke gibt es? Welche können wir verkaufen? Wie viel bringt uns das? Welche Rückstellungen gibt es? Können wir sie auflösen? Wie viel bringt uns das? Welche Aufträge werden nach außen gegeben? Können wir sie streichen? Wie viel bringt uns das? Welche Investitionen sind geplant? Können sie gecancelt werden? Wie viel bringt uns das?
Der Clou in dem geheimen Abkommen ist jedoch die mit dem Senat vereinbarte Gewinngarantie. 8 Prozent Gewinngarantie sicherte der Senat zu, freundlicherweise nicht berechnet auf die Kaufsumme von 1,687 Mrd. Euro, sondern auf das betriebsnotwendige Kapital von über 3 Mrd. Euro.
In der Konzernzentrale knallen die Korken. Landmann ist aus Frankfurt angereist und verbreitet seine Pestilenz in einer kleinen Ansprache im Direktorenkreis. Er lobt Crommschröder über den grünen Klee, und besonders eine kleine Formulierung sagt sich Crommschröder immer wieder auf wie ein Mantra: Dr. Crommschröder ist ein Mann mit großer Zukunft. Er hat Waldner genau im Auge gehabt, das wilde Zucken im Gesicht seines Konkurrenten entgeht ihm nicht. Er ist auf dem Weg nach oben, nach ganz oben.

***

Das Berliner Wasser spült viel Geld in die Konzernkasse. Nur einmal jagen sich die Krisensitzungen, Crommschröder verbringt etliche Stunden mit dem Puderer: Die Linkspartei ist in die Berliner Regierung eingetreten, und einer der schärfsten Kritiker der Wasserprivatisierung wird Wirtschaftssenator. Der VED-Vorstand befürchtet, dass der Senat die Wasserwerke wieder zurückhaben will. Doch die Unruhe währt nur kurz. Bald heulen alle wieder mit den Wölfen.

***

Ein paar Monate später kauft sich Crommschröder in eine neu entstandene *gated community* in Potsdam ein. Sie heißt *secure living* und stellt die Wohnform der Zukunft für die deutsche Leistungselite dar. So sagt es jedenfalls der Immobilienmanager, der Crommschröder das Anwesen vermittelt. Secure living liegt an einem sehr schönen, sehr großen Potsdamer See und ist rundherum eingezäunt. Es gibt zwei Pforten, die ständig besetzt und bewacht sind. Bewaffnetes Wachpersonal mit Hunden kontrolliert permanent die Zäune entlang. Im Inneren sieht man von den aufwendigen Sicherheitsmaßnahmen jedoch wenig.

Crommschröders Haus ist das größte, es hat einen eigenen Park, und ein Teil des Seeufers gehört ihm. Eigene Bootsanlegestelle. Ein kleineres Haus für die Unterbringung von Gästen. Ein noch kleineres, aber komfortables Haus für Personal.

Heike besteht auf Mülltrennung im neuen Haus. Dies sieht das Konzept von *secure living* jedoch nicht vor. Es kostet Stefan C. Crommschröder ein weiteres kleines Vermögen, dass die Betreibergesellschaft den Müll getrennt einsammelt, auch wenn sie ihn später wieder zusammenwirft, bevor er in die Müllverbrennungsanlage gefahren wird.

Der Kauf des Anwesens, die Umbauten – all das kostet ihn sehr viel Geld. Mehr Geld, als er im Augenblick zur Verfügung hat. Er nimmt Kredite auf. Kein Problem, Herr Crommschröder, sagt die Bank. Auch die Häuser, die er in Berlin-Mitte und am Prenzlauer Berg gekauft hat und in denen Susan und Irene wohnen, kosten mehr Geld, als er hat. Kein Problem, Herr Crommschröder, sagt die Bank.

Seine beiden Söhne werden ihm zunehmend fremder. Gregor, der Älteste, hängt rum und redet kaum ein Wort mit ihm. Es gibt einen Riesenärger mit ihm und Heike, als die beiden Ökostrom von einem alternativen Stromerzeuger aus dem Schwarzwald beziehen wollen. Crommschröder sieht bereits die hämischen Presseberichte vor sich. Er ver-

bietet den beiden den Wechsel zu den Elektrizitätswerken Schönau. Gregor bestellt trotzdem Strom dort – nur für seine beiden Zimmer, sagt er. Will es selbst bezahlen.
Crommschröder rastet aus. Türenschlagen. Er flieht nach Berlin. Zu Susan. Er ist wütend auf Heike. Das Mindeste, was er von ihr verlangt, ist, dass die Kinder gelingen. Mehr will er nicht von ihr. Aber noch nicht einmal das bekommt sie hin.

Dritter Teil

Nummern

In den nächsten Tagen war Dengler unruhig. Wachsam. Er beobachtete die Straßen, sah abends aus dem Fenster, ob irgendwo die beiden Kerle wieder auftauchen würden. Olga schlug vor zu verreisen.
Er spürte ihre Angst. Er registrierte, wie sie sich auf der Straße plötzlich umdrehte, Straßen, Bürgersteige und sogar die umstehenden Dächer mit den Augen abscannte, ob sie irgendwo Gefahr erkennen könne.
Einmal erschien es ihm, als würde er von einem langen Kerl mit einer dünnen Goldrandbrille verfolgt. Georg hatte auf dem Rathausplatz Tomaten, Knoblauch, Zucchini, Champignons, Mohrrüben und einige Gewürze gekauft, um am Abend für Olga und Martin einen Gemüseauflauf zu kochen. Er wollte nur noch ein paar Flaschen Wein besorgen, als er den Blick des Mannes auf sich gerichtet spürte. Dieser stand an dem Stand gegenüber und wog einen Blumenkohl in der Hand. Als Dengler sich nach ihm umsah, ging er weiter. Beim Gehen warf er die Beine ein wenig höher als üblich, was Dengler unwillkürlich an eine Marionette erinnerte, an einen Pinocchio, dessen Beine von unsichtbaren Schnüren geführt werden.
Zwei Tage später saß der gleiche Mann im *Basta*. Er trank ein Bier und hatte sich einen Platz am Fenster ausgesucht, von dem aus er das ganze Lokal überblicken konnte. Wenn er dort sitzen geblieben wäre, hätte Dengler ihn gar nicht bemerkt, denn der Mann hatte sein Äußeres völlig verändert. Er trug jetzt eine Hornbrille und einen blonden Schnurrbart. Und eine neue Frisur. Georg wurde erst auf ihn aufmerksam, als der Mann aufstand und zur Toilette ging. Die Art und Weise, wie der Mann sich bewegte, indem er die Beine etwas höher hob als üblich, ließ Georg, der nur zufällig in

seine Richtung geschaut hatte, erstarren: Der Mann ging wie eine Marionette.

Pinocchio, schoss es ihm durch den Kopf. Natürlich, das war der Mann, der ihm auf dem Rathausplatz gefolgt war. Jetzt wusste er, dass er überwacht wurde.

Manche Dinge gehen einem in Fleisch und Blut über.

Und das hatte er beim BKA gelernt: Kleider kann man wechseln, Gesichter können mit einfachen Mitteln verändert werden, aber die wenigsten Menschen können ihren Gang beeinflussen. Jeder Mensch hat seine eigene Art zu gehen, sie ist fast eben so unverwechselbar wie ein Fingerabdruck. Wenn Dengler einen Menschen ansah, prägte er sich dessen Gang ebenso ein wie den Gesichtsausdruck.

Als der Mann vom Klo zurückkam, sah Georg ihn sich genauer an. Es war der gleiche, kein Zweifel. Auch wenn er sich Einlagen in den Mund geschoben hatte, die seinen Gesichtszügen einen völlig anderen Ausdruck verliehen. Er hörte, wie der Mann in reinem Hochdeutsch ein weiteres Bier bestellte.

Georg fragte Olga, ob sie sich vorstellen könne, dass ihre rumänischen Quälgeister deutsche Freunde schicken würden.

Sie schüttelte entschieden den Kopf.

Die kommen bestimmt nicht wieder, sagte er, um sie zu beruhigen.

Doch als er in ihre Augen sah, wusste er, dass sie davon nicht überzeugt war.

Wer sonst sollte ihn überwachen?

Offensichtlich hatte Scheuerle jemanden geschickt.

Aber warum?

»Ich hab dich so was von am Arsch«, hörte er im Geiste Scheuerles feiste Stimme.

Er musste wissen, ob das stimmte.

Er beobachtete den Typ unauffällig.

Die rechte Außentasche des Jacketts war leicht ausgebeult.

Dengler beugte sich zu Olga und erklärte ihr, was er vorhatte: Sie sollte bei der nächsten Gelegenheit das Handy aus der Tasche des Kerls ziehen.

Als der Mann nach einer Stunde erneut aufs Klo musste, stand auch Olga auf und ging zur Bar. Das *Basta* war gut besucht, und die beiden quetschten sich aneinander vorbei. Kaum war der Typ hinter der Toilettentür verschwunden, folgte Dengler Olga in die Küche des Lokals.

Sie reichte ihm das Handy.

Dengler prüfte das Adressbuch.

Keine Einträge.

Gewählte Rufnummern.

Fünf Nummern.

Er las sie vor, und Olga notierte sie auf einem Zettel.

Angenommene Anrufe.

Drei Nummern.

Auch die diktierte er Olga.

Anrufe in Abwesenheit.

Keine Einträge.

Er nickte ihr zu.

Sie gingen ins Lokal.

Als der Mann aus der Toilette zurückkam, stand Olga von der Bar auf. Sie ging an ihm vorbei – bevor sie sich neben Georg Dengler und Martin Klein setzte, der mittlerweile auch gekommen war. Der Mann hatte sein Handy zurück.

»Gelernt ist gelernt«, sagte Olga stolz.

Verbindungen

Am Morgen wachte er bereits um fünf Uhr auf, konnte nicht mehr einschlafen und ging in die Küche.
Er warf die Espressomaschine an.
Warum überwachte ihn das BKA?
Der Fall Schöllkopf hatte sich doch als harmlos erwiesen.
Die Maschine füllte fauchend die Tasse.
Er ging zum Kühlschrank und kippte einen Schluck frische Milch hinein.
Hatte er etwas übersehen?
Er warf sich den Bademantel über, griff nach der Tasse und ging ins Büro.
Nahm ein Blatt Papier aus dem Druckerschacht und schrieb:
Angelika Schöllkopf
Beruflich: Bundestagsabgeordnete, Mitte vierzig, Ausschüsse für Gesundheit, für Frauen, Jugend und Kultur, Hinterbänklerin, eher unscheinbar in der Partei, kommt als Nachrückerin zu ihrem ersten Mandat, holt dann in Berlin das Direktmandat.
Privat: verheiratet, Adoptivtochter von den Philippinen, Ehemann ist Wissenschaftler an der TU Berlin, geht fremd mit Doris, liebt seine Frau jedoch, trennt sich nach ihrem Tod von der Geliebten.
Letzte Rede: Änderung eines Gesetzes für mehr Wettbewerb in der Wasserversorgung, ähnlich wie die Gesetze für mehr Wettbewerb in der Stromwirtschaft, andere Länder praktizieren dies schon mit Erfolg, Philippinen, Argentinien.
Gesundheit: starkes Herz, war als Jugendliche Mitglied im Ruderverein Berlin. Starke Belastung durch das Mandat. Stress wahrscheinlicher Auslöser des Herzinfarktes.
Er las diesen Text noch einmal.
Und noch einmal.
Klingt plausibel, dachte er.

Viel zu plausibel, sagte seine innere Stimme.
Es gibt keinen vernünftigen Ansatz für einen Mordverdacht, dachte er.
Ich habe mich noch nie getäuscht, sagte die innere Stimme.
Dengler ging zu seinem CD-Regal und zog eine John-Lee-Aufnahme heraus.
Don't look back.
John Lee singt im Duett mit Van Morrison.
Don't look back
To the days of yester-year
You cannot live on in the past
Don't look back
Die beiden haben gut singen, dachte er. Man soll nicht in der Vergangenheit leben. Ich wühle mein ganzes Leben lang in der Vergangenheit anderer Leute herum.
Vielleicht haben sie recht.
Vielleicht sollte ich etwas anderes machen.
An' I've known so many people
They're still tryin' to live on in the past
Don't look back, whoa no-oh
Vielleicht, vielleicht, vielleicht.
Vielleicht grübele ich zu viel.
Stop dreaming
And live on in the future
But darlin', a-don't look back
Whoa, no-no
Don't look back
Van Morrisons Stimme.
So müsste man singen können.
Er verschränkte die Arme hinter seinem Kopf und lehnte sich zurück. Hörte eine Weile der Musik zu.
Und schlief ein.

★★★

Er erwachte von einem starken Kaffeeduft. Olga küsste ihn zärtlich auf die Wange und stellte eine Tasse mit einem doppelten Espresso neben ihn auf den Schreibtisch.
Er trank den Kaffee.
Er legte eine Junior-Wells-CD auf. Er machte dreißig Liegestützen.
Er duschte.
Wenn es das BKA war, das ihn überwachte, hatte er etwas übersehen.
Das habe ich doch schon lange gesagt, meldete sich die innere Stimme.
Er sah Olga zu, die vergnügt Juniors Blues mitsummte.
Er hatte eine Verbindung übersehen.
Er zog sich an.
Er musste die Telefonnummern überprüfen, die er gestern Abend vom Handy seines BKA-Bewachers ermittelt hatte.
Er las jedoch zunächst die Zeilen noch einmal, die er am frühen Morgen geschrieben hatte.
Er las sie noch einmal und konnte keinen Fehler darin finden.
Er las sie ein drittes Mal.
Er entschloss sich, den Text so zu untersuchen, wie er es beim Bundeskriminalamt gelernt hatte.
Er suchte nach Wortdopplungen.
Er unterstrich *Philippinen* – das einzige Wort, das zweimal vorkam.
Er dachte, dass dies keine Bedeutung habe und die Dopplung Zufall sei.
Oder auch nicht, sagte die innere Stimme.
Er griff zum Hörer und wählte.

***

Schöllkopf meldete sich nach dem dritten Klingeln.
Er habe wenig Zeit, sagt er, sei auf dem Sprung in die Uni. Prüfungen.

»Können Sie auf dem Weg telefonieren? Kann ich Sie auf dem Handy anrufen?«
Schöllkopf gab ihm die Nummer.
Dengler wartete zehn Minuten, bevor er wählte. Als Schöllkopf sich meldete, hörte Dengler Straßengeräusche.
»Ich möchte Ihnen die Rede vorlesen, die Ihre Frau nicht mehr halten konnte.«
Er liest.
Nach den ersten Sätzen unterbricht ihn Schöllkopf.
»Sie erzählen mir erneut Lügengeschichten. Das hätte meine Frau niemals gesagt.«
Dengler konnte spüren, wie Schöllkopfs Verärgerung sich steigerte.
»Warum erzählen Sie mir so einen Mist? Was wollen Sie damit erreichen?«, fragte Schöllkopf gereizt.
»Ich habe die Rede von der Sekretärin Ihrer Frau.«
»Das kann nicht sein. Vollkommen unmöglich.«
Er legte wütend auf.
Dengler wählte erneut.
»Ich faxe Ihnen die Rede. Warum sind Sie sich so sicher, dass sie diese Rede so nicht gehalten hätte?«
»Wegen Manila.«
»Der Hauptstadt der Philippinen?«
»Ja.«
»Hat es mit Maria zu tun?«
»Natürlich hat es mit Maria zu tun«, schrie Schöllkopf ins Telefon, »wissen Sie, warum sie bei uns ist?«
»Nein.«
»Ihre Eltern sind an Cholera gestorben. Sie selbst hatte auch Cholera. Wenn wir sie nicht gefunden hätten, wäre sie tot. So tot, wie einige tausend in Manila.«
»Bitte, erzählen Sie …!«
»Vor einigen Jahren teilten sich zwei Clans und zwei internationale Konzerne Manila. Sie zogen einen Strich mitten durch die Stadt. Es ging ums Wasser. Den Osten übernahm

Manila Water, gehört einem amerikanischen Konzern und dem Ayala-Clan, der auch das Immobiliengeschäft kontrolliert. Der Westen wird von Mayniland beherrscht, ein Syndikat, das dem französischen Odeo-Konzern und dem Lopez-Clan gehört, der bereits das Stromgeschäft und die TV-Stationen des Landes besitzt.«

Dengler hörte Schöllkopf durchs Handy schwer atmen.

»Weiter?«

»Es ist eine einfache, eine schrecklich einfache Geschichte.«

»Erzählen Sie.«

»Die beiden Firmen, Manila Water und Mayniland, erhöhten sofort die Wasserpreise, nachdem sie das Geschäft übernommen hatten. Obwohl sie das Gegenteil versprochen hatten. Im Osten stiegen die Preise um 500 Prozent, im Westen um 700 Prozent. Investiert wurde aber nicht. Und was geschah?«

»Ich weiß es nicht.«

»Die Armen konnten die Rechnungen nicht mehr bezahlen.«

»Und dann?«

»Sie zapften die Leitungen an.«

»Und?«

»Die Firmen senkten den Wasserdruck in den ärmeren Vierteln, um ihn in den reichen Vierteln, in denen die Preise bezahlt werden konnten, zu halten.«

»Ja?«

»Stellen Sie sich die brüchigen Rohre vor. In der Hitze Manilas. Ohne genügend Wasserdruck in den Leitungen.«

»Was geschah?«

»Was geschah? Was jeder vorhersehen konnte. Cholerabakterien nisteten sich in den Rohren ein, und da der Wasserdruck gering war, entwickelten sie sich prächtig. Eine Epidemie brach aus. Unzählige Menschen starben. Darunter Marias Eltern. Und sie wurde auch krank. Über ein Hilfswerk holten wir sie nach Deutschland. Jetzt geht es ihr gut.

Gesundheitlich. Nur manchmal ... Verstehen Sie jetzt, dass Angelika so etwas niemals gesagt hätte? Niemals!«
Schöllkopf schwieg.
»Ich danke Ihnen«, sagte Dengler und legte vorsichtig den Hörer auf.

Es ist nicht belanglos

Dengler saß noch einige Minuten still an seinem Schreibtisch.
Die Rede war gefälscht.
Das BKA überwachte ihn.
Warum? Er musste es herausfinden.
Und noch etwas musste geklärt werden.
Olga kam ins Zimmer.
Ob er mit ihr in die Espressobar ginge. Sie wolle frühstücken.
»Ich denke über den Heiligen Antonius nach«, sagte Dengler.
Olga sah ihn fragend an.
Dengler drehte sich in seinem Bürostuhl.
»Meine Klientin, die den Heiligen Antonius so verehrt, besitzt keinen Pfennig Geld.«
»Die arme Frau. So sollte man im Alter nicht leben.«
»Trotzdem landeten 7000 Euro auf meinem Konto.«
»Vielleicht hatte sie Ersparnisse«, sagte Olga leichthin.
»Hatte sie nicht. Also wollte jemand, dass ich die Ermittlungen in Sache Schöllkopf weiterführe. Jemand, der ein Interesse an der Sache hat, aber nicht erkannt werden will.«
»Wer soll das denn sein?«
»Du.«
Sie blieb stehen – und errötete.
»Vielleicht wollte jemand den Heiligen Antonius milde stimmen. Falls ich es war, hat es ja auch geklappt.«
»Meinst du?«
»Meine Verfolger sind abgeschüttelt – hast du selbst gesagt.«
Sie lächelte ihn an, und Dengler wusste, dass sie mehr dazu nicht sagen würde.
»Ich hoffe es«, sagte er.

Dann stand er auf und küsste sie.
»Lass uns frühstücken gehen.«

***

Eine Stunde später saß er wieder an seinem Schreibtisch. Er nahm sich den Zettel vor, auf dem er die Rufnummern notiert hatte, die das Handy des Typen mit dem marionettenhaften Schlendergang gespeichert hatte.
Fünf Rufnummern hatte er gewählt.
Eine 180er Nummer. Zwei Berliner Festnetznummern, zwei Handynummern.
Dengler legte eine CD mit Telefonauskunftsdaten in seinen Rechner. Die erste der beiden Festnetznummern war ein Pizza-Service in Kreuzberg. Er notierte sich die Adresse. Die andere Nummer fand er nicht.
Auch die beiden Funktelefonnummern waren nicht auf der CD.
Er begann mit der 0180er Nummer. Die Auskunft der Deutschen Bahn meldete sich und schaltete ihn sofort in eine Warteschleife. Er legte auf und strich die Nummer von seiner Liste.
Er wählte die zweite Festnetznummer.
»Schumacher«, meldete sich ein Mann geschäftsmäßig.
»Watzlow hier, ich brauche einen Termin bei Ihnen. Können wir uns sehen?«
»Geben Sie mir ein Passwort.«
»Ja, ich weiß leider ...«
Der Mann legte auf.
Diesen Anschluss würde er sich genauer ansehen. Diesen Anschluss und die beiden unbekannten Handynummern.

***

Drei Nummern hatte der BKA-Mann mit dem Schlendergang angenommen. Alle drei Anrufe waren von Handys erfolgt.

Dengler wählte die erste Handynummer.

»Hallo«, meldete sich eine männliche Stimme.

»Ich bin's. Ich wollte nur sagen: Ich bin an der Sache dran.«

»Wer spricht da?«

»Sie wissen schon. Ich bin an der Sache dicht dran.«

»Sind Sie ... der Mann vom Verband?«

»Ja.«

»Sie haben es doch erledigt. Ich habe die Rechnung schon bezahlt. Mehr brauche ich nicht.«

Aufgelegt.

Der Mann vom Verband?

Wenn sein Beschatter beim BKA arbeitete, dann hatte er nebenher vermutlich ein wenig schwarz gearbeitet. Dengler wusste, dass viele seiner früheren Kollegen ihre Kasse auf diese Weise aufbesserten. Offiziell als Promi-Chauffeure bei Staatsempfängen, Festivals, und inoffiziell – da nahm man, was da so kam. Dieser Kollege hielt es offensichtlich so.

Nächste Nummer.

Eine Computerstimme sagte ihm, dass der Teilnehmer zurzeit nicht erreichbar sei und dass er es später noch einmal probieren solle.

Die dritte Nummer.

»Sonja hier«, räkelte sich ihm eine Frauenstimme entgegen.

»Hallo, hier ist Peter. Ein Freund hat mir diese Nummer gegeben.«

»Da hast du aber einen netten Freund«, sagte sie und legte ihre Stimme noch eine Oktave tiefer, »bist du in Berlin?«

»Nein, morgen bin ich da. Da wäre es schön, wenn wir uns sehen könnten.«

»Ja, gern. Du kennst die Tarife?«

»Äh, nein.«

»Mit Gummi 150, ohne noch mal 100 dazu. Wenn ich dir einen blase, 50 dazu, anal 100 dazu.«

»Das geht ja noch.«

»Wirst es nicht bereuen, Peter.«

Sie gab ihm eine Adresse in Charlottenburg.
Ausgerechnet Charlottenburg, dachte er und strich die Nummer von seiner Liste.
Er notierte die Ergebnisse in sein Notizbuch:

Mein Überwacher (BKA?):

Fünf Nummern gewählt:
0180   Auskunft der Deutschen Bahn
Festnetz 1   Pizza Service in Berlin
Festnetz 2   Berlin Nummer, Schumacher, will ein Kennwort
Handy 1   Unbekannt
Handy 2   Unbekannt

Drei Nummern angenommen:
Handy 1   Unbekannter Mann, fragt, ob ich der »Mann vom Verband« sei
Handy 2   Unbekannt
Handy 3   Nutte aus Berlin-Charlottenburg

Die Bahnauskunft konnte er streichen. Der Pizzaservice und die Charlottenburger Nutte könnten bedeuten, dass der Überwacher in Berlin lebte oder sich zumindest bis vor kurzem dort aufgehalten hatte. Auch diese beiden Nummern konnte er streichen. Die anderen Nummern musste er herausfinden.
Dengler klappte das Buch zu.

Der IMSI-Catcher

Noch zwei Telefonate hatte er zu führen.
Er wählte.
»Security Services Nolte & Partners. Guten Tag«, meldete sich eine Stimme.
»Georg Dengler. Ich möchte Richard Nolte sprechen.«
Musik von George Michael.
»Security Services Nolte & Partners – Sekretariat der Geschäftsleitung.«
»Georg Dengler. Ich möchte Richard Nolte sprechen.«
George Michael setzte seinen Song fort.
»Hallo, Herr Dengler, wir haben ja schon lange nichts mehr voneinander gehört.«
Das stimmte. Während seines zweiten Falls hatte Dengler hin und wieder für Nolte gearbeitet. *Security Services Nolte & Partners* war die größte Privatdetektei der Stadt.
»Ich höre, Ihre Geschäfte laufen gut«, fuhr Nolte fort, »aber Sie wissen, bei mir können Sie jederzeit …«
»Deshalb rufe ich an. Aus Gründen der Nachbarschaftshilfe.«
»Ich höre.«
»Sie besitzen doch sicher einen IMSI-Catcher. Würden Sie ihn mir für zwei Tage vermieten?«
Stille in der Leitung.
»Sie wissen, dass der Einsatz von IMSI-Catchern in einer rechtlichen Grauzone geschieht.«
Sehr witzig, dachte Dengler. Die Dinger sind nur für Geheimdienste zugelassen.
»Nun ja, aber heutzutage bietet jeder Provider einen IMSI-Service an. Finden Sie Ihr verlorenes Handy. Wir finden verlorene Bergsteiger, untreue Ehemänner – all das, indem diese Dinger die Funktelefone orten.«
»Mhm.«

»In zwei Tagen haben Sie ihn zurück.«
»Ich freue mich immer, wenn ich einem Kollegen behilflich sein darf. Ich kann Ihnen einen GA090 von Rohe & Schwarz zur Verfügung stellen. Brauchen Sie ihn gleich?«
»Ja.«
»Bleiben Sie einen Augenblick in der Leitung.«
Während er wartete, erklärte George Michael einer gewissen Roxanne, dass sie nun nicht mehr auf den Strich gehen müsse.
Schließlich Noltes Stimme: »In einer halben Stunde steht das Gerät für Sie bereit.«

***

Dann das letzte Telefonat.
»Bundeskriminalamt. Guten Tag.«
»Verbinden Sie mich bitte mit Hauptkommissar Engel.«
»Einen Augenblick, bitte.«
Nach viermaligem Läuten nahm Hauptkommissar Jürgen Engel den Hörer ab. Dengler hatte den Eindruck, als freue er sich, Denglers Stimme zu hören. Während seiner Zeit im BKA hatte er sich mit Engel angefreundet. Wahrscheinlich hatten in dem riesigen Wiesbadener Apparat zwei ähnliche Seelen zusammengefunden, die den Ton im Haus gleichermaßen unerträglich fanden. Sie mochten die Inkompetenz und Eitelkeit der Führung nicht. Sie mochten aber auch den reaktionären Ton unter den Kollegen nicht. Georg Dengler hatte oft darüber nachgedacht, warum sich Polizisten ausschließlich Witze über die Bevölkerungsgruppe erzählten, die gerade von oben zum Abschuss freigegeben war. Während seiner Dienstzeit hatte er Hausbesetzerwitze, Asylantenwitze und Türkenwitze erlebt, brutale Witze über Junkies und Schwarze.
Wahrscheinlich sind jetzt Muslimwitze dran.
Dengler wusste, dass Jürgen ihn bewunderte, weil er die Kraft gehabt hatte, das BKA zu verlassen. Bei seinem ersten

großen Fall als Privatdetektiv hatte Engel ihm entscheidende Hinweise gegeben.
Auch jetzt brauchte Dengler seine Hilfe.
Er informierte Engel knapp über den Fall Schöllkopf.
Engel pfiff durch die Zähne.
»Da bist du ja in eine Sache hineingeraten. Was kann ich tun?«
»Ich brauche die Daten für zwei Festnetzanschlüsse und für ein Funktelefon: auf wen angemeldet, die benutzten Nummern seit vier Wochen, und bei dem Handy wären die Bewegungsdaten auch gut.«
»Ok. Mach ich. Das geht heute wesentlich schneller als zu unserer Zeit.«
»Schickst du es mir per Mail?«
»Ja, aber nicht vom Amt aus.«
»Verstehe.«
Sie redeten noch eine Weile. Engel erzählte, dass der frühere Innenminister das Amt komplett nach Berlin habe verlagern wollen. Die Beamten, die meist in der Nähe von Wiesbaden wohnten, hätten sich dagegen gewehrt.
»Stell dir vor«, sagte Jürgen Engel, »da wehte der Geist der Rebellion durch die Beamtenlaufbahn.«
Dengler lachte. »Beamtenlaufbahn«, so nannten die BKA-Leute den überdachten Übergang zwischen dem alten Hauptgebäude und dem Neubau.
Dann beendeten sie ihr Gespräch.
Jürgen Engel würde den Absprung vom Amt nie schaffen. Dengler wusste mittlerweile, dass er sein Leben vergeudet hätte, wenn er es weiter an das Amt gebunden hätte. Er hatte in Wiesbaden viele Kollegen kennengelernt, die nicht so sehr andere schützen als vielmehr selbst in den Schutz einer Institution flüchten wollten. Und die nun diese Institution sowohl repräsentierten als auch von ihr abhängig waren.

***

Die Übergabe des IMSI-Catchers war nur eine Formsache. Dengler unterschrieb ein Formular und brachte das Gerät, das in einem schwarzen Lederkoffer verstaut war, in seine Wohnung.

Am Abend erhielt er eine E-Mail mit drei angehängten Dateien. Jürgen Engel hatte den Festnetzanschluss lokalisiert. Er gehörte zu einer Consultingfirma namens *Business Consult* in der Berliner Friedrichstraße. Das Funktelefon war auf die Firma VED zugelassen, einem Energiekonzern ebenfalls mit Sitz in Berlin.

Die Liste der gewählten und angenommenen Rufnummern der letzten beiden Monate umfasste drei große Dateien.

Es würde eine lange Nacht werden.

Um vier Uhr morgens stand er von seinem Schreibtisch auf. Es war dunkel in seinem Büro. Nur die kleine Schreibtischlampe spendete etwas Helligkeit, und der Bildschirm des Rechners verbreitete bläuliches Licht im Raum.

Sein Rücken schmerzte. Er spannte die Muskulatur. Trat zum Fenster. Immer noch regnete es.

Er hatte eine einzige Verbindung gefunden. Vom Handy des Energiekonzerns war am gleichen Tag, an dem Angelika Schöllkopf starb, ein Telefonat zu *Business Consult* in der Friedrichstraße geführt worden. Dengler überprüfte die Uhrzeit. Schöllkopf starb um 11.32 Uhr. Der Anruf war um 10.45 Uhr registriert. Dass zu diesem Zeitpunkt dieses einzige Telefonat zwischen dem Energiekonzern und Business Consult geführt wurde: nur ein Zufall?

Bestimmt nicht, sagte die innere Stimme.

Er musste mehr in Erfahrung bringen.

Welcher Person gehörte dieses Handy?

Dengler streckte sich. Endlich schlafen.

Schlechte Nachrichten

Stefan C. Crommschröder steht am Podium des Audimax der Heidelberger Universität und nimmt den Beifall der Studenten entgegen, als Berger ihn anruft.
Wie hat er sich auf diesen Tag gefreut!
Der Sohn kehrt zurück an die alte Stätte seines Wirkens – als Gastredner.
Später können sie mir hier mal einen Ehrendoktor verleihen. Das wär's doch. Der Waldner hat keinen.
Nach der verlorenen Schlacht von Cochabamba hat er Berger das Hamburg-Projekt übergeben. Die Verhandlungen mit dem Senat kommen gut voran. Berger scheint die bolivianische Niederlage verdaut zu haben. Er arbeitet zielbewusst, unterrichtet Crommschröder wöchentlich über den Fortschritt des Projektes. Er weiß, dass er eine Schlappe aufzuarbeiten hat.
Eine Truppe von Ingenieuren arbeitet an einem Konzept zur Umstellung der Hamburger Wasserversorgung zurück auf Elbwasser. Sie sind erfreulich weit. Bereits vor fünfzig Jahren bezogen die Hamburger ihr Trinkwasser aus der Elbe. Jetzt sind sie stolz auf die Versorgung mit Grundwasser. Drei Werbeagenturen arbeiten an einer Strategie, die neuerliche Umstellung als kontinuierliche Verbesserung zu verkaufen.
Noch ist ihnen nichts Vernünftiges eingefallen.
Berger meint, das wird schon werden.
Doch jetzt, als er sich bei Crommschröder in Heidelberg meldet, hat er wieder das Cochabamba-Flackern in seiner Stimme.
Ein Bürgerbündnis habe sich gegründet. Sie sammeln Unterschriften für ein Volksbegehren. Ein Volksbegehren gegen den Verkauf der Hamburger Wasserwerke.
Seine Ansprechpartner im Senat seien beunruhigt, weil in

kurzer Zeit sehr viele Unterschriften zusammengekommen seien. Einige der Abgeordneten fürchteten offenbar um ihre Wiederwahl, das seien die unsicheren Kandidaten bei einer Abstimmung im Senat.
Der Wirtschaftssenator trommle zwar für einen Verkauf. Bediene sich auch korrekt der offiziellen Argumentation: Die öffentliche Hand sei kein guter Unternehmer. Privatisierung verbessere die Effizienz. Die Qualität des Wassers könne über Qualitätsstandards der Politik gesichert werden, an die sich auch Private halten müssten. Und so weiter.
Der Senat habe nun die Absicht, Volksbegehren generell abzuschaffen oder so zu erschweren, sodass sie de facto abgeschafft würden.
»Aber beim Kauf der Wasserwerke kann uns dieses Bürgerbegehren einen Strich durch die Rechnung machen«, sagt Berger.
»Wie stehen die Chancen, dass wir, mit voller Unterstützung vom Senat, den Hamburger Zeitungen und einer groß angelegten Werbekampagne, die Volksabstimmung für uns entscheiden?«
»Keine Chance«, sagt Berger.
»Ich schmeiß ihn doch noch raus«, denkt Crommschröder und unterbricht die Verbindung.

Abgefangen

Die erste Maschine nach Berlin startete vom Stuttgarter Flughafen Echterdingen um kurz vor sieben. Am Flughafen Tegel mietete Dengler einen Renault Kastenwagen, lud den IMSI-Catcher auf die Ladefläche und fuhr los.
Bereits um Viertel vor neun stand er vor einem Haus in der Fehrbelliner Straße. Den Renault hatte er eine Straße weiter am Teutoburger Platz geparkt.
Kontrollanruf über das Handy.
»Entschuldigung, ich habe mich verwählt.« – Seine Zielperson hatte den Hörer abgenommen, war also noch in der Wohnung.
Das Handy schaltete sich ab. Akku leer. Er ärgerte sich über sich selbst.
Ich hätte es gestern Abend noch aufladen sollen.
Er musste eine Dreiviertelstunde warten, bis Anneliese Krummacher das Haus verließ. Die frühere Sekretärin der Bundestagsabgeordneten Schöllkopf eilte mit schnellen Schritten auf einen VW Polo zu, der in einer Parkbucht abgestellt war.
Dengler trat ihr in den Weg und fasste sie am Arm.
Noch während sie erschrocken herumfuhr, sagte er zu ihr: »Sie begleiten mich zur Polizei. Ich möchte wissen, welchen Straftatbestand Sie mit der Fälschung einer Rede und der Weitergabe der gefälschten Rede auf Briefpapier des Bundestages begangen haben.«
Sie sah ihn erschrocken an.
»Lassen Sie mich los!«
»Ich denke gar nicht daran. Urkundenfälschung. Amtsanmaßung. Sie haben sich da sehr unglücklich gemacht.«
Er fasste sie fester.
»Komm jetzt. Mord ist kein Spiel.«

Sie riss sich mit einem Ruck los. Entsetzen stand in ihren Augen.
»Mord?«
»Wo ist die echte Rede?«
Sie fiel in sich zusammen.
»Ich weiß es nicht. Sie hat ein solches Geheimnis um diese Rede gemacht. Es waren ja nur ein oder zwei Seiten handschriftliche Notizen.«
»Haben Sie die Rede geschrieben, die Sie mir gefaxt haben?«
Sie schüttelte den Kopf.
»Von wem haben Sie die Rede bekommen?«
Sie schwieg.
»Von Österle?«
Ihr Blick war unsicher, aber dann nickte sie verhuscht.
»Von seinem Büro. Man bat mich, Ihnen den Text zu schicken, damit Sie Ruhe geben. Man habe ihn gefunden.«
Dengler ließ ihren Arm los.
»Mord? War es denn Mord?«, fragte sie leise.
»Nein. Ein Herzinfarkt. Aber der scheint einigen sehr willkommen gewesen zu sein.«
Er drehte sich um und ging.

★★★

Vor der VED-Zentrale stellte er den Renault auf dem Seitenstreifen ab und kroch in den Laderaum. Er benötigte eine halbe Stunde, bis die rote Startlampe des IMSI-Catchers leuchtete. Das Gerät war bereit.
Auf dem Laptop, der zu der Gerätekonfiguration gehörte, schaltete Dengler das Programm ein. Nun konnte er jedes Handy, das sich in seinem Umkreis anmeldete, checken.
Der IMSI-Catcher simuliert einen Sendemast. Jedes Handy bucht sich über den nächstgelegenen Sendemast in das Netz ein. Dadurch wusste der Netzbetreiber, wo sich ein bestimmtes Handy aufhält, und leitet eingehende Gespräche

über diese Masten an den Angerufenen weiter. Das Signal des IMSI-Catchers ist besonders stark, also loggen sich die Handys zunächst in den IMSI-Catcher ein.
Auf Denglers Bildschirm erschien zunächst nur ein Eintrag, der die International Mobile Subscriber Identity (IMSI) inklusive der Handynummer anzeigte. Dann loggte sich noch ein Handy ein, dann noch eines und schließlich füllte sich der Bildschirm. Er verglich die Nummern.
Das gesuchte Handy war nicht dabei.

***

Zweimal versuchte er, von seinem eigenen Funktelefon aus Olga zu erreichen, doch der Akku war nun endgültig leer.
Kurz nach acht Uhr am Abend gab er auf. Er fuhr nach Tegel zurück, gab den Wagen ab und checkte sich für den Rückflug nach Stuttgart ein.
In Echterdingen dauerte es eine Weile, bis das Gepäckband den Koffer mit dem IMSI-Catcher ausspuckte. Dengler beschloss, ein Taxi in die Stadt zu nehmen.

***

Bereits bevor der Wagen in die Wagnerstraße einbog, sah Dengler den Widerschein von Blaulicht. Vor dem *Basta* standen vier Polizeiwagen. Alle mit eingeschaltetem Blaulicht. Die Straße war beleuchtet wie die Bühne eines Konzerts von AC/DC.
Eine seltsame Beklemmung erfasste ihn.
Olga!
Die Polizei hatte die Straße abgesperrt.
Rot-weißes Absperrband.
Tatortsicherung.
Vor ein paar Tagen hatten zwei maskierte Unbekannte die *Cantina Toskana* in der Nachbarschaft überfallen. Die Gäste warfen jedoch mutig Gläser an die Decke, und Glasscher-

ben, Rotwein und Mineralwasser fielen oder tropften auf die Täter, die entnervt aufgaben und flohen.
Doch bereits als Dengler den Fahrer bezahlte, wusste er instinktiv, dass es hier nicht so glimpflich abgegangen war.
Ein Polizist vertrat ihm den Weg.
»Kein Durchgang«, sagte er barsch.
»Ich wohne hier.«
»Georg!«
Martin Kleins Stimme.
»Olga?« Dengler brachte nur noch ein Krächzen raus.
Klein schüttelte den Kopf und kam an die Absperrung.
»Olga geht es gut«, sagte er, »aber bei dir …«
Ein Mann in den Fünfzigern erschien hinter ihm.
»Herr Dengler, wir versuchen Sie überall zu erreichen.«
Er hielt einen Polizeiausweis in die Luft: »Hauptkommissar Weber.« Er hob das Absperrband.
Dengler bat Klein, den Koffer mit dem IMSI-Catcher auf sein Zimmer zu nehmen, und folgte dem Mann.
Sie gingen die Treppe hoch. Die Tür zu seinem Büro stand offen.
Drinnen alles gleißend ausgeleuchtet.
Drei Männer in weißen Overalls.
Spurensicherung.
»Was ist los?«
Der Beamte winkte ihm.
Dengler folgte ins Wohnzimmer.
Der Mann mit dem wippenden Marionettengang lag vor seinem Sofa. In seiner Stirn klaffte eine zehn Zentimeter große Wunde. Der Mund mit Klebeband verschlossen. Messerschnitte im Gesicht. Hände auf dem Rücken gebunden. Hose und Unterhose heruntergezogen. Hoden schwarz.
»Jemand hat ihm die Eier zerquetscht.«
Blut überall.
Die Leiche hatte keine Finger mehr.
»Jemand hat ihm die Finger zertreten.«

Blutige Fußabdrücke auf dem Boden.
Dengler ging in sein Büro.
Der Tresor sah unberührt aus.
Er öffnete ihn. Die Pistole lag an ihrem Platz. Auch sonst fehlte nichts.
»Von Diebstahl gehen wir nicht aus«, sagte Hauptkommissar Weber aus dem Nebenraum.
Dengler ging zurück und starrte auf die Leiche.
»Kennen Sie den Mann?«
»Ich habe ihn zweimal unten im Lokal gesehen.«
»Sonst nichts?«
»Nein. Ich habe nie ein Wort mit ihm gewechselt.«
»Ein Gast wie viele andere auch?«
»Dachte ich, ja.«
»Georg!« Olga stand an der Tür.
Sie flog in seine Arme.
Hauptkommissar Weber musterte sie nachdenklich.
»Kommen Sie bitte mit.«
Weber ging voraus. Die Treppe hinunter.
Dengler nahm das Ladegerät für sein Handy aus dem Regal und steckte es in die Tasche.
Das *Basta* war hell erleuchtet. Der kahlköpfige Kellner stand hinter der Bar und polierte Gläser. Dengler gab ihm Handy und Ladegerät. Er nickte und nahm beides an sich.
Ein Mann saß am Tresen. Dunkle Locken. Schnauzer. Ein Glas Weißwein vor sich. Er rauchte.
Muss auch ein Bulle sein, dachte Dengler.
»Mein Stellvertreter, Hauptkommissar Joppich«, sagte Weber. »Wissen Sie, Kollege Joppich ist heute gar nicht gut drauf. Er ist in Ihrem Hausflur über eine Angelschnur gestolpert und hat sich auf der Treppe hingestreckt. Geht's denn wieder, Kollege Joppich?«
Der Mann drückte seine Zigarette aus und schickte Olga einen flackernden Blick nach. Dann glitt er vom Barhocker.
Sie setzten sich an den langen Tisch.

Weber zückte ein Notizbuch. Joppich zündete sich eine neue Zigarette an.
»Sie sind ja ein ehemaliger Kollege und kennen die Prozedur«, sagte Weber. »Also: Wo waren Sie vor zwei Stunden?«
Dengler griff in die Westentasche seines Jacketts und zog die Flugtickets heraus.
»In der Luft.«

Die Suche geht weiter

Dengler erzählte den Kommissaren von den beiden Männern, die Olga bedroht hatten. Er berichtete auch von dem Kampf vor dem *Basta*.
»Ich dachte, die würden nicht zurückkommen«, sagte er.
»Dachten Sie das auch?«, fragte er Olga.
Sie schüttelte stumm den Kopf.
»Wissen Sie, wie die beiden Männer heißen?«, fragte er sie.
»Nur den Namen meines ... meines früheren Mannes.«
»Dann bitte ich Sie, ins Präsidium mitzukommen und sich einige Fotos anzuschauen. Dann finden wir vielleicht auch den Namen des zweiten Mannes«, sagte Weber und erhob sich.
Im Polizeipräsidium dauerte es nicht länger als eine Stunde, bis Olga und Georg das Foto des zweiten Mannes identifiziert hatten. Weber leitete die Fahndung ein.
Georg und Olga warteten in seinem Büro.
»Es ist uns immer noch nicht gelungen, die Leiche zu identifizieren«, sagte Weber, als er wieder zu ihnen kam. »Wir haben Gummihandschuhe gefunden, die der Mann getragen hat. Wir versuchen gerade, daraus seine Fingerabdrücke zu rekonstruieren.«
Der Polizeicomputer gab nichts her.
Der Bildschirm zeigte nun das Gesicht des Toten.
»Ich kenne diese Visage irgendwoher«, sagte Weber, »das ist ein Kunde.«
Dengler sah, wie sich die Stirn des Hauptkommissars in Falten legte.
»Ich komm nicht drauf. Aber ich hab das Gesicht schon einmal gesehen.«
»Vielleicht ist es ein Kollege?«
Weber sah ihn missbilligend an und runzelte die Stirn.

Georg Dengler erzählte ihm von dem Anruf Dr. Scheuerles. Und dass er zunächst angenommen hatte, Scheuerle habe ihm einen Aufpasser geschickt.
Weber stand wortlos auf und verließ das Zimmer.
Nach zwanzig Minuten kam er wieder. Er setzte sich Dengler gegenüber und sah ihn nachdenklich an.
»Es war kein Kollege. Sie wurden auch nicht vom BKA überwacht«, sagte er.
Schweigen.
Weber wandte sich an Olga.
»Wo waren Sie heute Abend?«
»Ich?« Olga sah ihn erstaunt an.
»Ja, wo waren Sie?«
»Nun, ich war spazieren.«
»Welchen Weg? Hat Sie jemand gesehen?«
»Ich verließ das Basta gegen acht und ging zu Fuß ins Schlosshotel. Dort saß ich für einen Drink an der Bar. Der Barkeeper müsste sich erinnern.«
Sie hat eine kleine Diebestour unternommen.
Dengler bekam weiche Knie. Er sah Olga an, doch sie schüttelte unmerklich den Kopf.
Weber notierte sich ihre Angaben.
»Wir werden das überprüfen«, sagte er.
Dann wandte er sich an Dengler.
»An welchen Fällen arbeiten Sie?«
Dengler schilderte ihm den Fall Schöllkopf. Doch er erzählte Weber nichts von den Telefonnummern, die er dem Unbekannten im *Basta* abgenommen hatte. Weber notierte Denglers Angaben.
»Ich glaube, für heute können Sie gehen«, sagte er dann.
»Kann ich wieder in meine Wohnung?«, fragte Dengler.
»Ja. Die Spurensicherung ist fertig. Ich melde mich, wenn ich noch weitere Fragen habe. Sie haben doch nicht vor, für längere Zeit ins Ausland …?«
Dengler schüttelte den Kopf.

Olga sprang auf. Sie verabschiedeten sich von Weber und verließen das Polizeipräsidium.

Irene

Crommschröder fühlt sich wie eine Maus, gefangen in einem Karton. Sein Verstand rast die Wände entlang, klopft sie ab und sucht ein Loch, aus dem er entkommen kann.
Hamburg ist endgültig gescheitert.
Die Unterschriftenaktion des Bürgerbündnisses war so erfolgreich, dass der Senat eingeknickt ist. 64 000 Unterschriften wären für ein Volksbegehren nötig gewesen. Über 150 000 wurden gesammelt.
Der Oberbürgermeister setzte sich an die Spitze der Bewegung. Der Senat sei ja schön dumm, wenn er ein kommunales Unternehmen verkaufen würde, das Jahr für Jahr die schönsten Gewinne einfahre.
Dieser Heuchler!
Zum ersten Mal, seitdem Crommschröder den Geschäftsbereich Wasser leitet, ist die Kapitalrendite unter 10 Prozent gefallen. Gnadenlos liefert ihm das Controlling Woche für Woche die neuesten Zahlen.
Und sie fällt weiter.
Er kann sich genau vorstellen, wie Kieslow sich über die Listen beugt und ein besorgtes Gesicht aufsetzt.
Er sieht Landmann in seinem Frankfurter Büroturm, wie er einen giftigen Atemzug an die Fenster schwefelt, der diese sofort beschlagen lässt.
Vielleicht haben die beiden schon miteinander telefoniert? Vielleicht haben wir uns in Crommschröder getäuscht, wird der eine gesagt haben. Geben wir ihm noch ein paar Wochen, antwortet der andere.
Lange können wir da nicht mehr zusehen, sagen sie beide.
Cochabamba ist gescheitert.
Hamburg ist gescheitert.
Aber das dritte Projekt steht kurz vor dem Abschluss. Wenn

der Paragraph 103 fällt – das wird die Zahlen wieder nach oben schnellen lassen, denkt Crommschröder.
Er sitzt hinter seinem Schreibtisch.
In seinem Hinterkopf pocht ein kleiner, klarer Schmerz.
Der Magen rebelliert.
Mit dem dritten Projekt wird alles gutgehen. *Eine beschissene kleine Gesetzesänderung.*
Er ruft den Puderer an. Zum wiederholten Mal. Der beruhigt ihn. Alles gehe nach Plan.
Wenn sie ihn feuern, kann er die Raten für Potsdam nicht mehr bezahlen, die beiden Häuser in Berlin kann er genauso wenig bedienen. Sein Verhältnis zu den beiden Geliebten wird auffliegen. Heike wird sich scheiden lassen. Sie wird die Kinder mit sich nehmen. Warum hat er nur mit dem vielen Geld so wenige Rücklagen gebildet?
Er ruft den Personaldirektor an.
»Ich kann Berger nicht mehr sehen. Schmeißen Sie ihn raus.«
Der Mann will etwas sagen.
»Wenn er in einer Stunde noch in seinem Büro sitzt, fliegen Sie gleich mit.«
Danach geht es ihm besser.
Am Nachmittag kommt ein Anruf vom Puderer.
»Wir haben ein Problem.«
Herzstillstand.
»Es kann sein, dass das Gesetz scheitert.«
Der Puderer redet und redet. Vorübergehende Probleme. Eine Abgeordnete … Persönliche Probleme … Scheint überraschend aus dem Ruder zu laufen … Neuer Anlauf … Keine Sorgen machen … Doch es gäbe da aber noch eine Option … Crommschröder müsse nur sein O. K. geben.
Crommschröder hört zu und versteht nichts.
Er sitzt versteinert hinter seinem Schreibtisch.
Er weiß nicht, wie lange.
Er ist am Ende.
Er geht zum Fenster.

Er sieht das Scheiß-Berlin.
Er sieht das Siegerlächeln von Waldner.
Er will ihn töten.
Er ruft Susan an.
Er legt wieder auf, als sich ihr Anrufbeantworter meldet.
Er ruft Irene an.
Er sagt, dass er am Abend kommen wird.
Er setzt sich wieder und hört nichts, sieht nichts, fühlt nichts.

***

Kurz vor acht parkt er seinen Wagen am Kollwitzplatz. Es sind nur wenige Schritte zu seinem Haus. Aus Irenes Wohnung schimmert sanftes Licht. Er klingelt.
Irene öffnet ihm, sie trägt eine weiße Küchenschürze mit Rüschen an der Seite. Sie küsst ihn auf die Nase. Er greift an ihre Brust. Sie entzieht sich. Er soll reinkommen. Der Fisch sei gleich fertig. Sie verschwindet durch den Flur in die Küche. Er geht steifbeinig hinterher.
Im Wohnzimmer herrscht Candlelight-Stimmung. Sechs Kerzen. Sechs Gläser. Servietten. Tischdekoration. Blumen. Wie er das hasst.
Wenn ich so was will, kriege ich es bei Heike besser.
Er geht in die Küche.
Sie steht am Herd.
Ich bin gleich so weit, strahlt sie.
Er legt ihr von hinten einen Arm um die Hüfte.
Nicht doch, flötet sie, erst wird gegessen.
Er steckt ihr den Zeigefinger in den Mund.
Sie versucht ihn loszuwerden.
Er drückt ihn weiter in den Mund. Nimmt ihr den Atem.
Sie nuckelt kurz daran. Bestenfalls pflichtbewusst.
Er zieht sie vom Herd weg.
Der Fisch!
Scheißfisch.

Er drängt sie ins Schlafzimmer.
Sie merkt, es läuft anders, als sie es sich ausgedacht hat.
Er zieht ihr das Kleid über den Kopf. Samt Schürze.
Sie gibt nach. Hebt die Arme.
Das Kleid ist weg.
Er nestelt an ihrem BH. Bekommt ihn nicht auf.
Sie öffnet den BH. Legt ihn auf den Stuhl.
Er zieht an ihrem Slip.
Sie steigt aus dem Slip.
Der Fisch! Ich mach noch schnell den Backofen aus.
Er drückt sie ins Bett.
Sie zieht ihm das Jackett aus.
Er reißt an seinem Hemd.
Sie knöpft seine Hose auf.
Er liegt auf dem Rücken und zieht Hose samt Shorts herunter.
Sie knöpft sein Hemd auf.
Er zieht es über den Kopf aus.
Sie sieht noch einmal durch die Tür zur Küche hin.
Er nimmt ihre linke Brustwarze und saugt.
Sie greift nach seinem Schwanz.
Er denkt, dass sie das nie richtig macht.
Sie drückt seinen Kopf auf die andere Brust.
Er nimmt ihr den Schwanz aus der Hand und steckt ihn hinein.
Sie öffnet ein wenig die Beine.
Er merkt, dass sie noch trocken ist.
Es ist ihm egal.
Er drückt das Kreuz durch und drückt ihn tiefer in sie.
Sie sagt, dass sie ihn liebe.
Er antwortet, dass er sie auch liebe.
Sie öffnet die Beine etwas weiter.
Er fickt sie. Es tut weh.
Sie stöhnt. Wird weicher.
Er ist wütend. Fickt sie fester.

Zack. Zack.
Zack. Zack.
Sie stöhnt.
Zack. Zack.
Er ist wütend.
Zack. Zack.
Er dreht sie auf den Bauch.
Sie hebt den Hintern.
Er hebt mit der rechten Hand ihre Hüfte noch ein Stück höher.
Zack. Zack.
Zack. Zack.
Er zieht mit beiden Händen ihren Hintern auseinander.
Er betrachtet ihr zweites Loch.
Er merkt, wie sein Schwanz härter wird.
Zack. Zack. Zack.
Er fährt mit dem Zeigefinger ihre Arschspalte entlang.
Er steckt ihr seinen Zeigefinger in den Mund.
Er steckt ihr den Zeigefinger in den Hintern.
Er hält mit der rechten Hand ihre fest, als sie seine Hand wegziehen will.
Er dehnt sie.
Er nimmt seinen Schwanz und fickt sie in den Arsch.
Zack. Zack.
Tiefer.
Zack. Zack.
Sie weint.
Er kommt.
Er steht auf, zieht sich an und geht.
Im Wohnzimmer brennen immer noch die sechs Kerzen.
Vor ihrer Haustür atmet er tief durch. Er fühlt sich frei. Völlig unbeschwert. Am liebsten würde er rennen.
Mit ihm ist noch zu rechnen.
Er zieht das Handy aus der Jackentasche und ruft den Puderer an.

»Die Option«, sagt er, »Sie sprachen von einer Option …«
Er akzeptiert den Preis, den der Puderer für sich und sein Schweigen verlangt hat.
Notiert sich eine Telefonnummer und ein Kennwort.
Und ist entschlossen, es zu tun.
Er wählt die Nummer, die der Puderer ihm gegeben hat.
Mit ihm ist noch zu rechnen.

Verdammt müde

Vor dem Eingang des Polizeipräsidiums blieben Dengler und Olga einen Augenblick stehen. Der Morgen dämmerte herauf. Zwischen zwei nachtdunklen Wolkenbergen verirrte sich der erste Lichtstrahl in den Kessel der Stadt. Eine Amsel probte ein frühes Lied. Immer noch war es kalt.
Ihre Unentschiedenheit rührte daher, dass es sie nicht in ihre Wohnung zurückzog. Das Haus kam ihnen unheimlich vor, so als hätten die Mörder ihr Refugium entweiht. Dengler legte den Arm um Olga, um sie zu wärmen, zu trösten und zu schützen, aber es war eine Geste, mit der er ihr seine eigene Schutzbedürftigkeit eingestand. Olga verstand und legte ihre Hand in die seine.
Sie gingen schweigend zu Fuß nach Hause.
Martin Klein war noch aufgeblieben. Er gab Dengler das Handy zurück, das der kahlköpfige Kellner für ihn aufgeladen hatte. Mario war da. Die beiden bestürmten sie mit Fragen, aber weder Dengler noch Olga wollten Auskunft geben. Sie verabredeten sich für den Abend.
Vor Denglers Wohnung blieben sie stehen. Er wollte sie nicht betreten. Doch dann schloss er auf, ging an den Safe und nahm seine Waffe heraus. Olga wartete draußen. Vorsichtig öffnete er die Tür zum Büro. Ging zum Wohnzimmer. Neben der Couch sah man die Reste der Kreidestriche, mit denen die Polizei die Umrisse der Leiche auf den Teppichboden gezeichnet hatte. Auch die Blutflecken waren noch nicht beseitigt. Er betrachtete den Schauplatz eine Weile.
Dann ging er ins Bad und starrte in den Spiegel.
Ich sehe furchtbar aus.
Während er durch den Flur ins Treppenhaus zurückging, schrieb er eine SMS an Leopold Harder.

Lieber Leo, bitte prüfe noch einmal gründlich das Gesetz zur Beschränkung des Wettbewerbs. Es ist wichtig. Danke. Georg
Dann gingen sie in Olgas Wohnung.

★★★

Den Nachmittag verbrachte er mit seinem Sohn. Sie aßen Spaghetti und sahen sich einen Actionfilm an, den Jakob sich gewünscht hatte. Dengler war nicht bei der Sache, und Jakob spürte das. Beide waren stiller als sonst an ihrem Nachmittag.
Nachdem er Jakob wieder zu Hause abgeliefert hatte, putzte Dengler seine Wohnung. Zweimal war das Putzwasser rot von dem Blut des unbekannten Toten. Immer wieder schrubbte er den Boden.

Das 20-Milliarden-Euro-Spiel

Am Abend trafen sich die Freunde bei Mario.
»Das wird heute das ›Gott-sei-Dank-dem-Mörder-entronnen-Abendessen‹«, rief Mario und schwenkte ein Weinglas.
»Oder das ›Gott-sei-Dank-der-Polizei-entronnen-Abendessen‹«, sagte Martin Klein, »wer weiß, was schlimmer ist.«
Mario hatte für die Freunde den Wohnzimmertisch gedeckt. In diesem Zimmer betrieb er sein Ein-Zimmer-Restaurant St. Amour. Die Stuttgarter Künstlerszene kam gerne zum Essen in diesen Raum. Immer stand eine einzelne Rose in einer langstieligen Vase auf dem Tisch. So auch heute. Bei Josef Beuys, Marios großem Vorbild, sei die Rose das Symbol der Revolution, sagte er.
»Georg, komm mit mir in die Küche. Ich brauche deine Hilfe.«
Dengler folgte ihm.
In der Küche zog Mario zwei Flaschen Rotwein aus einem Regal.
»Ein Brunello aus der Toskana. Eine Flasche für die beiden Köche und die andere für die Gäste.«
Er entkorkte beide Flaschen und brachte eine ins Wohnzimmer. Als er wieder in der Küche zurück war, goss er Dengler und sich einen Schluck ein.
Die beiden Freunde tranken.
»Zu diesem Wein passt ein sensationelles Spaghettigericht«, sagt er und zieht einen großen Topf von einem Haken an der Wand. Er füllt ihn mit Wasser und stellt ihn auf den Herd. Aus dem Kühlschrank nimmt er drei Zehen frischen Knoblauch und bittet Dengler, sie zu schälen.
Dengler nimmt ein Küchenmesser und macht sich an die Arbeit. Mario stellt inzwischen eine große Pfanne auf den Herd und kippt aus einer dunklen Flasche Olivenöl hinein.

Dann trinkt er einen Schluck Wein.

»Willst du kein Salz ins Wasser geben?«

Mario schüttelt den Kopf.

»Erst wenn es kocht«, sagt er.

Von dem frischen Knoblauch kann Georg die Häute fast ohne Messer ablösen. Bald liegen zwei Handvoll Knoblauchzehen vor ihm.

»Fein schneiden!«, kommandiert Mario und greift nach seinem Glas.

Dann schreit er: »Stopp! Nicht so! Den Knoblauch niemals quer schneiden, immer der Länge nach.«

Kopfschüttelnd trinkt er einen Schluck, und Georg tut, wie ihm geheißen.

In der Zwischenzeit holt Mario aus dem Kühlschrank zwei Dosen Thunfisch, ein Glas mit Sardellen, eines mit Kapern und eine Dose Sahne und baut alles vor sich auf. Aus einem Glas nimmt er einen Bund glatter Petersilie und hackt sie klein.

Mario füllte die Gläser nach.

Dengler streicht mit dem Messer den geschnittenen Knoblauch vom Schneidebrettchen in das heiße Öl der Pfanne. Dann trinken sie einen Schluck Brunello. Mario öffnet die beiden Thunfischdosen und gibt das weiße Fleisch dazu.

»Der Thunfisch muss etwas anschmoren.« Er rührt in der Pfanne.

Mittlerweile kocht das Wasser. Mario gibt ordentlich Salz hinzu und wirft dann ein Paket Spaghetti hinein. Setzt den Deckel auf den Topf und sieht auf die Uhr.

»Wirf fünf Sardellen in die Pfanne und drücke sie fest, dass sie sich auflösen und der Geschmack sich überallhin verteilt«, kommandiert er.

Er nimmt die Hälfte der Petersilie und wirft sie ebenfalls in die Pfanne. Dengler rührt sie samt der Sardellen unter. Mario gibt etwas Sahne dazu. Dengler rührt weiter. Mario probiert die Soße, gibt Pfeffer hinzu und püriert dann die

Hälfte der Soße mit einem Stabmixer, mixt sie mit dem nicht pürierten Teil.

»Die Soße wird dadurch sämiger«, sagt er und trinkt einen Schluck. Auch Dengler greift zum Glas.

Mario sieht auf die Uhr und probiert eine Nudel.

»Perfekt«, knurrt er und greift zu seinem Glas. Es ist leer.

Dengler gießt die Spaghetti ab, und Mario füllt ihre Gläser. Dann zieht er aus dem Backofen eine vorgewärmte Schüssel, in der sie Pasta und Soße und die zweite Hälfte der klein gehackten Petersilie vermischen.

Sie trinken einen Schluck und tragen die Schüssel triumphierend zu Martin Klein und Olga ins Wohnzimmer.

»Pasta Tonnata bianca«, verkündet Mario triumphierend, setzt die Schüssel auf dem Tisch ab und zieht aus dem Regal eine neue Flasche Brunello.

Es schmeckte herrlich. Martin Klein schenkte allen Wein nach.

»Der Abend heute gefällt mir weitaus besser als der gestern ... Abgesehen von allem anderen: Ich bin wirklich sehr ungern auf einem Polizeipräsidium«, sagte Olga und trank einen Schluck.

»Bei deinem Beruf ist das auch kein Wunder«, sagte Martin Klein.

»Weiß man denn schon, wer der Tote war?«, fragte Mario.

»Die Polizei geht von einem Einbrecher aus«, sagte Olga. »Der Mann hatte dünne Gummihandschuhe an. Wahrscheinlich, um keine Fingerabdrücke zu hinterlassen.«

»Hat die Polizei denn eine Theorie?«, fragte Klein.

»Sie geht davon aus, dass er einen Einbruch geplant hatte und dabei überrascht wurde. Mein Exmann und sein Kumpel hatten es wohl auf Georg abgesehen. Die drei stießen in der Wohnung aufeinander. Mein Mann hielt den Kerl, der ja eine Mütze trug, für Georg, und ... Ich mag gar nicht dran denken! Georg, wenn sie dich erwischt hätten ...«

»Seltsame Geschichte ... Was der wohl gesucht hat, dieser

Einbrecher?«, sagte Mario und sah Dengler fragend an.
Georg zuckte mit den Achseln. Klein machte sich Notizen.
»Wo bleibt eigentlich Leo?«, fragte Dengler.
Mario zuckte mit der Schulter: »Er wollte zum Essen hier sein.«
In diesem Augenblick klingelte es.
»Wenn man vom Teufel ... Das wird er sein«, rief Mario und stand auf, um die Türe zu öffnen.
Leopold Harder erschien mit einem Stapel Papiere unter dem Arm. »Ich habe Neuigkeiten. Ihr werdet es nicht glauben ...«, sagte er, als er Denglers Blick sah.
Mario brachte ihm Essen und Wein. Dann wollte Leopold Harder das Neueste vom Mord im Bohnenviertel wissen. Das werde morgen der Aufmacher der lokalen Zeitungen sein, verkündete er. Olga berichtete ihm von ihrem Aufenthalt im Polizeipräsidium und der Einbruchstheorie des Hauptkommissars Weber. Er trank einen Schluck, ordnete seine Papiere und lehnte sich in seinem Stuhl zurück.
»Also«, begann er, »über das Gesetz zur Beschränkung des Wettbewerbs berichtete tatsächlich keine Zeitung. Trotzdem ist die geplante Gesetzesänderung von allergrößter Bedeutung. Und zwar für unser aller Leben.«
»Mach's nicht so spannend«, rief Mario.
»In diesem Gesetz gibt es den Paragraph 103, der in seiner alten Fassung immer noch gilt. An dem Tag, an dem Frau Schöllkopf das Zeitliche segnete, sollte dieser Paragraph mit der Zustimmung aller Parteien, mit Ausnahme der Linkspartei, aufgehoben werden. Aufgabe von Angelika Schöllkopf war es, die Zustimmung der konservativen Partei zu erklären.«
»Was besagt dieser ...?«, fragte Dengler.
»Der Paragraph 103 / Alte Fassung schützt die Gebietsmonopole von kommunalen Wasserbetrieben.«
»Und das ist wichtig?«, fragte Klein und griff nach seinem Kugelschreiber.

»Sehr wichtig«, dozierte Harder. »Wenn die Gebietsmonopole fallen, können die großen Konzerne mit ihrem Wasser in die Leitungen der vielen kommunalen Wasserversorger drängen. Die Folgen davon wären dreifach und dreifach schlecht.«
Er blickte in die Runde.
»Stellt euch vor: Es gibt 8000 Wasserwerke in Deutschland. Eine Öffnung würde als Erstes bedeuten, dass die hygienischen Folgen unabsehbar wären, wenn jeder Anbieter sein Wasser in einem allgemeinen Netz verbreiten könnte.« Er fuhr fort: »Zweitens würde dies innerhalb kürzester Zeit zu einem Ruin der vielen kommunalen Wasserversorger führen.«
»Warum?«, wollte Mario wissen.
»Weil die großen Konzerne mit ihrer Finanzkraft die Mittel haben, über eine bestimmte Zeit mit niedrigen Preisen die kleineren Unternehmen in die Pleite zu treiben. Wenn das passiert ist und sie die kleinen Unternehmen geschluckt haben, heben sie die Preise an, gerade wie sie wollen. Ungefähr so, wie wir es im Augenblick mit den Strom- und Gaspreisen erleben.«
»Und drittens?«, fragte Olga leise.
»Die Wasserqualität wird schlechter. Wahrscheinlich sogar drastisch schlechter. Nach meinen Recherchen, und ich habe heute nichts anderes gemacht, als mich mit diesem Thema zu beschäftigen, also nach meinen Recherchen verschlechtert sich die Wasserqualität in allen privatisierten Wasserwerken. Hier«, er zog einen Zeitungsartikel aus dem Stapel, »nach der Übernahme der Städtischen Wasserwerke Potsdam durch den VED-Konzern erklärte der Geschäftsführer von VED-Wasser auf einer Betriebsversammlung, nach wie vor würden alle von der Politik gesetzten Mindestgrenzen für Schadstoffe eingehalten. Leistungen darüber hinaus seien von den VED jedoch nicht zu erwarten.«
Alle beobachteten Harder mit großer Spannung.
Der fuhr fort: »Fast alle kommunalen Wasserwerke arbeiten

jedoch bisher nach einem anderen Prinzip. In der Regel minimieren sie ständig die Schadstoffbelastung – unabhängig von den Vorgaben. Deshalb haben wir in Deutschland so gutes Wasser. Wenn dieser Paragraph fällt, wird sich das ganz schnell ändern.«

Georg Dengler sagte: »Ich bin mir ziemlich sicher, dass Angelika Schöllkopf in ihrer Rede nicht das tun wollte, was alle von ihr erwarteten. Sie wollte – unabhängig von der Parteidisziplin – dazu aufrufen, das Gesetz abzulehnen. Es lag ihr privat am Herzen: Sie hatte ein Adoptivkind aus Manila, das bei einer Choleraepidemie infolge der Privatisierung der Wasserversorgung in Manila beide Eltern verloren hatte und beinahe selbst gestorben wäre. Und zu der Epidemie kam es, weil das Wasser in privatwirtschaftliche Hände fiel.«

Stille am Tisch.

»Da hätte sie sich aber wahrscheinlich mächtige Feinde gemacht«, sagte Martin Klein, der wie ein Besessener schrieb. »Der Herzinfarkt kam zur rechten Zeit.«

»Oder sie wurde umgelegt«, sagte Mario.

»Mario, red nicht so einen Quatsch«, entgegnete Harder. »Das ist wieder so eine deiner verrückten Verschwörungstheorien. In Deutschland wird niemand wegen Wirtschaftsinteressen umgelegt. Wir sind hier ein …«

Er suchte nach dem richtigen Wort.

»Zivilisiertes Land?«, schlug Olga vor.

»Genau«, sagte Harder, »bei uns setzen sich Konzerne mit ökonomischen und rechtlichen Mitteln durch. Auch wenn uns diese Entwicklung nicht passt und für uns nachteilig ist, wie hier beim Wasser.«

»Da bist du dir als Wirtschaftsjournalist ganz sicher, ja?«, fragte Mario.

Stille.

»Es ist völliger Quatsch, zu behaupten oder nur anzunehmen, dass in unserem Land politische Morde oder Morde wegen Firmeninteressen verübt werden.« Harder schüttelte

den Kopf, aber Dengler registrierte, dass sich in Leopolds dozierenden Tonfall eine winzige Nuance der Verunsicherung eingeschlichen hatte.
»Du bist Idealist«, sagte Mario. »Du willst nicht glauben, dass es so ist oder so sein kann. Frag doch mal Georg, wie das damals war, bei seinem ersten großen Fall, als er hier in Stuttgart anfing, den Detektiv zu spielen. Diese Geschichte da mit der Treuhand ... Leopold, du bist ... ich will nicht sagen: blauäugig ... aber du bist, sei mir nicht böse ... zu naiv. Nein, sagen wir: vorsichtig. Zu vorsichtig. Du bist Idealist, und da du zudem ein guter Journalist bist, willst du die naheliegenden Schlüsse ohne Recherchen und Beweise schwarz auf weiß nicht ziehen«, sagte Mario.
»Und du bist leichtsinnig wie ein Künstler.«
Mit einem Mal war die heitere Stimmung am Tisch getrübt. Leopold Harder starrte verärgert und nachdenklich zugleich auf seine Blätter, während Mario mit finsterer Miene damit begann, die Teller einzusammeln.
»Eine Geschichte ist erst dann zu Ende gedacht, wenn sie die schlimmstmögliche Wendung genommen hat. Sagt jedenfalls Dürrenmatt«, warf Martin Klein ein.
»Das mag richtig sein, wenn man Kriminalromane schreibt. Im Leben geht es aber darum, die Wahrheit herauszufinden, und die nimmt nicht automatisch die schlimmstmögliche Wendung.«
Mario legte die gebrauchten Bestecke auf die ineinandergestellten Teller. »Das sagst du.«
»Um wie viel Geld geht es denn bei diesem Wassergeschäft?«, fragte Dengler.
»Ich hab es genau ausgerechnet«, sagte Harder und zog einen anderen Zettel aus seinem Stapel, »alles in allem ist es ein 20-Milliarden-Euro-Spiel.«
Stille.
»Da wurde schon für weniger gemordet.«
Es war Olga, die das sagte.

»Wurde das Gesetz wie geplant verabschiedet?«, fragte Dengler.
Harder schüttelte den Kopf.
»Durch den Infarkt der Abgeordneten Schöllkopf wurde die Sitzung unterbrochen. Die Streichung des Paragraphen 103 in seiner alten Fassung steht in ein paar Tagen wieder auf der Tagesordnung.«

Schlagzeilen

Nachdenklich gingen sie gegen zwölf Uhr nach Hause. Am Wilhelmsplatz verabschiedete sich Leopold Harder von ihnen, der die letzte U-Bahn am Österreichischen Platz noch bekommen musste.
Sie gingen die Olgastraße hinunter.
»20 Milliarden sind ein Mordmotiv«, sagte Martin Klein.
Dengler nickte und schwieg.
In der Wagnerstraße kam ihnen ein Zeitungsverkäufer entgegen. Der »Mord im Bohnenviertel« beherrschte die Schlagzeilen beider Stuttgarter Zeitungen. Sie brachten ein Foto des Toten sowie die Fahndungsbilder der beiden gesuchten Männer. Ein weiteres Bild zeigte Weber auf einer Pressekonferenz.
Martin Klein las vor: »*Stuttgart. Der Einbruch in das Büro eines Privatdetektivs kostete gestern Abend den Einbrecher das Leben. Zwei Männer lauerten ihm auf, folterten ihn und brachten ihn kaltblütig um. Die Polizei geht davon aus, dass der Einbrecher Opfer einer Verwechslung wurde. Die Fahndung nach den beiden Männern läuft mittlerweile europaweit. Die Identität des Opfers ist noch unbekannt.*«
Als Klein sich im Treppenhaus verabschieden wollte, erinnerte ihn Dengler daran, dass der IMSI-Catcher noch bei ihm stand.
Klein schloss umständlich seine Wohnungstür auf. Olga winkte den beiden und ging nach oben. Dengler nahm den schwarzen Koffer mit dem Gerät und trug ihn in seine Wohnung.
In seinem Büro blinkte das Display des Anrufbeantworters und zeigte an, dass das Ende seiner Aufnahmekapazität fast erreicht war. Verschiedene Zeitungen wollten Dengler sprechen, und eine Reiseagentur bestätigte seinen Flug morgen

früh nach Berlin. Eine Nachricht kam von einem früheren Klienten. »Anton Föll hier«, sagte der Mann, »es ist wegen meiner Frau. Jetzt bin ich mir ganz sicher, dass ... dass sie einen anderen hat. Ich rufe Sie morgen wieder ...«
Dengler schaltete das Gerät ab.
Er duschte. Er betrachtete sich im Spiegel. Was hatte dieser Typ in seiner Wohnung gewollt? Warum hatte er ihn überwacht? Wer war er? In wessen Auftrag handelte er?
Die Verschlusskappe der Zahnpastatube lag im Ausguss des Waschbeckens. Gedankenverloren griff er nach dem Verschluss und schraubte ihn auf die Tube und stellte sie zurück in den Zahnputzbecher.
Sein Handy klingelte.
»Kommst du rauf?«
Dengler legte auf und ging zu Olga.

Panik

Stefan C. Crommschröder hält es am Morgen nicht in seinem Büro aus. Er fährt zum Prenzlauer Berg und verbarrikadiert sich in Irenes Wohnung. Irene ist zur Arbeit gegangen und wird erst am frühen Nachmittag zurückkommen.
Er schließt seinen Laptop an und ruft *Spiegel online* auf. Auf einem zweiten *frame* verfolgt er die Nachrichten von Reuters. Parallel dazu schaltet er den Fernseher ein, *ntv*, fährt den Ton herunter und sucht auf Irenes Radio *DLF*. Dann wartet er.
Nirgendwo eine Nachricht über den plötzlichen Tod einer Bundestagsabgeordneten.
Er wird nervös.
Sollte auch dieser letzte Plan gescheitert sein?
Eine Stunde vor der Abstimmung melden die Agenturen immer noch nichts.
Er zieht den Mantel an und läuft auf die Straße.
Hält es nicht mehr aus.
Von seinem Handy aus ruft er an.
»Schöllkopf.«
Die Sinne schwinden ihm. Sie lebt noch.
Sein letzter Plan ist gescheitert.
Er bleibt stehen. Sein Herz rast. Ihm ist schwindelig.
»Hallo?«, ruft die Stimme aus dem Hörer.
»Spreche ich mit Angelika Schöllkopf, der Abgeordneten?«, vergewissert er sich.
»Ja.«
Er legt auf.
Kalte Wut steigt in ihm auf.
Er lässt sich nicht verarschen.
Da hat jemand viel Geld kassiert und dann keine Leistung gebracht.

Da hat jemand versucht, ihn zu verarschen. Er ruft die Nummer an, die der Puderer ihm gegeben hat. Sagt das Passwort. Verlangt den Mann zu sprechen, der den Auftrag ausführen sollte. Das sei leider nicht üblich?
»Wenn Sie mir nicht sofort seine Handynummer geben, gehe ich zur Polizei. Dann können Sie für den Rest Ihrer Tage im Gefängnis schmoren.«
Der Mann will ihn vertrösten.
Crommschröder sieht die beiden öffentlichen Telefone am Kollwitzplatz. Er sagt dem Mann, dass er nun über eine öffentliche Leitung die Polizei anrufen wird. Klemmt das Handy mit der Schulter am Ohr fest und nimmt den Hörer ab.
Wählt den Notruf.
»Geben Sie mir die Mordkommission, schnell.«
Der Mann am anderen Ende der Handyleitung gibt nach.
Crommschröder legt den Hörer auf und notiert sich die Nummer, die er gerade bekommen hat.
Er ruft sofort an.
Schreit den Mann zusammen. Verlangt sein Geld zurück.
In großen Schritten rennt er in Irenes Wohnzimmer zurück.
Im Geiste entwirft er seine Kündigung bei der VED.
Als er im Wohnzimmer steht, sieht Crommschröder fassungslos im Fernsehen die ersten Bilder vom plötzlichen Herztod der Abgeordneten Angelika Schöllkopf.

Nachfassen

Georg Dengler mietete den gleichen unauffälligen Renault wie beim letzten Mal. Um halb zehn Uhr parkte er vor der Firmenzentrale der VED und kletterte auf die Ladefläche des Kastenwagens. Kurze Zeit später loggten sich die ersten Handys in die vermeintliche Sendestation ein. Das gesuchte Handy war wieder nicht darunter. Er wählte die Nummer.
Dieser Teilnehmer ist vorübergehend nicht zu erreichen.
Er wählte die Nummer von *Business Consult*. Besetzt. Nach einer Weile probierte er es erneut. Besetzt.
Kurz vor elf gab er auf. Er fuhr durch den Tiergarten bis zur Friedrichstraße und parkte. Die Firma Business Consult war in einem der nach der Wende errichteten Geschäftshäuser untergebracht, denen man ansah, dass sie in aller Eile per Computer geplant waren. Dengler klingelte, aber niemand öffnete. Die Eingangstür war nicht verschlossen. Er trat ein. Im ersten Stock waren zwei Arztpraxen und eine Werbeagentur untergebracht. Er stieg die Treppe in den zweiten Stock hinauf. Er besah sich ein Türschild. Auch eine Werbeagentur.
Aus der Tür neben ihm trat ein Mann und schloss hinter sich ab. Er trug ein Metallschild unter dem Arm. Dengler fragte ihn, ob er wisse, wo die Firma *Business Consult* sei. Klar, sagte der Mann und wies auf die Treppe: zwei Stockwerke höher.
»Sie können aber auch den Fahrstuhl nehmen«, sagte der Mann freundlich.
Dengler bedankte sich und schritt, zwei Stufen auf einmal nehmend, die Treppe hinauf.
Im vierten Stock fand er die Firma nicht. Dengler rannte zurück in den zweiten Stock. Durch eine gläserne Eingangstür betrat er die Werbeagentur. Hinter einem weißen Empfangstisch saß eine Blondine mit grünen Haarsträhnen.

»Ich suche die Firma Business Consult.«
Sie wies mit dem Daumen auf die Wand.
»Nebenan.«
Dann fixierte sie Dengler genauer.
»Die sind aber heute Morgen ausgezogen.«
Dengler ging zurück auf den Flur.
Der Mann, der ihn falsch geschickt hatte, war aus dem *Business-Consult*-Büro gekommen. Dengler klopfte gegen die Tür. Nichts rührte sich.
Zu spät.
Er rannte die Treppe hinunter.
Der Kerl hatte nur wenige Minuten Vorsprung.
Nach links. Die S-Bahn. Er rannte weiter.
Sein Telefon klingelte. Im Laufen nahm er ab.
»Kennen Sie einen Dr. Norbert Bellgard?«, fragte Hauptkommissar Weber.
»Nie gehört. Wer ist das?«
»Ich kann mich nicht retten vor Anrufen von Ärzten. Der Mann hat vor ein paar Jahren illegal billige Herzklappen aus China eingeführt und sie dann als teure deutsche seinen Patienten eingepflanzt oder an andere Ärzte verkauft.«
»Ganz dunkel erinnere ich mich. Kenne den Mann aber nicht.«
»Sollten Sie aber. Er wurde vorletzte Nacht in Ihrer Wohnung umgebracht.«
Dengler schwieg verblüfft. Er wusste nicht, was er sagen sollte.
»Und wissen Sie, was das Merkwürdige an der Sache ist? Der Kerl wurde zu einer ansehnlichen Gefängnisstrafe verurteilt. Eigentlich müsste der sitzen.«
»Ausgebrochen?«
»Nein. Er ist nicht zur Fahndung ausgeschrieben.«
»Sie finden mich genauso ratlos, wie Sie es offensichtlich sind.«
»Ich hoffte, Sie könnten das Rätsel lösen ... Was machen Sie

da eigentlich? Nehmen Sie an einem Marathon teil?«, fragte Weber.
»Hören Sie, ich bin in Berlin. Ich melde mich, wenn ich zurück bin. Bisher habe ich keine Ahnung ...«
Dengler beendete das Gespräch, steckte das Handy ein und rannte die Treppe auf den Bahnhof Friedrichstraße hoch.
Lief den Bahnsteig entlang.
Nichts.
Da sah er ihn auf der anderen Seite.
Der Mann trug immer noch das Metallschild unter dem Arm.
Er schaute die Schienen entlang, schien nichts sehnlicher zu erwarten als die S-Bahn.
Dengler ging langsam den Bahnsteig entlang, sodass er dem Mann mit dem Schild nicht auffiel. Im Gehen zog er das Handy aus der Tasche. Er wählte die Nummer von Leopold Harder in dessen Redaktion.
»Hast du einen Online-Zugriff auf die Handelsregister?«
»Ja, hab ich.«
»Such mir bitte die Firma Business Consult in Berlin heraus, Friedrichstraße.«
»Ok. Ich ruf dich zurück.«
»Ich bleib dran. Es ist wichtig.«
Dengler ging die Treppe hinunter. Unten rannte er zur Treppe, die zum anderen S-Bahnsteig führte.
»Ich finde diese Firma nicht. Ist sie neu?«
»Kein Eintrag?«
»Kein Eintrag.«
»Danke.«
Dengler legte auf.
In diesem Augenblick fuhr die S2 nach Bernau ein. Vor den Türen drängten sich die Menschen und Dengler verlor seine Zielperson für einen Augenblick aus den Augen. War der Mann eingestiegen?
Dengler stemmte sich mit einer Hand gegen die offene Tür. Er sah den Zug entlang.

Nirgends war der Mann mit dem Schild zu sehen.
Alle Fahrgäste waren nun eingestiegen.
Der Mann muss in der S-Bahn sitzen.
Dengler stieg ein. Die Türen ratschten zu.
Vorsichtig ging er bis zum Anfang des Wagens. Hier war er nicht. Er sah durch die Fenster in den nächsten Wagen, auch dort konnte er die Zielpersonen nicht sehen.
Die Bahn hielt an der Haltestelle Oranienburger Straße. Dengler sprang aus dem Zug und beobachtete die aussteigenden Passagiere. Den gesuchten Mann sah er nicht. Er lief zwei Wagen weiter. Mit einem Satz war er im Waggon, bevor die Türen schlossen. Er ging an den Sitzen entlang.
Nichts.
Nordbahnhof.
Humboldthain.
An jeder Haltestelle wechselte er den Waggon.
Gesundbrunnen.
Neuer Waggon. Langsam ging er von Wagen zu Wagen.
Dann sieht er ihn.
Das Schild hat er auf seinem Schoß liegen.
Dengler setzt sich auf einen freien Platz. Zehn Meter Abstand, schätzt er. Neben ihm liegt eine zerknitterte Bildzeitung. Er hebt sie auf und hält sie vor das Gesicht.
Der Lautsprecher kündigt die nächste Station an: Bornholmer Straße. Der Mann steht auf und geht zur Tür. Dengler bleibt sitzen.
Der Wagen hält.
Die Zielperson steigt durch den vorderen Ausgang aus.
Dengler steht auf und springt im letzten Augenblick durch den hinteren Ausgang auf den Bahnsteig.
Der Mann geht vor ihm. Er hat Dengler nicht bemerkt. Er verlässt die Haltestelle.
Überquert die Norweger Straße.
Geht in die Karlsstraße.
Biegt in die Krumme Straße ein.

Als Dengler um die Ecke biegt, explodiert etwas an seinem Kopf.
Er sieht Lichtblitze, erst dann spürt er den harten Schlag.
Geht zu Boden.
Sieht den Mann davonlaufen.
Rappelt sich auf.
Benommen.
Er wird den Kerl nicht mehr einholen.
Dengler fährt sich durch Gesicht. An seiner Hand ist Blut.
Auf dem Boden liegt das Schild.
Er hebt es auf und liest: *Business Consult*.

Telefonate

Dengler wischte sich mit einem Taschentuch das Blut aus dem Gesicht.
Das war meine letzte Chance, den Fall zu klären, und ich lass mich von dem Kerl wie ein Anfänger überrumpeln.
Diese Firma, die nach dem Mord in seiner Wohnung so blitzartig aufgelöst wurde, war die beste Spur gewesen. Jetzt wusste er nicht mehr, wie er weitermachen sollte.
Mit der S-Bahn fuhr er zurück in die Friedrichstraße. Hinter dem Scheibenwischer des Renaults klemmte ein Strafzettel. Dengler ließ ihn, wo er war, setzte sich hinter das Steuer und dachte nach. Er nahm die beiden Listen mit den Anrufen des VED-Handys und des Festnetzanschlusses, die Jürgen Engel ihm geschickt hatte. Nur eine Übereinstimmung hatte er während der nächtlichen ersten Überprüfung gefunden. Sowohl der Tote als auch der Benutzer des VED-Handys hatten die Nummer von *Business Consult* gewählt. Mehr wusste er nicht.
Wieder und wieder glitten seine Blicke über die Zahlenreihen. An einer Nummer blieb sein Blick hängen. Die Nummer kam ihm bekannt vor, aber er wusste nicht mehr, warum. 030 2277 1248. Er zog sein Funktelefon aus der Tasche und wählte die Nummer.
»Abgeordnetenbüro Dr. Willmer, guten Tag«, sagte eine weibliche Stimme.
»Dr. Willmer? Entschuldigung. Ich glaube ...«
Diesen Namen hatte er noch nie gehört.
»Wollten Sie das Büro von Frau Schöllkopf?«
»Was? Ja ... genau. Das wollte ich.«
»Wussten Sie nicht, dass Frau Schöllkopf leider verstorben ist? Die Bundestagsverwaltung hat uns nun ihre Räume zugewiesen. Und die Telefonnummer ist noch nicht umge-

stellt. Wir bekommen ständig Anrufe für Frau Schöllkopf. Trauerbekundungen und ...«

»Das wusste ich nicht. Entschuldigen Sie bitte. Vielen Dank.«

Er legte auf.

Adrenalin schoss in seine Blutbahnen. Das war eine neue Spur. Er musste jetzt unbedingt herausfinden, wem das VED-Handy gehörte. Der Benutzer hatte kurz vor dem Tod der Abgeordneten mit dem Büro Schöllkopf telefoniert, dann mit *Business Consult*, der Firma, mit der wiederum der Tote in seiner Wohnung zu tun hatte.

In rasender Eile aktivierte er den IMSI-Catcher. Doch nach einer halben Stunde war ihm klar, dass das gesuchte Handy nicht in der Nähe war.

Verzweiflung.

Dann wählte er die Nummer der VED-Zentrale.

»VED. Guten Tag.«

»Dengler hier. Guten Tag. Ich habe gerade mit einem Ihrer Mitarbeiter gesprochen. Er hatte mich von seinem Handy aus angerufen. Die Verbindung war so schlecht, dass sie dauernd unterbrochen wurde. Kann ich diesen Kollegen auch über eine Festnetznummer erreichen?«

»Wie heißt er denn?«

»Den Namen habe ich leider nicht verstanden, aber seine Handynummer ist ...«.

Er sagte ihr die Nummer.

Sie schien in irgendwelchen Listen zu blättern.

Dann kicherte sie.

»Kollege haben Sie gesagt, das ist gut.«

Dengler fragte: »Ist er kein Kollege von Ihnen?«

»Das ist ein Vorstandsmitglied. Leitet unser Wassergeschäft.«

»Genau darüber haben wir gesprochen. Aber ich habe seinen Namen nicht verstanden.«

»Dr. Crommschröder. Stefan C. Crommschröder. Auf das C

mittendrin legt er großen Wert. Ich verbinde Sie mit seinem Sekretariat.«
Dengler legte auf.
Bingo.
Das 20-Milliarden-Euro-Spiel.
Und er war mittendrin.
Er beugte sich noch einmal über die Liste.
Crommschröder hatte zunächst die Abgeordnete angerufen. Dann *Business Consult* und unmittelbar danach eine weitere Funknummer.
Dengler wählte diese Nummer.
Nach dem fünften Läuten wurde abgehoben.
»Hallo«, sagte eine Stimme.
Dengler kam sie bekannt vor.
»Ich rufe im Auftrag von Stefan Crommschröder an. Von Stefan C. Crommschröder.«
»Von wem?«
Dengler legte auf.
Betrachtete sein Handy.
Wieso kannte der Unbekannte den Namen Crommschröder nicht?
Vielleicht wäre es besser, die Position zu wechseln.
Wahrscheinlich werde ich bereits überwacht.
Er kletterte aus dem rückwärtigen Teil des Renaults. Sah sich um.
Auf der anderen Seite standen zwei junge Männer in Jeans und Turnschuhen. Etwas weiter ein dickerer Mann, der sich umdrehte und ihn anstarrte. Neben ihm hielt ein Mercedes und hupte. Dengler zuckte zusammen. Der Fahrer machte ihm ein Zeichen. Er wollte seinen Parkplatz.
Dengler stieg in den Renault und fuhr los. Im Rückspiegel sah er, wie der Mercedes in die Parklücke einbog. Sein Handy klingelte. Er nahm ab.
»Dengler, sind Sie's?«
Hauptkommissar Weber aus Stuttgart.

»Ja.«
»Wollen Sie mir nicht ein Dutzend Erklärungen abgeben?«
»Im Augenblick habe ich selbst mehr Fragen als Antworten.«
»Dengler, ich bin ein höflicher Mensch. Also sag ich's so: Bewegen Sie sich umgehend ins Stuttgarter Präsidium, sonst lasse ich Sie zur Fahndung ausschreiben.«
»Ich verstehe Sie nicht?«
»Mit wem haben Sie denn vor ein paar Minuten telefoniert?«
»Das möchte ich auch gerne wissen.«
Weber sprach nun mit einer etwas tiefer gelegten Stimme: »Hallo.«
Dengler wurde schwindelig. Die unbekannte Handynummer – gehörte Hauptkommissar Weber?
»Wer ist dieser Crommschröder?«, fragte Weber.
»Ist das Ihr Handy?«, fragte Dengler.
»Nein, das ist es nicht.«
»Wem gehört es dann?«
»Der Leiche, die wir aus Ihrer Wohnung gezogen haben!«
Vollbremsung.
Dengler stand auf der Friedrichstraße und konnte nicht weiterfahren. Hinter ihm ein Hupkonzert.
»Hallo, Dengler, sind Sie noch dran?«
»Ja. Ich verstehe nicht …«
Er ließ den Renault wieder an. Ein Audi überholte ihn. Der Fahrer zeigte ihm einen Vogel. Vorsichtig fuhr Dengler an die Straßenseite.
»Wir haben die beiden Burschen geschnappt, die den Mord in Ihrer Wohnung mutmaßlich begangen haben. An der österreichischen Grenze. Sie hatten das Handy des Opfers dabei. Können Sie sich meine Überraschung vorstellen, als Sie plötzlich auf diesem Handy anriefen?«
»Ja.«
»Also. Kommen Sie freiwillig ins Präsidium – oder muss ich Sie holen lassen?«

»Ich bin noch in Berlin. Morgen früh bin ich bei Ihnen.«
»Gut. Ich habe hier noch etwas Interessantes für Sie.«
Weber legte auf.
Dengler schaute in den Rückspiegel, gab Gas und fuhr los.

Im Präsidium

Olga holte ihn am Abend auf dem Flughafen Echterdingen ab. Er verstaute den IMSI-Catcher im Kofferraum eines Taxis, dann fuhren sie zunächst zu *Nolte & Partners*. Das Gerät würde er nicht mehr brauchen.
»Wir werden heute nicht in der Wagnerstraße übernachten«, sagte er zu Olga.
Sie fuhren in ein kleines Hotel am Rande der Alb, und zum ersten Mal seit langem schlief Dengler gut. Er hatte Olga von seinen merkwürdigen Erlebnissen in Berlin berichtet. Aber auch sie konnte sich keinen Reim darauf machen. Stattdessen erzählte sie ihm zum ersten Mal von ihrem Mann, von dieser Ehe, die sie nie gewollt hatte, auch wenn das Leben an der Seite dieses fremden Mannes zunächst reizvoll für sie gewesen war und er sie in die große Welt geführt hatte. Das Stehlen für ihn war reizvoll gewesen, ein Spiel fast. Doch dann sei er immer brutaler geworden, und sie wusste bald, dass sie wegmusste.
Sie sprachen lang und leise miteinander. Und schliefen schließlich ein.

***

Um neun Uhr betraten sie das Polizeipräsidium. Weber empfing sie höflich, aber Dengler entging nicht, dass er distanzierter war als beim letzten Mal.
»Zunächst die Gegenüberstellung«, sagte er kurz angebunden.
Er führte sie in ein dunkles Zimmer. Durch eine große Trennscheibe sahen sie von dort in einen hell erleuchteten Raum.
»Der ehemalige BKA-Kollege Dengler kennt das ja alles schon«, sagte er in Olgas Richtung, »und Sie haben ähnliche

Situationen vielleicht schon im Fernsehen gesehen. Wir führen jetzt acht Männer in den Raum. Bitte identifizieren Sie Ihren Mann und, falls Sie ihn erkennen, seinen Helfer.«
Olga nickte, und Weber bellte einen kurzen Befehl durch eine Wechselsprechanlage. Acht Männer betraten den Raum. Die Nummer 4 und die Nummer 8 waren die Gesuchten. Olga sah nur einmal kurz hin. Mehr war nicht nötig. Ihre Stimme zitterte nicht, als sie Weber die Nummern nannte. Aber ihr Gesicht war blass und die Augen dunkel.
»Können Sie die Angaben Ihrer ... Freundin bestätigen?«, fragte Weber.
Dengler nickte.
Weber führte sie aus dem Raum direkt in sein Büro. Er bot ihnen zwei Stühle an, ließ sich selbst hinter seinen Schreibtisch fallen. Vor ihm lag ein Laptop.
»Sie werden Ihren Exmann nicht mehr fürchten müssen«, sagte er zu Olga. »Wir fanden Gewebeteile des Toten an den Stiefeln der beiden. Wahrscheinlich von den Fingern. Näheres erspare ich Ihnen. Außerdem hatten sie sein Handy dabei. Sie werden nun dem Haftrichter vorgeführt, und die nächste Nacht verbringen sie in Stammheim.«
Olga nickte still.
Weber wandte sich an Dengler.
»Und nun erzählen Sie. Die komplette Geschichte. Wenn ich auch nur einen Widerspruch finde, behalte ich Sie hier.«
Olga schnaubte empört, aber Georg legte ihr die Hand auf den Arm. Er erzählte von Angelika Schöllkopfs Tod, von ihrer Großmutter, von dem Witwer, der Sekretärin und der nicht existierenden Firma *Business Consult* in Berlin. Und schließlich von dem merkwürdigen Telefonat.
Weber hörte zu, hin und wieder notierte er sich etwas, und als Georg endete, sagte er: »Das erklärt eine Menge. Offenbar hat dieser Crommschröder unseren Toten am Tag von Angelika Schöllkopfs Tod angerufen. Vielleicht erklärt es auch, dass einige Ihrer früheren Kollegen vom BKA bereits

auf dem Weg hierhin sind. Ich glaube nicht, dass ich noch länger als ein paar Stunden mit diesem Fall betraut bin. Im Grunde ist er ja auch gelöst. Die Mörder haben wir. Wenn wir Glück haben, werden sie sich gegenseitig belasten. Und dann ist der Fall abgeschlossen.«
»Das ist er nicht.«
Dengler und Olga sprachen wie aus einem Mund.
Weber zuckte mit den Schultern. Zeigte auf den Laptop.
»Solange ich mit dieser Geschichte noch zu tun habe, möchte ich Ihnen Folgendes zeigen. Haben wir in dem Hotelzimmer des Toten gefunden.« Er öffnete den Laptop.
»Sein Kennwort haben unsere Spezialisten geknackt: Leon der Profi. Sehr originell.«
Er drehte den Computer um, und plötzlich starrte der Ermordete sie an.

Videosequenz Bellgard6.mpg

»Ich bin hier in diesem Hotelzimmer in Stuttgart. Ich mag diese Stadt nicht, habe ich das schon einmal gesagt? Na ja, dazu passt ja, dass ich beschlossen habe, dass das heute Abend mein letzter Auftrag ist. Irgendwann muss Schluss sein, und irgendwann geht immer mal was schief. Dieses Mal – ich hab ein Scheißgefühl. Ben kommt gleich. Dann warten wir ab, bis dieser armselige Alkoholiker wieder in der Kneipe sitzt. Ich kann gar nicht verstehen, dass der Typ so viel Staub aufgewirbelt hat. Habe ihn nun schon drei Tage lang beobachtet, und der Kerl hat mich nicht ein einziges Mal bemerkt. Na ja, wenn er sich das nächste Mal die Zähne putzt, ist es aus mit ihm.
Heute Nacht werde ich die Sache hinter mich bringen. Dann gibt es die letzte Videobotschaft.
Und dann höre ich auf – endgültig. Ich bin müde. Ich will mich nicht von Kunden unter Druck setzen lassen, auch dann nicht, wenn es so hochmögende Herren sind.«

Olga stellt etwas an

Schweigen im Büro des Hauptkommissars.
Olga fasste sich als Erste.
»Darf ich mal?«, fragte sie und zog den Laptop zu sich heran.
Ihre Finger flogen über die Tastatur.
Dengler sah ihr erschöpft zu. Weber zündete sich eine Zigarette an.
»Wissen Sie, Dengler, nach all dem, was ich jetzt über den Fall in Erfahrung gebracht habe, und nach all dem, was Sie mir erzählt haben, weiß ich genau, was Sie jetzt denken. Die Sachlage ist eindeutig. Und trotzdem haben wir – haben Sie nichts in der Hand. Das wissen Sie, und das weiß ich.«
Er stützte sich auf, legte die Zigarette auf den Rand des Aschenbechers und fuhr sich mit beiden Händen durch das Gesicht.
»Was werden Sie jetzt tun? Manchmal will man die Wirklichkeit nicht kennen«, fuhr er fort, ohne eine Antwort abzuwarten, »vielleicht ist es besser, in einem Kokon der Lüge zu leben und dafür seine Unschuld zu bewahren.«
Dengler schwieg.
Weber rauchte.
Olga hackte in die Tastatur.
»Was machen Sie da eigentlich?«, fragte Weber schließlich.
»Ich will nur mal sehen, ob es noch weitere Videosequenzen gibt«, sagte sie.
»Nein, gibt es nicht. Habe ich schon überprüft. Und die Jungs vom BKA werden wahrscheinlich jedes Bit auf der Festplatte umdrehen.«
Er nahm die Zigarette wieder auf.
»Nein, da ist wirklich nichts mehr drauf«, sagte Olga nach einer Weile.

Sie schob den Rechner zurück.

»Dengler, sehen Sie irgendeine Möglichkeit, diesen Crommschröder festzusetzen?«, fragte Weber dann.

»Nein, wahrscheinlich nicht«, sagte Dengler und erhob sich.

***

Wie ein Racheengel rauschte Olga in Denglers Badezimmer. Sie schnappte die Zahnpasta, warf sie in den Müllbeutel.

»Das ist ein Beweisstück«, sagte Dengler müde.

»Quatsch nicht. Komm mit.«

Sie schnappte Dengler am Arm und zog ihn mit zu sich in ihre Wohnung.

Setzte ihn auf die Couch.

Brachte ihm ein Glas Rotwein.

Setzte sich an ihren Rechner.

»Wie immer ich es wende, es wird nicht reichen, um diesem Typ, diesem Crommschröder, ans Leder zu gehen«, sagte Dengler.

»Ja, ja«, antwortete sie und tippte weiter auf ihren Computer ein.

»Unsere Leiche hatte übrigens einen tollen Rechner«, sagte sie nach einer Weile.

»Mmh?«

»Ja. Sogar mit einer UMTS-Karte drin. Weißt du, was man damit machen kann?«

»Mmh?«

»Man kann Dateien wegschicken, ohne dass man den Rechner irgendwo an einer Telefonbuchse anschließen muss. Das Telefon ist schon drin.«

Dengler erwachte aus seiner Lethargie.

»Olga – hast du etwas angestellt?«

Sie strahlte ihn an.

»Ja, hab ich. Besser gesagt: der Heilige Antonius. Das ist doch der Schutzheilige für die Leute, die etwas verloren haben.

Auf dem Rechner waren versteckte Dateien. Ich habe sie ... nun ja, gefunden. Und ich habe sie zu mir gemailt. Weber ist wohl kein allzu großer Computerkenner.«
»Olga, das sind Beweismittel!«
»Genau – hier sind sie. Wir sehen uns jetzt einige Filme an. Der Tote hatte sie als Sicherung auf seinem Rechner. Und eine Kopie hat er ins Netz gestellt. Guck mal.«
Sie drehte den Laptop um, sodass Dengler auf den Bildschirm sehen konnte.
Erneut sahen sie ein Bild des Toten. Porträtaufnahme. Olga drückte auf eine Taste, und er fing an zu sprechen:
»Ich weiß nicht, woher der Kunde meine Telefonnummer hat, aber er hat sie, und er drohte mir, mich auffliegen zu lassen. Das ist das erste Mal, seit ich diesen Job mache, dass man mich bedroht. Wahrscheinlich ist Schumacher vom Verband die undichte Stelle. Den werde ich mir noch zur Brust nehmen.
Diese Aufnahmen hier sind meine Lebensversicherung. Ich werde sie versteckt ins Netz stellen. Sollte ich das Verzeichnis ...«
Danach spielte Olga ihm die zweite Sequenz vor. Dann die nächste. Sie saßen vor dem Rechner und hörten dem Mann zu. Irgendwann griff Olga leise Denglers Hand.
Sie weinte.

Vernehmung

Am Morgen rief ihn eine neue Klientin an.
»Mein Mann ist verschwunden«, sagte sie, »bitte, Sie müssen ihn unbedingt finden.«
Die Frau weinte.
»Er ist in großer Gefahr.«
»Seit wann vermissen Sie ihn?«, fragte er.
»Nicht am Telefon«, sagte sie, plötzlich mit klarer Stimme. »Können wir uns treffen? Morgen Mittag?«
»Wohnen Sie in Stuttgart?«
»Nein, aber wir können uns dort verabreden.«
Dengler schlug das *Piazza* in der Innenstadt, direkt hinter der Stadtbücherei, als Treffpunkt vor. Die Frau kannte das Restaurant, das günstig zu erreichen war, und stimmte zu.
Danach rief er Weber an.
»Ich habe mit Ihrem Fall nichts mehr zu schaffen«, sagte dieser am Telefon, aber es klang so, als sei er darüber eher verärgert als erleichtert. »Dengler, eins noch: Sie wissen, dass Sie heute noch Besuch bekommen werden. Und noch eins: Ich wünsche Ihnen Glück – und seien Sie bloß vorsichtig.«

***

Die Zeitung titelte »Bohnenviertel-Mord geklärt« und berichtete über die Festnahme von Olgas Exmann und dessen Gehilfen.
Am Nachmittag kamen zwei Beamte aus Wiesbaden und vernahmen ihn. Sie wollten alles über den Fall Schöllkopf wissen. Drei Stunden blieben sie, machten sich Notizen, blieben aber stumm bei Denglers Fragen.
»Wer war der Mann, der mich umbringen wollte?«, fragte er.
»Wir gehen von einem Einbrecher aus«, sagte der ältere der beiden Männer, »Sie wohnen in einem unsicheren Viertel.«

»Sie wissen, dass es kein gewöhnlicher Einbrecher war. Hauptkommissar Weber hat mir einen Film gezeigt, den der Killer auf seinem PC hatte.«
Der Beamte sah ihn nachdenklich an, rieb sich die Nase, als müsse er lange nach einer Antwort suchen.
»Sobald wir das Material analysiert haben, informieren wir Sie. Im Augenblick gehen wir davon aus, dass der Mann ein Aufschneider war.«
Dengler schwieg einen Augenblick. Er kannte das Amt.
»Sie sind weisungsgebunden«, sagte er zu den beiden.
Der Jüngere grinste verlegen. Der Ältere stand auf.
»Sind wir?«, sagte er und griff nach seinem Mantel.
Nachdem die beiden Beamten gegangen waren, lief Dengler in seinem Büro auf und ab.
Hier ist etwas oberfaul.
Beide Fälle, der Tod im Bundestag und der Mord in seinem Büro, hingen zusammen, aber wie?
Er zwang sich zur Ruhe und setzte sich an seinen Schreibtisch. Aus dem Druckerschacht nahm er ein leeres Blatt.
Fall Schöllkopf
Ein Vorstandsmitglied der VED (Crommschröder) ist verwickelt. Lässt sich jedoch nicht beweisen. Crommschröder telefoniert mit der Abgeordneten, telefoniert am gleichen Tag mit dem Mann, der dann in meiner Wohnung ermordet wird.
Fall Mord im Bohnenviertel
Der Tote müsste eigentlich im Gefängnis sitzen. Stattdessen bricht er bei mir ein. Er ist ein Killer (oder ein Angeber). Fühlt sich bedroht. Von Crommschröder? BKA zieht den Fall an sich. Stand der Tote auf der Gehaltsliste des BKA? Wer hat ihn aus dem Gefängnis geholt?

Er überlegte: Wenn dieser Crommschröder der Drahtzieher von alledem war, was hatte er gegen ihn in der Hand?
Die Videos? Sie geben zu wenig her. Es werden keine Namen genannt.

Dengler lachte bitter.
Wieder einmal würde ein hohes Tier ungeschoren davonkommen.
Er streckte sich.
Was immer er unternehmen konnte, wollte er tun. Deshalb war er doch Polizist geworden. Und vielleicht war er deshalb jetzt auch privater Ermittler. Vor dem Gesetz sind alle gleich, dachte er, so soll es doch sein.
Er stand auf und nahm das Blatt mit seinen Notizen.
Er musste Olga sprechen. Sofort.

Risotto

Am nächsten Tag traf sich Dengler mit seiner neuen Klientin zum Mittagessen im *Piazza*, einem italienischen Restaurant am Charlottenplatz, im Zentrum der Stadt.
»Sarah Singer«, stellte sie sich vor.
Attraktive Blondine, etwa 170 m groß, Anfang dreißig, halblange Haare, freundliches Gesicht, Lachfalten, Sonnenbrille, Jeans mit weißem Sweatshirt, fester Händedruck, sympathische Erscheinung.
Sie setzten sich. Der Kellner brachte die Speisekarte.
Sarah Singer wählte Risotto mit Steinpilzen, Dengler Ravioli in Salbeisoße.
»Erzählen Sie«, sagte Dengler, nachdem der Kellner gegangen war, »Sie vermissen Ihren Mann?«
»Seit drei Tagen.«
»Das ist nicht ungewöhnlich. Vielleicht ist er mit Freunden ...«
»Mein Mann ist krank, sehr krank.«
Sie sah ihm direkt in die Augen: »Und er ist in großer Gefahr.«
Sie schien nach Worten zu suchen, und plötzlich standen Tränen in ihren Augen.
»Er ist Soldat«, sagte sie und nach einer Weile: »Er ist in Calw stationiert. Dort wohnen wir. Verstehen Sie?«
Dengler verstand nichts.
»Nein«, sagte er.
Der Kellner brachte zwei kleine Salatteller. Frau Singer nahm die Gabel und stocherte lustlos darin herum.
»Er gehört zur KSK.«
»Ich weiß nicht, was Sie meinen. Wohl kaum die Kreissparkasse. Reden Sie offen mit mir. Sonst ist dieses Treffen sinnlos. Für Sie und für mich auch.«

Dengler sah, wie sie sich einen Ruck gab.
»KSK bedeutet Kommando Spezialkräfte. Es ist eine geheime Einheit der Bundeswehr. Mein Mann war in Afghanistan.«
Dengler hatte von dieser Truppe schon gehört. Eine Spezialeinheit. Fallschirmjäger. Sehr geheim.
»Er durfte mit mir über seine Einsätze nicht reden.«
»Aber tat es doch?«
»Nur im Schlaf. Nur im Schlaf redete er über das, was er erlebt hat. Er war in der Hölle. Unter amerikanischem Kommando in den Höhlen von Tora Bora. Mit Flammenwerfer. Das war 2001. Er hat es nicht überstanden, psychisch.«
»Und nun ist er weg?«
»Ja. Und die anderen suchen ihn.«
»Die anderen?«
»Ja. Es waren Deutsche bei mir im Haus und Amerikaner. Militärische Geheimdienste. Die suchen nach ihm. Sie haben Angst, dass etwas an die Öffentlichkeit dringt, was die Truppe dort unten getan hat.«
Sie sah ihn an: »Sie müssen ihn finden, bevor d i e ihn haben.«
Nun liefen ihr die Tränen übers Gesicht.
»Er hat eine Waffe gestohlen. Eine schlimme Waffe ...«
Dengler reichte ihr ein Taschentuch und zog sein schwarzes Notizbuch aus der Tasche.

★★★

Als Dengler nach Hause kam, sah er Olga mit einem Mann im *Basta* sitzen. Der Mann kam ihm bekannt vor. Schwarze Lederhosen, etwa 50 Jahre alt, schwarzgraues Haar zu einem Pferdeschwanz gebunden.
Er trat zu ihnen. Olga stellt ihn vor.
»Das ist Professor Neumeier. Informatiker. Wir besprechen gerade ein wichtiges Projekt.«
Jetzt erinnerte sich Dengler. Auf ihn war er einst eifersüch-

tig gewesen. Dieser Kerl hatte Olga in die hohe Schule der Computermanipulation eingewiesen.
Olga zwinkerte ihm zu.
»Lass uns noch ein bisschen allein«, sagte sie.
Dengler ging achselzuckend hinauf in sein Büro. Er setzte sich in den Bürostuhl und dachte an seinen neuen Fall. Dann schlief er ein.
Als er aufwachte, war es bereits dunkel. Im Treppenhaus hatte er ein Geräusch gehört. Leise ging er zur Tür und horchte. Durch den Türschlitz drang kein Schimmer. Trotzdem: Jetzt hörte er erneut eine knarrende Stufe und einen unterdrückten Fluch.
Leise öffnete er den Safe und nahm seine Waffe aus der Schutzvorrichtung. Er lud sie durch, ging zur Tür und lauschte. Kein Licht im Flur. Aber direkt neben seiner Tür hörte er deutlich ein schleifendes Geräusch an der Wand. Jetzt wieder.
Er riss die Tür auf und orientierte sich. Ein Mann stand im Dunkeln neben seiner Tür und strich mit seiner rechten Handfläche an der Wand entlang. Dengler setzte ihm in einer schnellen Bewegung die Waffe an die Schläfe.
»Hände hoch!«
Der Mann folgte der Aufforderung. Ängstlich flüsterte er: »Ich suche nur den Lichtschalter.«
Jetzt erkannte Dengler ihn. Es war der Informatiker. Professor Neumeier.
Eine Treppe höher ging eine Tür auf. Licht fiel auf die Szene.
»Was ist denn los?«, fragte Olga.
Dengler ließ die Waffe sinken.
»Entschuldigen Sie«, sagte er, »aber ich dachte …«
»Schon gut, schon gut.« Der Mann war blass geworden. Er sah nun den gesuchten Lichtschalter, drückte ihn und ging schnell die Treppe hinunter.
»Willst du meine Gäste erschießen?«, fragte Olga.

Dengler schüttelte den Kopf und schob die Waffe in den Hosenbund.

»Tut mir leid.«

Langsam ging er die Treppe zu ihr hinauf. Olga legte die Arme um ihn und schob ihn sanft ins Zimmer.

Dengler setzte sich an ihren Tisch.

»Ich will den Fall Schöllkopf abschließen«, sagte er.

Sie nickte.

»Ich werde Crommschröder im Beisein seines Chefs mit den Videosequenzen konfrontieren«, sagte er, »ich werde von ihnen verlangen, dass sie das Gesetz so lassen, wie es ist. So wie es Angelika Schöllkopf gewollt hat. Sonst gebe ich das Material der Presse.«

Olga sah ihn nachdenklich an.

»Das ist eine gute Idee«, sagte sie. »Ich werde bei der VED anrufen und einen Termin vereinbaren.«

Dengler nickte.

»Danke«, sagte er und stand auf.

Verlorene Schlacht

Drei Tage später hatten sie den Termin bei Dr. Kieslow vom VED-Vorstand. Diesmal flogen sie zu zweit nach Berlin.
Die alte Dame hatte Kaffee gekocht, und auf dem Tisch stand Zimtgebäck. Sie sprachen lange mit ihr. »Ich hab doch gewusst, dass mehr dahintersteckt«, sagte sie leise.
»Verraten Sie mir jetzt, wie Sie eigentlich auf mich gekommen sind?«, fragte Dengler.
»Ich habe eine alte, sehr gute Freundin, Hedwig Weisskopf, die Einzige, mit der ich über die Sache reden konnte. Sie lebt in einem Altersheim in Bruchsal. Sie hatten wohl mal mit ihr zu tun?«
Dengler nickte und sah Olga an: Die Dame mit der Gemme, die sie bei der Aufklärung einer seltsamen Erbsache vor einiger Zeit kennengelernt hatten, hatte ihn empfohlen.
Nach einer Stunde verabschiedeten sie sich.
Dengler rief ein Taxi.

***

Der junge Mann stellte sich als der Vorstandsassistent von Dr. Kieslow vor. Er bat sie in den gläsernen Aufzug.
Wenig später führte er sie in ein Konferenzzimmer. Drei Männer warteten auf sie.
Kieslow stellte sich und die beiden anderen vor.
»Das ist Dr. Crommschröder, und dies ist Horst Grossert.«
Er wies auf einen kugelrunden, gemütlich aussehenden Mann. Dengler fixierte Crommschröder. Er war ein groß gewachsener Mann, Ende vierzig, blauer, teurer italienischer Anzug, leichenblass. Er knetete unentwegt seine Hände.
»Damit wir alle über das Gleiche reden, zeige ich Ihnen zunächst einmal einige kurze Filme«, sagte Olga und klappte den Laptop auf.

Nachdem die letzte Videosequenz abgelaufen war, herrschte Ruhe im Konferenzsaal. Dengler sah zu Crommschröder, der mit einem Brechreiz zu kämpfen schien. Kieslow schien nachzudenken, und der kleine runde Mann kratzte sich am Kinn.
»Was wollen Sie?«, fragte Kieslow schließlich.
»Meine Mandantin legt Wert darauf, dass das Vermächtnis ihrer Enkelin umgesetzt wird: das von Angelika Schöllkopf. Sie haben es ja durchgesetzt, dass in der nächsten Bundestagssitzung ein Ihnen unangenehmer Paragraph aus einem Gesetz gestrichen werden soll. Wir möchten, dass dieser Paragraph 103 unangetastet bleibt.«
Crommschröder gab ein gurgelndes Geräusch von sich.
Kieslow wies auf den Rechner: »Mehr haben Sie nicht?«
Seine Stimme klang kalt.
»Die Öffentlichkeit fände diese Filme höchst interessant.«
Kieslow schwieg eine Weile.
Dann sagte er kühl: »Wir werten dieses Gespräch als Erpressungsversuch. Von einer Strafanzeige gegen Sie beide sehen wir nur dann ab, wenn Sie die Unterlassungserklärungen unterschreiben, die wir vorbereitet haben. Darin verpflichten Sie sich, sämtliche Behauptungen zu unterlassen, wir hätten etwas mit diesen Stuttgarter und Berliner Vorfällen zu tun. Tun Sie es doch, verpflichten Sie sich, 300 000 Euro an uns zu zahlen. Außerdem händigen Sie uns diese Filme aus.«
Er nahm aus einer Postmappe zwei Schriftstücke heraus und legte sie vor Dengler und Olga.
Dengler spürte, wie sein Mund plötzlich trocken wurde.
Kieslow trat auf, als habe er das beste Blatt in der Hand.
Bluffte er?
»Warum sollten wir diese Erklärung unterschreiben?«
Kieslow lehnte sich zurück.
»Sie haben soeben versucht, unser Unternehmen zu erpressen. Dr. Crommschröder und Herr Grossert können das

bezeugen. Dafür werden Sie beide ins Gefängnis wandern, wenn Sie nicht ...«
Er wies auf die beiden Erklärungen.
»Unterschreiben Sie!«
»Und die Filme?« Mehr brachte Dengler nicht hervor. Er sah zu Olga hinüber, die still dasaß. Ihm schien es so, als würde sie leicht lächeln.
Kieslow zog eine Braue hoch.
»Die Filme kennen wir. Das Bundeskriminalamt hat sie uns dankenswerterweise gezeigt. Offensichtlich ist ein Handy unseres Konzerns in eine dunkle, noch nicht geklärte Angelegenheit verwickelt. Dieses Handy hat Dr. Crommschröder genutzt, aber es wurde ihm schon vor Monaten gestohlen. Wir haben den Diebstahl registriert und den Behörden gemeldet. Die nötigen Dokumente konnten wir den Ermittlern des Bundeskriminalamtes vorlegen. Was immer dort unten geschehen ist, es steht zweifelsfrei fest, dass die VED nichts, aber auch gar nichts damit zu tun hat.«
Er deutete auf die beiden Schriftstücke.
»Wir haben leider noch Termine. Unterschreiben Sie. Andernfalls wird mein Sekretariat umgehend das Bundeskriminalamt anrufen.«
Aus der Innentasche seines Jacketts zog er einen Kugelschreiber und schob ihn zu Dengler über den Tisch. Dann sah er auf seine Uhr.

Gescheitert

»Gescheitert«, dachte Dengler.
Eine Welle plötzlicher Übelkeit stieg in ihm auf. Er sah die drei Männer an, die ihm gegenübersaßen. Sein Blick verschwamm. Kieslow starrte ihn unbeteiligt an. Crommschröder nervös. Grossert lächelte.
Gegen solche Typen komme ich nicht an, dachte er.
Im BKA kam ich nicht gegen sie an. Und hier auch nicht. Diese Sorte Verbrecher schwimmt immer oben. Sie sind unantastbar. Unerreichbar für mich. Unerreichbar für die Gerechtigkeit. Ich bin ein Narr, dass ich es immer wieder versuche. Mein ganzes Leben laufe ich gegen diese Sorte Menschen Sturm. Es ist sinnlos.
Er spürte, wie die Magensäure in ihm aufstieg. Gleich würde er kotzen. Er versuchte, den Brechreiz zu unterdrücken.
Müde nahm er den Kugelschreiber und unterschrieb die Erklärung, ohne sie noch einmal zu lesen.

Videosequenz 7

Stille herrschte in dem Konferenzzimmer. Alle Blicke waren nun auf Olga gerichtet. Sie nahm das Schriftstück in die Hand, las die ersten Sätze und legte es dann wieder auf den Tisch.
»Hat das Bundeskriminalamt Ihnen auch dieses Video gezeigt?«, fragte sie.
Sie drückte eine Taste, und plötzlich erschien das Bild des Killers erneut auf dem Bildschirm.
»Im Grunde kann ich die letzte Sequenz auch jetzt sprechen. Ich habe die Bundestagsabgeordnete Andrea Schöllkopf getötet. Vergiftet mit einer neuen Substanz, gewonnen in einem komplizierten Verfahren aus der Meerzwiebel. Den direkten Befehl bekam ich vom Verband, von Wilfried Schumacher, der die Tarnfirma Business Consult in der Friedrichstraße in Berlin leitet. Der wiederum erhielt den Mordauftrag von Dr. Stefan Crommschröder vom VED-Energiekonzern in Berlin. Crommschröder rief mich auch direkt auf meinem Handy an, unmittelbar vor dem Tod des Abgeordneten Schöllkopf. Die Nummer muss er sich von Schumacher geholt haben.«
Dengler starrte fasziniert auf den Bildschirm. Der tote Killer belastete Crommschröder. Jeder Haftrichter würde ihn aufgrund dieses Videos sofort unter Mordverdacht einbuchten. Warum hatte Olga ihm diese Sequenz nicht vorgespielt? Er sah zu Kieslow, der konzentriert den Bildschirm beobachtete. Crommschröder sah leichenblass aus. Grossert blickte mit offenem Mund auf den Rechner und sah aus, als verstände er die Welt nicht mehr.
Kurzum: Ich habe den Tod von Angelika Schöllkopf im Auftrag von Dr. Crommschröder von der VED als Auftragsmord durchgeführt. Er drohte mir, mich bei der Polizei anzuzeigen. Vielleicht ging es ihm nicht schnell genug. Ich weiß es nicht. Ich werde diese

Sequenzen zu meiner persönlichen Sicherheit verschlüsselt ins Netz stellen. Falls mir etwas zustoßen sollte, werden diese Videodateien öffentlich zugänglich sein.

Das Bild des Killers verschwand.

»Das war's«, sagte Olga fröhlich, »jetzt haben wir alle den gleichen Informationsstand.« Dengler sah, dass ihre Finger dabei leicht zitterten.

Sie griff zu der Unterlassungserklärung, die Dengler unterschrieben hatte, und zerriss sie.

»Ich habe auch eine Erklärung vorbereitet«, fuhr sie im gleichen munteren Tonfall fort. »Sie betrifft den Paragraphen 103. Und die Aktivitäten Ihres Unternehmens im Wassergeschäft.«

Kieslow fasste sich als Erster.

»Das ist sicher ein interessantes Video«, sagte er, »aber Sie werden verstehen, dass wir es erst prüfen müssen, wir werden es unserer EDV-Fachabteilung ...«

»Sie haben leider auch nicht mehr Zeit zur Verfügung, als Sie uns zugestanden haben. Zwei Minuten. Dann funke ich die Videos samt einer Erklärung an die Deutsche Presseagentur und einige ausländische Nachrichtenagenturen.«

Sie pokert zu hoch, durchfuhr es Dengler. Ihm wurde plötzlich alles klar. Der Informatiker mit dem Pferdeschwanz. Olgas Aktivitäten in den letzten Tagen. Sie hatte dieses letzte Video gefälscht. Wie sie es gemacht hatte, wusste er nicht, aber es war manipuliert. Kieslow würde nie darauf eingehen.

»Glauben Sie nicht, dass Sie da unsere Möglichkeiten überschätzen? Wesentlich überschätzen?«, fragte Kieslow.

»Nein«, sagte Dengler.

Dengler bemerkte, wie Kieslow zu Grossert hinübersah und wie dieser kaum merklich mit den Augen ein »Ja« signalisierte.

»Und außerdem haben wir da noch einige andere kleine Wünsche«, sagte Olga munter.

Epilog

Der Sitzungstag des Parlaments war weder den Zeitungen noch dem Fernsehen eine Erwähnung wert. Das Plenum war nahezu leer. Routine. Die Abgeordneten beschlossen, was vorher in den Ausschüssen oder anderswo vereinbart worden war.

***

Dengler konnte sich immer noch nicht entschließen, in seine Wohnung zurückzugehen. Zweimal hatte eine Reinigungsfirma die Böden geschrubbt, er hatte die Wände neu streichen lassen, den Teppich ausgewechselt. Doch nun saß er bei Olga auf dem Sofa und starrte aus dem Fenster.
Das Wetter war nicht besser geworden. Doch die Natur schien beschlossen zu haben, nicht länger auf die Sonne zu warten. Überall grünte es. Die Vögel sangen.
Es war Frühling geworden.

Anhang

RWE verkauft US-Wassergeschäft

ESSEN (dpa). Mit dem geplanten Ausstieg aus seinem Wassergeschäft in den USA und Großbritannien hat der Essener RWE-Konzern die Weichen für eine stärkere Konzentration auf die renditestarken Strom- und Gasmärkte gestellt. »RWE geht diesen Schritt, um seine Kernkompetenzen zukünftig gebündelt auf die zusammenwachsenden Strom- und Gasmärkte in Europa konzentrieren zu können«, hieß es in einer Mitteilung.

Bis zum Jahr 2007 sei der Verkauf RWE Thames Water in Großbritannien und von American Water Works Company in Nordamerika geplant, teilte das Unternehmen mit. Das Wassergeschäft von RWE Thames Water in Kontinentaleuropa werde dagegen mit Ausnahme der spanischen Pridesa in die RWE Energy integriert. Für die Aktionäre kündigte das Unternehmen eine vorübergehende Erhöhung der Ausschüttungsquote für die Geschäftsjahre 2006 und 2007 an. Zudem sei ein Schuldenabbau geplant.

Für den geplanten Verkauf würden zunächst verschiedene Alternativen geprüft. Möglichkeiten seien ein Börsengang und die Veräußerung zunächst des US-Wassergeschäfts an eine Gruppe von langfristig orientierten Finanzinvestoren. Sobald der Verkauf von American Water Works erfolgreich auf den Weg gebracht worden sei, werde RWE den Verkauf für das britische Wassergeschäft RWE Thames Water starten, hieß es weiter. Beide Geschäfte bedürfen noch der Zustimmung der zuständigen Regulierungsbehörden sowie des RWE-Aufsichtsrates. Thames Water ist das führende Wasser- und Abwasserunternehmen in Großbritannien. Es versorgt acht Millionen Menschen mit Trinkwasser und reinigt das Abwasser für 15 Millionen Menschen.

© 2005 Stuttgarter Zeitung 5. 11. 2005

Finden und erfinden – ein Nachwort

Die Figuren in diesem Buch sind ausgedacht. Der zugrunde liegende Sachverhalt ist es nicht. In diesem Krimi ist verdammt wenig erfunden.
Wenn ich mich recht entsinne, war es im Sommer 2003, als ich auf das Thema dieses Romans stieß. Vor dem Stuttgarter Literaturhaus sammelten zwei Frauen Unterschriften gegen den Verkauf der Stuttgarter Wasserwerke in einem *cross border leasing* genannten Verfahren an einen amerikanischen Investor.
Ob auch ich unterschreiben wolle. Ich erinnere mich genau: Kein Wort glaubte ich den beiden. Die Wasserwerke verkaufen! Die Vorstellung erschien mir absurd. Die Versorgung mit Trinkwasser ist schließlich ein Kernbereich staatlicher Daseinsfürsorge. Ohne sauberes Trinkwasser überleben wir nur drei Tage. Bau und Betrieb von Bewässerungsanlagen waren zentraler Grund antiker Staatsgründungen. Warum sollte die Stadt die Wasserwerke verkaufen? Ich konnte mir es nicht vorstellen.
Wir kamen ins Gespräch. Die beiden Frauen blieben hartnäckig und boten mir an, Material zu schicken. Das taten sie, und ich musste einsehen, dass sie recht hatten.
Es geschieht vor unser aller Augen. Und trotzdem nahezu unbemerkt von der Öffentlichkeit. Weltweit ist der Kampf um das Wasser entbrannt. Große Konzerne versuchen, sich die Rechte an dem wichtigsten Lebensmittel der Menschheit anzueignen. Häufig wehrt sich die betroffene Bevölkerung, oft erfolgreich. Ich suchte Literatur zum Thema, sprach mit Fachleuten, fand einige ausgezeichnete Dokumentarfilme, erhielt Dossiers und Unterlagen von engagierten Bürgern. Ich hatte mein Thema gefunden.
Bei den Recherchen halfen mir zahlreiche Freunde, für deren

Hilfe ich mich herzlich bedanke. Ein Teil der von mir verwendeten Unterlagen ist auf meiner Homepage dokumentiert. Wer sich näher mit dem Thema befassen will, findet Materialien auf meiner Homepage *www.schorlau.com*.
Ich danke auch *Nick Geiler* für die Beantwortung meiner zahlreichen Fragen. *Nick Geiler*, Sprecher des Arbeitskreises Wasser im Bundesverband Bürgerinitiativen Umweltschutz (BBU), hat sich der Mühe unterzogen, die Strategien der Wasserprivatisierer nachzuvollziehen, jenes unguten Geflechts aus Politik, Ministerialbürokratie, einzelnen Wissenschaftlern und den Vorständen der großen Energiekonzerne. Er hat darüber ein lesenswertes Buch geschrieben: Das 20-Milliarden-Euro-Spiel (Schmetterling Verlag), eine Formel, die ich meiner Figur Leopold Harder in den Mund legte.
Wasser unterm Hammer ist ein hervorragender Dokumentarfilm zu diesem Thema. Auf ihn stützte ich mich bei den Kapiteln über das Londoner Wasser, das Kieler und das Münsteraner Wasser. Ich habe selten einen mutigeren und gleichzeitig informativeren Film gesehen. Bezeichnenderweise lehnt der NDR derzeit eine Wiederholung der Ausstrahlung aus fadenscheinigen Gründen ab. Wer die Dokumentation sehen will, kann jedoch eine DVD bestellen. Die genauen Angaben dazu sind ebenfalls auf meiner Homepage zu finden.
Das Kapitel über die Bestechung von Kommunalpolitikern stützt sich auf den Aufsatz *Gewiss auch mit Damen / Korrupt und geschmeidig / Ermittlungen gegen 200 Kommunalpolitiker in NRW wegen so genannter ›Lustreisen‹. Tatsächlich üben die Energiekonzerne ihren Einfluss noch ganz anders aus* von *Werner Rügmer*, der im *Freitag* vom 3. Februar 2006 erschienen ist.
Die *Wasserschlacht von Cochabamba* wurde tatsächlich geschlagen und von der Bevölkerung der zweitgrößten bolivianischen Stadt gewonnen, nicht gegen den fiktiven VED-Konzern, sondern gegen die US-amerikanische Firma *Bechtel*.

Der verehrte Kollege *Ulrich Ritzel* wird mir, hoffe ich, die Szene im ICE nachsehen und *David Peace* das Zitat aus *1974*.

In diesem Buch habe ich, wie in meinen anderen auch, eine Filmszene zitiert. Diesmal, zum Thema passend: die Exposition von Roman Polanskis *China Town*.

Marios Rezept *Pasta Tonnata Bianca* ist entnommen dem wunderbaren Buch *Spaghetti im Rohbau. Ein italienisches Abenteuer* meiner Verlagskollegen *Susanne Schmidt* und *Sven Severin*.

Zu Einzelfragen gaben mir die folgenden Personen wichtige Hinweise: *Peter Conradi* las und verbesserte in wichtigen Punkten den Prolog. *Thomas K. Rudolph* verdanke ich die Bekanntschaft mit *Hermann Burgers* Patienten- und Schelmenroman *Die Künstliche Mutter* (Fischer). Der Held dieses Romans, Wolfram Schöllkopf, stand Pate bei der Namensfindung meiner unglückseligen Abgeordneten. Mein Bruder *Detlev Schorlau* sah die medizinischen Abschnitte durch und verbesserte sie, er erzählte mir außerdem von seinen eigenen Krankheitserfahrungen. *Michael Reinhold* führte mich durch die Bundestagsbauten. *Heike Schiller* danke ich für ihre Kindheitserzählungen. Außerdem schulde ich Dank an: *Gerlinde Schermer, Petra von Olschowski, David Streit, Monika Plach, Ursula Sobek, Lutz Dursthoff, Reinhold Joppich* – und besonders meinem geduldigen und kundigen Lektor *Nikolaus Wolters*.

»Einer der wichtigsten deutschsprachigen Autoren politischer Kriminalromane.«

www.krimi-forum.de

Wolfgang Schorlau. Die blaue Liste. Denglers erster Fall. KiWi 870. Verfügbar auch als eBook.

Wolfgang Schorlau. Das dunkle Schweigen. Denglers zweiter Fall. KiWi 918. Verfügbar auch als eBook

Wolfgang Schorlau. Brennende Kälte. Denglers vierter Fall. KiWi 1026 Verfügbar auch als eBook

Wolfgang Schorlau. Das München-Komplott. Denglers fünfter Fall. KiWi 1114. Verfügbar auch als eBook

Wolfgang Schorlau. Die letzte Flucht. Denglers sechster Fall. KiWi 1114. Verfügbar auch als eBook

www.kiwi-verlag.de